金田一耕助VS明智小五郎

芦辺 拓

角川文庫
17860

目次

本書に、わが国を代表する二大名探偵を起用するに際しましては、横溝亮一《よこみぞりょういち》先生、平井隆太郎《ひらいりゅうたろう》先生よりご快諾を頂戴《ちょうだい》いたしました。

ここに記して、心より御礼申し上げる次第です。

明智小五郎対金田一耕助

1

　昭和十二年——。あんなにも輝き、モダニズムを謳歌《おうか》していた都市群は、いつしか翳《かげ》りを帯び始めていた。

　その年の十一月、日・独・伊三国の間で防共協定が締結され、宮中には戦争遂行のために大本営が設《もう》けられた。かと思えば松竹から東宝に移籍したスター林長二郎《はやしちょうじろう》が暴漢に顔を斬られ、パール・バック原作の映画「大地」が封切られて評判を呼んだりもした。

　下関《しものせき》発東京行きの急行列車が、あのあまりにも有名な人物を乗せて大阪駅のホームに滑り込んだのは、まさにそんなさなかのことであった。

　この列車の始発駅は大陸や朝鮮半島への玄関口であり、中途に停車する神戸は海外航路の一大拠点とあって、乗客には外地帰りの人々がかなり含まれていた。くだんの人物もその一人らしかったが、その外見はひときわ異彩を放っていた。

　黒の背広を着こなし、かたわらに置いた外套《がいとう》も黒一色。ついでに頭にのせたソフト帽も黒で、その下からは癖のある豊かな頭髪がのぞいていた。一分のすきもない紳士ぶりだったが、何より特徴的だったのは、その双眸《そうぼう》にきらめく知的な光であった。

紳士のトランクには満洲国《まんしゅう》の首都・新京《しんきょう》にあるホテルの真新しいラベルが見えた。だとすると、大連《だいれん》もしくは釜山《プサン》から船に乗り、この列車に乗り継いだものだろう。東京まで六十─八十時間ほどの長途であり、そう考えると旅もほぼ終盤といえた。

「大阪──大阪──」

到着を告げる声に、車内は荷物を手に浮足立ち始めた人々と、それ以外に塗り分けられていった。その紳士はどちらともつかず窓の外を眺めていたが、やがてトランクを一等車の自席においたまま、デッキへと足を運んだ。

乗降口の向こうには、人々の行き交うプラットホームが、しだいに遅くなりながら流れていった。今から二年半前、たった一夜にして高架化されたホームだった。

「ここも、ずいぶん変わったな……」

紳士はふとしたつぶやきをもらしたが、それも決して大げさとはいえなかった。というのも、この駅はさらに大きな変貌《へんぼう》のさなかにあったからだ。

明治三十四年に建った二代目の駅舎は、ヨーロッパの古都にでもありそうな石造り。赤レンガの東京駅とはまた違った趣《おもむき》があったが、昨年早々から全面取り壊しての改築工事が始まっていた。鉄筋コンクリートの近代建築に生まれ変わるという触れ込みだったが、今年になっての大陸での戦線拡大のため計画は早くも狂いかけ、せっかくの古雅な名建築を味気ない灰色の箱にするだけに終わりそうだった。

（そういえば）紳士はふと考えた。（当初のプランでは、東京と同様なステーションホテルを併設するとのことだったが……この分では望み薄かな）

その脳裏に思い浮かんだのは、東京駅構内の丸の内口にある「東京鉄道ホテル」だった。ついでながら大正四年に開業した東京ステーションホテルは、昭和八年に鉄道省の直営となって以降、その名で呼ばれていた。――と、そこへ、

「先生！」

ホームからの声に、紳士は端整な顔をそちらに振り向けた。すると、声の主――今様のサラリーマン・スタイルに身を包んだ青年だった――は、彼の顔を見るやパッと顔を輝かせて、

「明智《あけち》先生……明智小五郎《こごろう》先生でいらっしゃいますね」

と重ねて声をかけた。ちょうどそのとき列車は停止して、二人は間近に顔を合わせる形となった。

「ええ、そうですが」黒ずくめの紳士はそれに応じて、「ああ、すると君が岩瀬《いわせ》商会の――？」

「さいです。私、秘書兼宣伝係をしております――こういうものです。主人庄兵衛《しょうべえ》からの指示で、ご所望のものをお届けにあがりました」

青年は言葉も半ば、あわててポケットを探ると、しゃっちょこばったようすで名刺

を差し出した。そこには、初めて目前にする現代の英雄に対する敬意があふれていた。岩瀬商会というのは東京の玉村《たまむら》商店と並び称される大阪一の宝石商で、庄兵衛とはそこの主人だった。

——名探偵明智小五郎。「D坂の殺人事件」に始まって、「心理試験」「屋根裏の散歩者」事件などを手がけ、わが国における素人探偵の先駆けとなった。その後、トレードマークであるモジャモジャ頭はそのままながら、背広姿もりゅうとした青年探偵として、『蜘蛛《くも》男』『魔術師』『吸血鬼』事件と立て続けに凶悪な殺人者たちと戦い、特に『黄金仮面』事件では世界的に有名な怪人を向こうに回しさえした。

まさにこの道の第一人者であり、明智といえばシャーロック・ホームズに匹敵する名探偵の代名詞といっても過言ではなかった。その活躍の舞台は主として帝都東京であり、そんな明智にとっては、あの女賊『黒蜥蜴《くろとかげ》』との対決——ここにいる青年の雇い主でもある宝石王・岩瀬庄兵衛氏の令嬢早苗《さなえ》さん誘拐以来、久々の大阪であった。

あの事件では、早苗嬢がさらわれる岩瀬邸が南海電車の沿線にあったり、身代金がわりの宝石〝エジプトの星〟の取引が通天閣の展望台で行なわれたり、黒蜥蜴が大阪名物の運河にアジトがわりの船を浮かべていたり、また明智自身、彼女に対抗するための囮《おとり》を心斎橋《しんさいばし》あたりでスカウトしたり、確か堺《さかい》筋であったかで自動車競走《カーチェイス》を繰り広げたりして、この商都での冒険を満喫したものだ。そして、とある未明、川口の波止場を出帆《しゅっぱん》した船にもぐりこみ、〝恐怖博物館〟のある敵の本拠に乗り込んだのだった……。

そうした街の記憶は今も鮮やかだが、思えばあれからというもの、ずっとご無沙汰《ぶさた》してしまっている。だが、それは明智がこの地と無縁だったことを意味しなかった。それどころか彼は東京へ戻る途次、しばしば大阪駅で下車することがあった。何でまたそんな必要があったかというと、それは——

「それで、お願いしてあったものは持ってきてもらえましたか」

「それはもちろん……こちらです」

訊《き》かれて青年——岩瀬商会の若い社員は、何やら書類挟みのようなものをカバンから取り出すと、それを明智に手渡しながら、

「ご指定の事件と関係のありそうな記事を、できるだけ集めてみました。お役に立てるといいのですが——」

「やあ、これは……お忙しいのに、申し訳なかったですね」

明智小五郎は、彼のトレードマークの一つであるニコニコ顔で書類挟みを受け取ると、言った。すると、青年は恐縮しきったようすで、

「いや、僕なんかが天下の明智探偵のお役に立てて光栄ですよ」

そう答えたときには、明智は早くもその中身——自分が旅に出ている間、某方面で

起きた事件についての報道に目を通し始めていた。それは、この名探偵のひそかな習慣といってもよかった。

たとえば、怪奇な三重渦巻指紋に彩られた『悪魔の紋章』事件に乗り出した際、彼は親友の中村《なかむら》警部にこう語っている――「ウン、京城（現・ソウル）の新聞の簡単な記事ではじめて見たんだが、それでも僕はすっかりひきつけられてしまったよ。なんともいえない一種の匂いがあるんだ。僕の鼻は猟犬のように鋭敏だからね。ハハハハハ、帰る途中、大阪で事件の新聞をすっかりそろえてもらって、汽車の中で読みふけってきたのさ」と。

そもそも、彼の名声を一気に高めた『蜘蛛男』事件にしてからがそうだった。その前の『一寸法師』事件のあと、彼はしばらく中国やインドを旅していて、あの恐怖の連続美女猟奇殺人の際には不在だったのだが、

「我等の素人探偵明智小五郎は、久方振りで故国の土を踏んだ。下の関《ママ》から東京への道すがら、彼は耳に胼胝《たこ》が出る程『蜘蛛男』の噂を聞いた。新聞といふ新聞がこの兇賊の記事を書きたてゝゐた。彼は大阪の途中下車を利用して、知人の新聞記者に依頼し、『蜘蛛男』に関するあらゆる新聞記事を蒐集《しゅうしゅう》して貰《もら》つた。それから、東京までの汽車中で已《すで》に蜘蛛男の正体を看破してしまつたのだ」

――という次第が、事件記録にはっきり記されている。あいにく単行本化された分

からは割愛されているが……。

今回もそうだった。情報収集に一番手っ取り早いのは新聞のまとめ読みであり、そのため最も手っ取り早いのは右のように新聞社に頼む方法なのだが、まだ彼の無名のころならともかく、それだと変に勘繰られたり、特ダネを期待されたりしてうまくないこともある。

　で、一計を案じ、以前に事件解決で縁の生じた岩瀬商会に依頼してみたのだが、その思いつきはなかなかの好結果を呼んだようだった。この秘書兼宣伝係君、なかなか有能と見えて紙面の取捨選択にもそれが表われていた。

「ありがとう。じゃ、そういうことで」

　明智小五郎はニッコリと笑みかけると、書類挟みをパタリと閉じた。そして軽く会釈するなり、元の客車へと踵《きびす》を返してしまった。その後ろ姿に、

「あの、明智先生？」

　青年は名残《なごり》惜しそうに声をかけたが、与えられた用はぶじ終了したのだから是非もない。何より列車の出発時刻も迫っていることもあってはしかたなく、

「で、では……あ、申し遅れましたが、主人庄兵衛と早苗お嬢さんがくれぐれもよろしくと申しておりました。また何かありましたら、ぜひお申し付けください」

　などと言いながら、退散していった。最後の最後まで気持ちのいい青年だった。そ

れに何だかウマが合いそうで、時間さえあればお茶ぐらい共にしてもよかったかもしれない。

だが、再び自席に腰を下ろし、じっくりと資料読破にとりかかったときには、もうそんなことも念頭から消えていた。記事を切り抜くのではなく、印だけつけて頁ごと抜き出したそれらには、目的以外の記事はもちろん、犯罪以外の分野もまじりこんでいたが、あとになって思えばずいぶん奇妙な紙面構成といえなくもなかった。

下段にはこれまで同様、豊かな消費生活をそそる広告が躍っているというのに、記事はどこもかしこも戦争一色。フレッド・アステアとジンジャー・ロジャースのご陽気なミュージカル・コメディ「踊らん哉《かな》」が公開される一方で、特派員電は上海包囲や南京攻略に向けて暴走する戦況を伝え続けるのだが、ひたすら景気のいいそれらから硝煙や血の匂いはいっこう伝わってこない。とはいえ、ここ大阪駅にも戦死者の遺骨は次々届いていたのだが。

もっとも、先月の中旬から下旬にかけて大阪の各紙は、原《はら》さくら歌劇団の殺人事件でわきたっていた。これは、オペラ「蝶々夫人《マダム・バタフライ》」の公演のため来阪《らいはん》したプリマドンナがコントラバスのケースから発見されるというセンセーショナルなもので、続いて事件は楽壇のスキャンダルを巻き込みつつ、堂島《どうじま》らしきDビル・ホテル、中之島《なかのしま》公会堂、福島の五階建てのアパート、大阪駅、北浜《きたはま》のホテルなど市内各所に急展開。しかも、それだけでは足りぬとばかり、関係者は東京との行ったり来たりを余儀なくされる始末だった。

　その結果、明かされた真相は驚くべきものであった。だが、それだけにこの『蝶々殺人事件』に関しては、東京の同業者――由利麟太郎《ゆりりんたろう》探偵と相棒の三津木俊助《みつぎしゅんすけ》記者の推理に付け加えることはなさそうだった。

　実はこのころ、大阪ではもう一つ派手な事件があった。それは帝塚山《てづかやま》あたりに住む奇人科学者の館から半焼け死体が発見されたことに端を発するもので、ラジオ製造で財をなした富豪が天下茶屋《てんがちゃや》の自邸で完全密室の状況下に殺害され、続いて事件の担当検事の目前で検事正が血祭りにあげられるなど、文字通り人間離れした復讐《ふくしゅう》鬼による凶行が繰り返される。その間、富豪の令嬢が誘拐されるわ、なぜか探偵が宝塚《たからづか》新温泉で一服していたら有馬《ありま》温泉までオート三輪で犯人を追っかけるはめになったりするわの大騒ぎ。その果てに、新世界と天王寺《てんのうじ》公園一帯に大捕物陣が布《し》かれ、大活劇と相成る――。

　もっとも、この『蝿男《はえおとこ》』事件については率直なところ、

（まあ、これは帆村荘六《ほむらそうろく》君ならではの事件だな）

　というのが感想で、確かにそうとしか言いようがなかった。明智もずいぶんいろんな怪人と戦ってきたが、手足が着脱可能の電気仕掛けだったり、腕が機関銃になって

いたりといった手合いは願い下げにしたかった。

そういったのは、理学士でもある帆村探偵に任せることにして、明智はなおも目指す記事を追い続けた。と、ふいにある個所で（おや、これは？）と興味ありげに目を細めた。だが、それは当初の目的だった東京の事件に関してのそれではなかった。

ふと気づくと、もうとっくに発車していなくてはならないはずの急行は、いまだ大阪駅のホームにあった。奇妙に思って耳をそばだてると、何だかちょっとした事故だか調整の必要だかで出発が遅れているらしい。

明智はいつしか本来ほしかった情報をそっちのけにして、そちらの事件についての記事を読みふけり始めた。もっとも、それについて知るには、ここに集められた紙面はあまりに不ぞろいで（当然のことだが）、読めば読むほどもどかしい思いを抑えられなかった。

と、そのときだった。けたたましいベルの音がホームで鳴り響いたかと思うと、乗務員がこう呼ばわる声が聞こえてきた。

「大変長らくお待たせいたしました。東京行き急行、まもなく発車いたします。なお、次の京都以降の到着には遅延のない予定です。大変長らくお待たせいたしました。当列車はまもなく発車いたします――」

その言葉に、明智は（さて……）と一瞬考え込んでしまった。手元の新聞記事に落とした視線を、かたわらのトランクに向け、次いで背広の内ポケットに服の上から軽く手を触れた。そこには、東京までの旅程と快適な一等車の権利をたっぷりと余した切符が収められているのだった。そこへ続けて、

「東京行き急行、ただいまより発車いたします。大変長らくお待たせいたしました。当列車はただいまより京都方面に向けまして――」

ふいにベルが鳴りやんだ。ガチャリと力強い動輪の音が鳴り響き、車両全体が胴震いしたかと思うと、やがてゆっくりと動き出し、だがみるみる速く疾駆《しっく》し始めた――。

「やあ、君！」

ふいに背後から肩をたたかれ、快活に呼びかけられて、先刻の若い社員ははじかれたように振り返った。構内の売店でちょっとした買い物をすませ、大阪駅の改札を出た直後のことだった。

「やや、これは明智先生！」

青年は半ば啞然《あぜん》となりながら、言った。この名探偵が、何かとびきりの魔術でも披露したかのような驚きっぷりだった。

「ハハハ、驚きましたか。あのまま帰京するつもりが、急に心境の変化をきたしましてね。ちょうどよかった。というのも、ちょっと調べたいことができて――」

明智小五郎は例によってのにこやかな笑顔で、書類挟みを相手に差し向けた。そこには、ついさっき彼の興味を引き、終着駅までの切符を無駄にさせた記事が開かれていた。

青年はなおもどぎまぎしながら、

「はあ、これは確か道修町《どしょうまち》で起きた一件ですね。さあて、そう言われましても、私も新聞記者ではなし、とっさにはくわしいことは……あ、そうだ。その事件だったら、こっちにも続報が出ていましたよ」

ふいに何か思い出したようすで、ポケットに突っ込んでいた最新版らしい新聞を「ほら、ここですよ」と差し出した。彼の指がさした先には、このような記事が写真入りで掲載されていた。

「事件の解決近し」金田一探偵の談

問題の蛟龍堂《こうりゅうどう》事件につき鴇屋《ときや》本家より依頼を受けて上阪《じょうはん》せる東京の私立探偵金《きん》田《だ》一耕助《いちこうすけ》氏は、本紙記者の質問に対し次の如く答へた

「今度の事件の最も難解な点は、犯人が僕を含めた目撃者の眼前で兇行《きょうこう》をなしながら、その後何らの証拠を残さず消息を絶つた点ですが、これは探偵小説などに

よくある一見難解ながら視点を少しずらせば存外サラリと解ける種類の謎だらうと確信致します、真相及び犯人の名前ですか、エ、それについては概《おおむ》ね見当が付て居ります……」

明智は、なぜか微苦笑まじりにその談話に目を通していたが、やがて顔を上げると、

「なるほど、なかなか語りますね。だいたいのところはわかりました。それと……お願いついでに、もう一つ頼まれてほしいことがあるのですが」

「はい、何でしょう」

「今から言うとおりに、電報を打っていただけませんか」

あわててメモと鉛筆を取り出した彼に、明智はおもむろに口を開いた。

「あて先は東京市麻布《あざぶ》区竜土町《りゅうどちょう》、明智文代《ふみよ》殿。文面は――『帰京少シ遅レル　小林《こばやし》君ノ迎へ要ラヌ再度ノ連絡ヲ待テ』。じゃ、どうかよろしく!」

2

「すると、金田一先生は東北のご出身でしたか。どうりで色が白いわけだ」

新聞記者は、そのいかにも風采《ふうさい》のあがらない、レビュー小屋の作者部屋にでもいそ

うな和装の若者に訊《き》いた。大阪の新聞街、キタの一角にあるカフェーでのことだった。

「いや、まあ……で、故郷《くに》で中学まで終えたあと東京に出まして、さる私立大学に入ったんですが、神田《かんだ》あたりの下宿でごろごろしてるうち、どうも日本の大学なんかつまらんような気がしてアメリカに渡りましたんです。――あの、それはいいんですが」

「何でしょう」

新聞記者は筆記の手を休め、けげんな顔になった。すると、若者は恐縮しきった表情で、

「その先生というのだけは、勘弁していただけませんか。ぼく、とてもそんなニンじゃないんで、何とも照れ臭くって」

言いながら雀の巣みたいな頭に手をやると、ガリガリバリバリとかきむしり始めた。とたんに飛び散ったフケに、さすが物に動じない新聞記者も、同行の写真班《カメラマン》も、あわてふためいて飛びのかざるを得なかった。

金田一耕助はこの年、満二十四歳。さまざまな放浪や失敗を経て、私立探偵としてやっと売り出したばかりだった。とはいえ、ヨレヨレの飛白《かすり》の着物に襞《ひだ》の消えかかった袴《はかま》といい、指の出そうな足袋《たび》にちびた下駄《げた》、きわめつけに形の崩れた帽子といい、どれ一つその職業にふさわしいものは見当たらなかった。

「ん、まあ、それはともかくとして金田一——さん」

新聞記者はやっと気を取り直し、だがまた「先生」と呼びかけてあわてて訂正した。またフケの奇襲攻撃を受けてはたまったものではなかった。

「一念発起して渡航され、やがて落ち着かれたのがサンフランシスコ。そこで、皿洗いなどして苦学しながら最初のお手柄があったわけですね」

「ええ、まあ……」

耕助は言葉を濁《にご》した。皿洗いうんぬんは本当だが、苦学などとはおこがましい。ふとした好奇心から麻薬の味を覚え、邦人社会のもてあましものになっていたなどとは、とても言えたものではない。たとえ言ったとしても、建前と美談好きの新聞に一行たりと載るはずはなかったろうが。

「で、そのお手柄というのは——?」

「サンフランシスコ在留の日本人間で、一種奇妙な殺人事件がありまして」耕助は言った。「関係者も多数あり、いささか微妙な問題を含んでもおりますので、くわしくは申し上げられないのですが、とにかくぼくがひょんなことから解決にしゃしゃり出て、真相を看破した——まあ、そういったような次第です」

奥歯にものが挟まったように言葉を濁したのは、この事件に含まれた「日本」そのものの暗黒のせいだった。これを明かしたが最後、日本の新聞は彼の存在自体を黙殺

するに違いなかった。彼はつっかけるように続けて、

「で、このことがきっかけで、ちょうど訪米中だった岡山の果樹園主・久保銀造《くぼぎんぞう》氏と知り合いましてね。久保さんには、どうしたことかひどく見込んでいただけて、在籍していたカレッジの学費を出していただいたり、その他いろいろお世話になりました。で、帰国後まっすぐにお訪ねしたところ、将来の希望を聞かれましたので、東京に探偵事務所を開きたい旨、打ち明けたわけです」

回想もここまで来ると、何の気がねもなく楽しく語れた。とりわけ「ぼく、探偵になろうと思います」と言ったときの、久保銀造のびっくりした顔といったら！

「……で、ぼくもちょっとハッタリをきかせましてね。いや、探偵になるのによけいな道具などは要らんというので、『これを使います』とこの頭をたたいてみせたものです」

聞かされる方も、そのあたりは特に興味津々だったと見えて、破顔一笑して相づちを打ちながら、

「ほう、ほう、それは面白い。探偵志願とは先方もびっくりされたでしょうな。それでもポンとお金を出されたのだから、やはり成功される人は違ったものだ。そして、探偵事務所を開かれた結果はどうでした」

「いや、それがサッパリ……訪れるのは閑古鳥《かんこどり》ばかりというありさまでしたよ」

「え、で、その間はどうなさっていたんです」

「しょうがないので、事務所で探偵小説ばかり読んでいました」

これには新聞記者も噴き出してしまった。

「ははは、後ノ名探偵、探偵小説ヲ耽読《たんどく》スル之図というわけですか。ですが、そうしたことがあって、昨年の初め、東京であの重大事件を解決して一躍有名になられたわけですな」

「ええ、まあそういったところで……おかげで久保さんにもやっと面目を施《ほどこ》せましたよ。それまでは、せっかく何千円も出してもらって開いた事務所が門前雀羅《もんぜんじゃくら》のありさまでしたからね」

若き探偵は照れ笑いを浮かべると、またガリガリと雀の巣を引っかき回した。今度はインタビューする側も心得ていて、早めに避難したのは互いにとってめでたいことだった。

その重大事件というのは確かに相当大がかりなもので、警察当局から一目《いちもく》置かれるようになるなど、いろいろと意義深いものだった。とはいえ、むしろ彼としては同じ年の八月に駒形《こまがた》の劇場「稲妻座《いなづまざ》」で起きた未解決の失踪《しっそう》事件の方が気にかかっていたのだが。

「――それで、金田一さん」

ややあって、新聞記者は言葉を続けた。いよいよ核心に迫るといった感じで、意味ありげな一瞥《いちべつ》を投げながら、

「東京に続き、今度は大阪での事件解決に乗り出されたというわけですが、まずそのあらましなどを一つ——そもそも、今度の一件にかかわることになったのは、どういったいきさつで？」

「ええ、それなんですが」金田一耕助は答えた。「何でも、こちらの薬業関係の方で久保銀造さんと同様アメリカに渡っておられた方が、ぼくのことを聞き知り、それが東京での事件の際にあちらにいた鴇屋本家ゆかりの方に伝わって、ぜひ一度おいでをということになったのですよ。ちょうど久しぶりに岡山に久保さんを訪ねようと思っていましたから、東京からは同じ方向になりますしね。そしたら、何とその晩のうちにあんなことになってしまって……」

「あんなこと、ですか」

新聞記者の目が職業的な鋭さを帯び、きらめいた。

「それが、あの道修町の怪奇殺人だったというわけですな」

「ええ、そういうことです」

金田一耕助も、われ知らずゴクリと唾《つば》をのみながら言った。そして、あの日の出来事を反芻《はんすう》するように、ふと遠い目になると、

「あの日、ぼくは夕刻に大阪に着いたのですが、そのあと——」

——それは、梅田《うめだ》を発《た》った自動車が中之島を過ぎ、北船場《きたせんば》あたりを走っていたときのことだった。後部座席を一人占領させてもらった金田一耕助がふと気づくと、周囲の風景が一変していた。

石造りやレンガ、コンクリート製のビル街が、いつのまにか瓦《かわら》屋根に白漆喰《しっくい》・黒漆喰の町屋に入れかわっている。さっきまでのオフィス街はどこへやら、あちこちにいかめしく屹立《きつりつ》する土蔵も、格子戸の前を行き交う前垂れ姿の人々も一種独特の世界を形成し、かつ堅持しているようだった。

「これでもだいぶ変わりましたのよ、金田一先生」

助手席から振り向きざま話しかけたのは、二十歳過ぎの美女だった。襟元にリボンをあしらった白いブラウスをまとい、そのたおやかな肩にはややカールのかかった髪がふっさりとかかっている。

「そ、そ、そうですか」

ふいのことに、金田一耕助は妙にどぎまぎしながら答えた。すると、洋装の美女はなおも涼やかな微笑を向けながら、

「ええ。昔は店と住まいが一体になっていて、『表』と『奥』が同じ敷地内にあるの

が当たり前でしたけど、今では主人一家は阪神間《はんしん》の芦屋《あしや》や西宮《にしのみや》、でなければ大阪南郊の浜寺《はまでら》とかに移り住んで、そこから通勤するのが普通になりました」

「な、なるほどね」耕助はうなずいた。「すると、善池《よしいけ》さん。あなたのところも——

——?」

本当は「初恵《はつえ》さん」と名前で呼びたかったのだが、今日が初対面ではそうもいかず、ましして大阪流の「嬢《とう》さん」や「いとさん」というのも口慣れず、そう言うほかなかった。

彼の思いをよそに、彼女はかわいらしくかぶりを振ってみせて、

「いえいえ。うちは昔通りに一つ屋根の下で……何しろ旧弊《きゅうへい》な家ですから」

とはいうものの、こうやって小型の国産車ながら自家用車を持っているのだから、ただただ頑迷固陋《がんめいころう》というのではないだろう。何よりそれは、目の前の彼女——善池初恵のモダンな愛らしさが証拠立てていた。

女学校あたりで身についたのだろう、それともラジオの普及のせいか、初恵の言葉はアクセントこそ京阪《けいはん》のそれだったものの、言葉つきなどは標準語に近く、大変に聞きやすかった。もっとも、彼女の口から発される限り、どんなきつい方言だって耳に快く響いたに違いなかった。

ふと窓の外を見直すと、街はすっかり暗くなって、散在する街灯や店頭の明かりが

視野ににじむようだ。何気なく目をこらしてみると、それらに照らされた看板や暖簾《のれん》のほとんどには「薬」の文字が含まれていた。

（ああ、もうこのあたりが道修町なのか、『春琴抄《しゅんきんしょう》』の舞台となった——）

金田一耕助は、納得したようにつぶやいた。

さよう、ここは大阪市東区道修町——全国に知られた「薬のまち」である。近くは、いま彼ももらした通り谷崎潤一郎《たにざきじゅんいちろう》の名作の舞台となり、これは一昨年《おととし》、松竹蒲田《かまた》で田中絹代《なかきぬよ》主演の映画《キネマ》にも仕立てられて、いっそうこの町を有名にした。

そもそもは寛永《かんえい》年間、堺の豪商一族の小西吉右衛門《こにしきちえもん》が将軍秀忠《ひでただ》の命で、道修町一丁目に移住して薬種商を開いたのが始まりで、一説に徳川吉宗《よしむね》が大坂で病気になった際、この町の薬のおかげで回復したことからお墨つきを得、以来大いに発展したという。

薬種《やくしゅ》とは、薬の原料となる草根木皮あるいは動物・鉱物などで、とりわけ清国やオランダ渡りの唐《とう》薬種は珍重されたが、これらは長崎からいったん大坂に集められ、道修町の「薬種中買仲間」が品質や量目を検査してから、江戸をはじめとする全国に流通することになっていた。国産の和薬種についても日本一の取引網と見識を誇り、各地の薬種問屋や合薬屋《あいぐすりや》、有名な富山の薬売りなども道修町なくしては成り立たないほどであった。

明治以降も、ここと伏見町《ふしみまち》・平野町《ひらのまち》一帯には薬の製造や卸、化学関連などの店舗が集まって、その数は百や二百ではない。江戸時代から連綿と続く老舗《しにせ》やそこからの暖簾分けも数多く、武田《たけだ》、田辺《たなべ》、藤沢《ふじさわ》、塩野義《しおのぎ》などの製薬大手はほとんどがそれといっても過言ではない。町内には和漢の薬祖神を祀《まつ》り、〝神農《しんのう》さん〟の愛称と張子の虎で親しまれる少彦名《すくなひこな》神社があり、従業員や子弟のため業者自らが設立した薬学校まであった。

だが、それらは確かめる間もなく薄闇の中を行き過ぎてしまい、車が表通りから横丁へと折れてゆくといっそうわかりづらくなった。別に薬の仕入れに来たわけではないのだから、さして問題はなかった。

「あ、高田《たかだ》はん、ここを右に折れてな」

初恵の言葉に、店の者らしい運転手は黙々とハンドルを切り、車をさらに細い路地へと乗り入れていった。いったいどこまで行くのかと思っていると、再びやや広い道路に出て、まもなく停車した。そこは、大通りには及ばぬものの、煌々《こうこう》と電灯に照らされ、また一段と古風な雰囲気を漂わせた一角であった。

「へえ、こちらへどうぞ」

詰襟《つめえり》服に運転帽をかぶった〝高田はん〟が素早く外へ飛び出て、後部扉を開いてくれた。耕助は照れ臭い思いで車を降りたが、やがて目前の奇妙な光景に目をしばたたいた。

車が停まった十メートル弱前方に、まるで間に大きな鏡でも立てたように向かい合う一対の商家。いずれも昔ながらの二階造りで、しかも二軒とも薬店であることは一目でわかった。

同町内の同商売とあれば、造りが似ていても不思議ではないが、それだけではなかった。両側にある店先から突き出た看板のどちらにも、「鴇屋蛟龍堂」と全く同じ屋号が大書されていたのである。

どういうことだ？　と耕助は小首を傾げたが、すぐに（ああ、このことか……）と思い当たった。その気であらためて確かめると、道を挟んで左右から突き出した縦型の看板には、ちょうど彼のいる位置から見て、

——元祖・鴇屋蛟龍堂

——本家・鴇屋蛟龍堂

と、それぞれ異なる二文字が冠されていた。さらによく見比べると、「元祖」の鴇屋蛟龍堂には「丸部《まるべ》長九郎《ちょうくろう》店」、「本家」の方には「善池喜平《きへい》店」と、それぞれ主人の姓名を示す看板が掲げてあった。つまり、これらお向かいさん同士の二軒は屋号こそ同じだが、それぞれ経営者の異なる別の店だったのだ。ちなみに、今回耕助を招聘《しょうへい》した善池家は本家の方の鴇屋であった。

「それにしても、何とまあ……」

さすがの金田一耕助も、呆《あき》れずにはいられなかった。本家と元祖の争いというのはよく聞くし、和菓子の世界ではことにありがちだと聞いたことがある。今回の来阪《らいはん》に際しても「実はもう一軒、元祖を名乗る鵠屋がありまして……」と聞いてはいたが、まさかこんなにも絵に描いたような、いや鏡に映したような図になっているとは思わなかった。

だが、こうしたことは決して絶無というわけではなかった。たとえば京都の今宮《いまみや》神社の東門前には、名物のあぶり餅《もち》を商う「元祖・正本家　いち和」と「本家・根元かざりや」が向かい合わせに店を構え、競い合っている。

屋号こそ違うものの、見た目も味もほぼ同じ。両店とも数百年来この地で庶民に親しまれ、前者などは長保《ちようほう》二年すなわち西暦一〇〇〇年創業というのだから、今となっては由来の知りようもない。それに比べれば、鵠屋の本家・元祖争いの方はずっとはっきりしていた。その分、いっそう深刻でもあったけれど……。

そもそものきっかけは、明治のころ、鵠屋蛟龍堂のあるじ万《まん》右衛門《えもん》が隠居するに当たり、二人の番頭に暖簾分けをさせてやったこと。この店は越歴《エレキ》丸、鉱力《ブリキ》丹、舎密《セイミ》散など秘伝の妙薬で知られた老舗で、その番頭たちというのが、先の看板に名を掲げた善池喜平と丸部長九郎であった。もっとも当時はまだ、それぞれ番頭名前の喜助《きすけ》・長《ちよう》助《すけ》を名乗っていたが。

この二人はほぼ同年輩で奉公にきたのもほぼ同時、何かと比べられる立場にあったことから、久しく好敵手《ライバル》関係にあり、ありていに言えば大変に仲が悪かった。それは彼らが喜《き》七《しち》・長七《ちょうしち》の名で手代となったときには、すでに近所中の評判となっていた。

〝旦《だん》さん〟の万右衛門は、それを承知で発奮《はっぷん》材料とさせるつもりだったか、それとも何か意地悪な思惑のもとでか、何かと仕事上で競い合わせていた。だが、自分が商売から手を引き、家作から上がる地代収入で悠々自適の生活に入る——それは大阪商人にとって、一つの理想だった——というときになって、また新たな火種をまいた。ある年のこと、万右衛門は両番頭を呼び寄せると、

「喜助に長助、長らくようつとめてくれた。ほんまにご苦労はんやったな。ついては来年の正月からおまはんらに暖簾分けをしてやる。めいめい商売に励んで、鵜屋蛟龍堂の名をけがさんようにするのやで」

長らく続いた奉公の身の上から一転、鵜屋の屋号を名乗って独立開業できるのだから、その喜びは言うまでもない。二人はたちまち畳の上にはいつくばると、異口同音に、

——あ、ありがとう存じます！　一心につとめさせていただきますでございます。

などと米搗《こめつ》きバッタよろしくお礼の言葉を述べたが、そのあとがいけない。上げた顔を見合わせたとたん、またしても二人の間で言い合いが始まり、あげくつかみ合い

の大喧嘩《おおげんか》になってしまった。それは、どちらがより正統に鴇屋の暖簾《のれん》を受け継ぐかという名誉の闘いであり、蛟龍堂の名のもとで売られてきた薬の販売権の争い合いであり、どちらがこの薬の町にとどまるかがかかった陣取り合戦でもあった。

伝わっているところでは、そのとき大旦那《おおだんな》の万右衛門は、にらみ合う二人をニコニコと見比べながら、こうのたまったという。

「ええがな、ええがな。それやったら、不公平のないように二人とも同じ看板を上げて、うちの家伝の薬を商うたらよろし。それも、同じ町内にな。おぉそうや、いっそすぐそばに店を開いたらどや。ちょうど心当たりもあるよってな。その方が互いに切《せっ》瑳《さ》琢《たく》磨《ま》して商売繁盛、世のため人のため、また暖簾のためともなって、結局はおまはんらのためにもなるに違いない。な、喜助に長助、そうしィ」

結局はおまはんらのため——という部分を、万右衛門旦那がどこまで本気で言ったのかは疑わしかったが、それ以外の部分は確かに当たっていた。丁稚《でっち》小僧のころからひたすら仕えてきた主人の命令とあっては逆らえるわけもなく、相手に丸取りされるよりはましということで、向かい合わせに店を持って商売を始めることになった。そのとりあわせは、

通りの東側に、丸部長九郎が「元祖・鴇屋蛟龍堂」を名乗って店を持ち、

通りの西側には、善池喜平が「本家・鴇屋蛟龍堂」を名乗って店を持つ

──というものだった。こうして、間を隔てる道筋を南から北に見通すとき、元祖と本家が右左に並ぶ珍景ができあがった。

だが、その効果たるや覿面《てきめん》で、両者は朝から晩まで顔を突き合わせる格好で、激しい商戦を開始した。そこには両者の以前からの確執もあったが、加えて大旦那が笑みを浮かべながら続けた言葉に、

「おまはんらがそれぞれ精進して、鴇屋の名とわが家伝来の薬を広めてくれたらええのじゃ。万一、どっちかの商売が左前になるか、跡取りがおらんようになるとかして、あんばい行かんようになったら、いさぎよう店たたんで身代《しんだい》を片方に譲ることにしたらどうじゃ。むろん薬を売る権利も返上してな。おお、そないしょそないしょ」

というのがあったのが大きかった。しかも、その旨一筆したためてしまったから大変だ。ただのライバル関係に生存競争までが加わって、対立は激化の一途をたどった。

かくして主人同士の角逐《かくちく》は、番頭や手代、丁稚に至るまでも伝染し、顔さえ合わせば何かと剣突《けんつく》を始めるありさま。間を隔てる道筋の上に見えない境界線が引かれて、それを越えて足を踏み入れたの、果ては打ち水が飛んだのといったぐらいのことで、店じゅう総出で乱闘になることさえ珍しくなかった。

たとえ商売敵であっても、道修町の者は互いを店内《みせうち》と呼んで助け合うのが常であったが、この両店においては当てはまらなかった。明治から大正、昭和と来て、両家と

も三代目に突入しようというのに、争いはいっこうに衰えなかった。それどころか、昭和も二桁《ふたけた》になったところで、それまでのような笑い話ではすまされない惨劇が起こってしまったのだった——。

（——？）

金田一耕助はふいに視線をもたげると、けげんな表情を浮かべた。何だか妙なものの影が、向かって右側、「元祖・鴉屋蛟龍堂」と「丸部長九郎店」の看板を掲げた店舗の正面二階の窓に見えたような気がしたからだった。

あんなところに誰かいる！　そう思ったときにはピシャリと障子を閉めてしまったが、その刹那《せつな》、耕助は確かに見たのだ。真っ黒な頭巾《ずきん》のようなものをかぶり、目ばかり出した人物——まるで『春琴抄』の終盤におけるお琴《こと》のような何者かが、こちらをじっと見ているのを。

「あの、初恵さん……あ、いや善池さん」

うっかりと下の名を口にしてしまいながら、金田一耕助は自分を案内して数歩先を行く彼女を呼び止めた。だが、今のはいったい——そう続けようとした言葉を、彼はのみ込まざるを得なかった。それほどに彼女の表情は、さっきと一転して悲壮《ひそう》であり、いっそ悲痛でさえあったからだった。

「金田一先生」

それは、思わず彼をしてたじろがせるほどの語気だった。だが、その異様さに気づいたのか、むりやり笑顔をこねあげると耕助を手招きして、

「あの、どうかこちらでお茶でも。長旅でお疲れでしょうから……さあ、どうぞ！」

言うなり、黒いスカートのすそをひるがえすようにして姿を消した。「本家・鴇屋蛟龍堂」「善池喜平店」の名を染め抜いた暖簾の内側へと。

3

「——といったようなことで、金田一先生」

本家・鴇屋の奥座敷で善池初恵は言った。彼女はここの長女であるばかりでなく、事実上店を切り回しているらしく、それはさっきここの暖簾をくぐったときの店の者たちのようすでもうかがえた。

「お向かいの丸部さんのところとは長年、何かといさかいを繰り返してきたのですけれど、初代のころならともかく、私たちの時代には純粋に商売上の競争だけだと思っておりました。それが……決してそうではなかったのです」

「と、いいますと？」

金田一耕助は、むしょうに頭上の雀の巣を引っかき回したい衝動にかられながらも、

ぐっと袴《はかま》の脇をつかむことでこらえながら訊《き》いた。

すると、善池初恵はもともと色白な顔を、いっそう白っぽくしながらうなずいて、

「はい……それといいますのは、今から一年半ほど前になりますか、とんでもないことが両家の間で起こりましたの。私どもは代々の当主が『喜平』の名を継ぎ、お向かいは『長九郎』を名乗ることになっているのですが、私どもの父はある事情で――ありていに言うと道楽が過ぎて早くに隠居しましたし、お向かいも早くに亡くなっていました。そこで、本家《うち》は私の兄の喜一郎《きいちろう》、元祖《あちら》は一人息子の長彦《おさひこ》さんが三代目を継ぐことになっていたのですが、この二人の間で、とんでもないことが起きてしまったのです」

耕助はいつしか固唾《かたず》をのんで聞き入りながら、二つのことを思い出していた。一つはここ本家・鴇屋には彼女のほか、番頭・手代・丁稚《でっち》に女子衆《おなごし》まで十数人の使用人がいるのを見かけたが、「兄の喜一郎」らしき人物が見当たらなかったこと。もう一つはここへ招じ入れられる直前、向かいの店の二階に見たあの黒頭巾の怪人物であった。

「もともと、私の兄とお向かいの長彦さんは年もそう変わらず、そんなに険悪な仲ということもなかったのです。周囲は何かとけしかけるようなことを言っていましたけれど……。それが、ふとしたことからひどくいがみ合うようになりまして、出先で激しく言い争うのが見られたり、果ては店先でつかみ合いを始めるまでになりました。

そして、あの晩――兄は店の奥から劇薬を持ち出して、お向かいに乗り込んだのです。そのあと、二人の間でどんなことがあったのか、私には知りようもありません。ただわかっているのは、激しく互いを罵《ののし》る声と、取っ組み合う物音がひとしきり続いたあげく、『ギャーッ』と獣のような叫び声が鳴り響いたことでした」

「それは、もしや……？」

金田一耕助は、身を乗り出しながら訊いた。すると、初恵はこわばった顔でうなずいて、

「そうです。争ったあげく、兄が長彦さんの顔に劇薬――おそらくは硫酸のようなものをぶちまけたのです。何でも、異変を聞きつけた元祖の店の人たちが、二人が対座していた部屋に駆けつけたときには、すでに兄の姿はどこにも見当たらず、顔面に大火傷《やけど》を負った長彦さんがのたうち回っていただけということでした。

それからというもの、丸部長彦さんは二目と見られぬほど傷ついた顔を黒頭巾に隠し、お店の正面二階にあるお部屋で起き伏しするようになったのです。最初は奥の座敷で養生するようにということだったのですが、ご本人の強い要望で表に面したところに住まわれることになったそうです。以来、ほとんど階下に降りられることもなく暮らしておられまして、私たちもときおり長彦さんの姿を下から見かけることもあるのですが、お気の毒と思う半面、ゾーッとしてしまって……」

「なるほど、無理もありますまい。それで、喜一郎さん——お兄上の方はその後どうなさいました？」

耕助は低い声で訊いた。すると初恵はなお苦しげに、

「ええ……。今日に至るまで、兄はどこにも姿を見せておりません。わが家はもちろん、心当たりのどこにも。ああ見えて実は繊細な優しい人でしたから、勢いでしたこととはいえ、自分がしでかした罪の大きさに脅《おび》えて、いまだに家にはよう帰らないのだと思います」

「え、それっきりですか。警察は何をしてたんです？」

驚く耕助に、善池初恵は苦しげに、

「警察には届けませんでした」

ぽつりと、そう告白した。

「えっ」

「警察に届ければ世間に知られ、世間に知られれば、どちらも暖簾《のれん》に傷がつきますし……私どもは本家から罪人を出したくなかったし、元祖も被害者とはいえ新聞に書き立てられたくはなかったようでした。むろん、いけないことやとはわかっていましたけれど」

「そうでしたか……」

耕助も重苦しい思いにかられながら、うなずいた。彼女がうら若い身でこの老舗《しにせ》を任されることになったのは、そうした悲劇の結果だったのだ。なお、喜一郎・初恵兄妹《きょうだい》の母である二代目夫人は持病のため（そして、おそらくは息子の不祥事のショックもあって）転地療養しているとのことで、いきおい本家の暖簾を守る重責は彼女の双肩にかからざるを得なかった。

なるほど、そういうわけだったか――と金田一耕助は納得した。だが、ふとあることに気づくと、

「ん？　もともとは、それほど仲が悪いわけでもなかったお兄上と向かいの三代目氏が、そんなにも対立したきっかけというのは、ひょっとして――？」

彼はゆっくりと初恵を見た。とたんに彼女はハッとしたようすで、細い肩をますます縮めると口を開いた。

「はい……お察しの通りです。そのきっかけと申しますか、原因に当たるのは私なのです。どうしたものか、長彦さんは私の小さいときからとてもよくしてくださって、私も親しみを感じていました。で、いつのまにかそうした気持ちが、年齢とともに高まっていって――長彦さんはとりわけそのお気持ちが強かったようです。最初はそれとなく結婚をほのめかされ、ついには『僕たち二人がいっしょになって、元祖と本家の不毛な争いを終わらせよう』とまでおっしゃるようになったのです」

「だが、あなた方のそうした気配を察知したものがいた。その人は丸部長彦氏に劣らず、いやそれ以上にあなたのことを愛していて、それでついに〝恋敵〟への激情を抑えきれず……というわけですか」

金田一耕助はそこまで言うと、ウームと腕組みした。だが、自分の言葉のせいで初恵が心の古傷をえぐられ、今にも泣き出しそうなのをこらえているのに気づくと、あわてて、

「あ、いや、初恵さん。つい訳知り顔でつまらんことを申し上げてしまいました。も、申し訳ありませんです。そ、それはそれとしまして、そうしたところへぼくをわざわざお呼びになったというのは、いったいどういうようなわけで——？」

オロオロとしたあまり、つい吃音《きつおん》の癖をあらわしてしまいながら問いかけた。だが、幸いそれが彼女の感情をそらすのに作用したとみえ、

「はい、それは」

と、やや気を取り直したようすで座り直した。

「金田一先生のことを知人からうかがい、わざわざおいでいただいたのは、最近妙なことが続きまして、何かとても恐ろしいことが起こるのではないか、そんな不安にかられてどうしようもなく——それで、名探偵と評判の先生に相談に乗っていただき、一日でも二日でもご滞在いただけたらと思いまして」

言いながら、訴えるように耕助の顔を覗《のぞ》き込む。その瞳《ひとみ》の奥には言い知れぬ不安がたたえられていて、どうにも抗しがたいものがあった。

「わ、わ、わかりました」

金田一耕助はうなずきつつ、かろうじて答えた。そのあとにやっとのことでこう付け加えた。

「そ、それでその妙なことというのは？　こちらにぼくを滞在させて、いったい何をしろと？」

「そう、それは――」

善池初恵は、まっすぐに耕助の目を見返しながら言うのだった。


そして、その数時間後の真夜中過ぎ、金田一耕助は本家・鴇屋蛟龍堂の表に面した二階座敷にぽつねんと座していた。

古い大阪商家の正面は、むしこ造りといってぱっと見には一階建てのような中二階建てになっていることが多い。「むしこ」とは虫籠《むしかご》で、それに似た漆喰《しっくい》を固めた縦格子の窓がついている。だが、ここはそうでなく、向かい側と同様普通の本二階造りになっていた。

真下は店先になっていて、土間から畳に上がり込むと奥は帳場と壁一杯の陳列棚と小抽斗《ひきだし》になっている。あとで中を見せてもらったが、そこに詰まっていた薬種は植物とも動物ともつかぬ奇怪な形状のものばかりだった。

見回せば、数々の家伝薬の銘板や古怪な人体図が掛けられ、同じく薬名を記した衝《つい》立《たて》が置かれている。どこもかもに明治の開店以来だけでなく、道修町数百年の歴史と薬の匂いが沈潜して、一種独特の雰囲気をかもし出している。それが狭い階段を這《は》いのぼり、ここまで漂ってくるかのようだった。

ここで――この因習《いんしゅう》と伝統のただ中で、あのひともずっと生きてきたのかと思った。薬のまち道修町に限らず、商家というこれはこれで特殊な世界に。ここに生きる人々は、生涯ただ一つの奉公先で起きて寝て学び、ボロ雑巾《ぞうきん》のようにこき使われる丁稚《でっち》から一歩ずつ階段を上って、徹底した専門知識をたたきこまれてゆく。絶対的な終身雇用が原則で、転職や中途入社はほぼあり得ないから、一度その道から外れたら戻ることはできないし、もはや浮かぶ瀬もない。たとえ店がつぶれて辞めざるを得なくなった場合でもだ。

もっともこれは男たちだけで、女は一期半期出がわりなどといって一定期間ごとに雇用契約を更新するから、次々奉公先を変えてゆくことも珍しくない。その点男たちよりはるかに自由といえるが、そのかわり商売を教えてもらえることも、役が上がってゆくこともない。では、使われる側ではなく使う側に生まれればいいかというと、そうでもない。大阪の商家では男の子は飼い殺しにするか他家に養子に出して、有能な番頭あたりを娘の婿養子に取って後を継がせるのが珍しくなかった。

　嬢《とう》さんとか何とかもてはやされてはいても、しょせんは暖簾と算盤《そろばん》を支える一つの歯車に過ぎない。まして、あの初恵さんのように先頭になって店の采配《さいはい》を振るっていては、自分の時間など皆無に違いなかった。何とももったいないというか痛ましい気がしたが、本人にはそれを考える寸暇すらないのかもしれなかった。

　何とかならないものだろうか……何ともなりはしないのに、ふとそんな無理なことを考えながら、金田一耕助は細めに開けられた障子《しょうじ》に視線を投げかけた。その隙間を通した先には、あの黒頭巾《ずきん》の人物がちらと姿を見せた部屋があり、ここはちょうどその真向かいに当たるのだった。

　それにしても、こんなところで自分に何をしろというのか。戸惑う耕助に対し、初恵は言った――「どうか、この部屋にいて見守ってやってください。何かが起こるならそれを、起こらないですむなら、そうなるように」と。

　だが、見守ってどうしろというのか。彼女の話によると、ここしばらく起こっている妙なことというのは、ふいに夜中に怪しい光がきらめいたり、正体不明の影が映じたりというとりとめもないものばかり。せいぜい具体性を帯びているのは、店の周辺や出先で不審な人影を何度も見かけたという話ぐらいだが、いったい誰を目撃したというのか。

（ことによると――失踪《しっそう》したきりの初恵さんの兄・喜一郎氏がひそかに戻ってきたという意味だろうか。いや、それならば受け入れるにせよ、あるいは追い返すにせよ、おれを雇い入れたりする必要はない。それとも、もっと危険な何者かで、もっとおぞましいことが起ころうとしているとでもいうのか――）

とつおいつ考えるうちに時は過ぎ、やがて午前一時をとっくに過ぎた。だが、障子越しの景色には、何の変化もない。灯《あか》りはついているのだが、怪しいのも怪しくないのも含めて影一つ映らないし、物音も人の声も何も聞こえてはこなかった。

誰もいないのだろうか。それなら電気は消すはずだがと思ったが、そのとたん何やらゾッとした。あの黒頭巾をかぶった人物――初恵さんの話によると、元祖鵺屋の三代目・丸部長彦――が、丸く切り抜いた穴から目を光らせ、じっと床の上に起き直っているさまを想像したからだった。

ふと気がつくと、町なかにもかかわらず身にしみるような静寂が耕助を押し包んだ。いくら朝早く夜遅い商家といえど、もはやどこも起きているところはない。少し離れた大通りを往来する市電の音も、すっかり絶え果てた――そのころ。

「！」

ふいに背後から伝わった人の気配、次いで襖《ふすま》のスーッと開く音に、金田一耕助はぎょっとして飛び上がった。

「な、なぁんだ。びっくりするじゃありませんか」

あわてて振り向いた耕助は、だがすぐに拍子抜けしたように言った。その視線の先には、年のころなら十四、五の坊主頭にお仕着せの男の子が、お盆に茶と菓子をのせたまま目をパチクリとさせていた。これは音吉《おとき》っとんといってここに奉公に上がったばかりの丁稚さんだった。

実は、この少し前にトントントンと階段を上がってくる足音がしたので、そのままここへ来るのかなと思っていたら妙な間があいて、忘れたころに襖が開いたものだから、驚いてしまったのだった。

用をすませたら、すぐ下りてしまうのかと思ったら、何だかそのまま居残りたそうにしている。たぶん長時間拘束されてひたすら追い使われる毎日なので、息抜きしたいのだろう。そう思って話しかけると、案の定うれしそうにその場に座り込んでしまった。何といっても、生きて動いている探偵を見ることなどめったにない機会だろうから、それも無理はなかった。

「あ、あの探偵さん」

音吉っとんは、妙にそわそわしたようすで訊《き》いた。

「本物の探偵さんというのも、やっぱり活動に出てくるみたいに天眼鏡とか巻尺やなんか使いはるんですか」

金田一耕助を噴き出させたことに、それはかつてパトロン久保銀造に「ぼく、探偵になろうと思います」と打ち明けたときの反応と全く同じだった。誰しも思うことは同じなのだろうか。

あと、この丁稚さんにとって探偵といえば、英国のシャーロック・ホームズもさしおいて、まずわが国のあの偉大な先達を真っ先に思い出すらしく、

「金田一さんも、早《はよ》う明智小五郎のような偉い名探偵になってくださいね」

と励まされてしまったりして、これには耕助も頭をかかざるを得なかった。ただし、あのフケを飛散させる激しいそれではなく、照れ笑いを浮かべながらポリポリと軽く指先でかくやり方だった。そうしながらふと涙ぐましい気分になった。

この子はどこの出身か知らないが、丁稚小僧の例にもれず小学校を出てまもなく親元を離れ、いきなりこうした世界に投げ込まれたのだろう。親からもらった名前を変えられ、粗末な衣服と食事を与えられ、早朝から深夜まで歯を食いしばって孤独と屈辱に耐え続けている。ついこのあいだまでの自由な子供時代はもう二度と返ってこないのだ。

そんな彼に、少しでも気晴らしのときを与えられるのなら、そうしてやりたかった。だが、あまり引き止めては小うるさい番頭さんあたりにしかられてしまうかもしれな

い。そう思って、そろそろ引き取らせるか、それとも階下に一言声をかけておこうかと思った——そんな矢先。

何かの拍子に窓の外を見たらしい音吉っとんが、突如「フ、フワーイ!!」と素っ頓《すっとん》狂《きょう》な声をあげてのけぞった。尻餅《しりもち》をついたままズルズルと後ずさってゆく。

そのただならぬようすに、耕助も何ごとかと障子の隙間から覗《のぞ》き込んだ。次の瞬間、

「あ、あれは——?」

彼もまた驚愕《きょうがく》に目をみはり、声にならぬ叫びをあげていた。そこに展開されていたのは、異様としか言いようのない光景であった。

こちらの対面にある鵜屋蛟龍堂の二階部屋。その障子がいつのまにか開け放たれて、室内のありさまが丸見えになっていた。ということは、むろんあの黒頭巾——劇薬で顔を焼かれた元祖鵜屋の三代目・長彦らしき人物も。だが、それだけではなかったのだ。

(あれは、いや、あいつらはいったい……?)

そこには黒頭巾の人物のほかに、二人の男がいた。一人はハンチングに尻っぱしょりした着物姿、一人は中折れ帽に格子柄の背広を着ており、それぞれ帽子を目深にかぶってギャング映画よろしく顔の大半を布で覆っている。そいつらが、短刀と棍棒《こんぼう》を滅多無性に振り回して、黒頭巾に襲いかかっていた。

たちまち、簡素ながら小ぎれいに整えられた室内は落花狼藉《らっかろうぜき》のありさまとなった。襖《ふすま》は破られ、衣桁《いこう》や箪笥《たんす》は引っくり返り、布団や枕、その近くに置いてあったらしい雑誌や新聞、水壜《すいびん》やコップが跳ね上がり、惨憺《さんたん》たることになってしまった。

むろん黒頭巾も必死に抵抗したが、おそらくは寝込みを突然に襲われ、しかも素手のところを多勢に無勢とあっては敵すべくもなかった。まもなく中折れ帽の男が手にした棍棒の一撃が脳天に加えられ、すかさずハンチングの片割れが短刀をズブリと背中に突き立てて、がっくりとその場に崩折れてしまった。

まるで時が止まったような一瞬であった。道を隔てた向かいだけでなく、こちらの二階座敷まで。だが、そうでない証拠に、いまわしい仕事を終えた覆面の男たちは、一瞬の静止のあとすぐ行動を再開した。グタリと倒れた黒頭巾の人物を二人して抱き起こすと、両側から引きずって……やがて襖の外れた戸口の方へ、そのまた奥の闇へと吸い込まれてしまった。

「き、き、君――」

「た、た、探偵さん」

金田一耕助と丁稚《でっち》の音吉は顔を見合わせ、それぞれ震えを帯びた声で言った。そのときだった。背後でガチャンとけたたましく鳴り響いた音に振り向くと、そこには善池初恵が恐怖に目を見開き、両の手のひらで口元を覆うようにしながら、立ちつくしていた。

「と、嬢《とう》さん……」

音吉っとんが、かすれ声で言った。

彼女の足元には、彼女が持ってきてくれたらしいケーキと紅茶の残骸《ざんがい》がぶちまけられていた。けたたましい音は、それを取り落としたためだったが、その理由も見当はついた。彼女も見てしまったのだ。あの惨劇を、かつては好意を抱き合ったこともある男が、殺されるか少なくとも瀕死《ひんし》の重傷を負うかして、凶漢たちに拉致《らち》されるのを！

何か悪い夢でも見たのではないかと思った。だが、そうでない証拠に、下の通りからパタパタと、明らかに複数の足音が聞こえてきたかと思うと、そのまま彼らから見て右の方へと遠ざかっていった。

三人が三人ともその場に釘付《くぎづ》けにされ、微動だにできずにいた。だが、さすがに耕助はすぐ気を取り直すと叫んだ。

「け、け、警察を！　は、は、早く！」

「運転手さん……えっと、高田さんだっけか、急いで、早く！」

金田一耕助は助手席で口角泡を飛ばしながら、詰襟服のドライバーを叱咤《しった》した。かと思うと、後部座席を占めた警官たちを振り返ると、自分が目撃した状況を仕方噺《しかたばなし》で語って聞かせたりした。

つい熱が入り過ぎると、いつもの癖が出てガリガリと髪の毛をかきむしる。たちまち飛び散る白い霧に、さしもの強行犯係たちも閉口のていであわてて窓を開け放つ始末だった。

4

夜道をひた走る鴇屋本家の自家用車。そのあとには所轄・船場《せんば》警察署の車両が続く。なるほど、せっかく車があるのだからと直接警察に知らせに走り、折り返し同乗してもらったのは正解だった。時刻が時刻のせいか電話がなかなか通じなくて困ったが、これなら確実だった。

――あのあと、耕助はただちに袴《はかま》の股立《ももだ》ちを取って階段を駆け下り、向かいの店舗に駆けつけたのだが、板戸がすっかり閉められているのは当然として、いくらたたいても声をあげても返事がない。ようやく裏口が開いているのを見つけて入ってみたが、驚いたことに誰の姿もなかった。

　これはいったいどうしたことか。一方、異変のあった二階座敷へ通じる階段口は扉が行く手をふさいでいて、しかも施錠されて行くことができない。それは内側からも外からも施錠可能な鍵孔《かぎあな》式のもので、いっそぶち破って入ろうかとさえ思った。

　だが、とりあえずは警察を呼んでからということになり、耕助が通報役を引き受けたわけだった。何しろ彼には、先の東京における重大事件でもらったお墨付き——といっても、たまたま知り合った警保局の幹部に一筆書いてもらった名刺だが——があった。

　その効き目は確かにあって、すぐさま鴇屋本家へ向けて初動捜査陣を差し向けるとともに、本部の捜査課に連絡してくれた。そんなこんなで、金田一耕助は事件発生から半時間とちょっと過ぎるころには、本家と元祖を隔てる道へ北向きに進入していた。

「金田一先生！」

　車の通り道まで身を乗り出した善池初恵が、夜目にも白いブラウスの手を振り叫んだ。ヘッドライトに照らされて、あらためて見るその顔は、ハッとするほど美しかった。もし金田一がハンドルを握っていたとしたら、思わずブレーキをかけ忘れていたかもしれない。

　だが、むろんそんなことはなく、金切り声のような制動音が鳴り響いた次の瞬間、金田一は向かって右にある元祖・鴉屋蛟龍堂——すなわち丸部長九郎店へと駆け込んでいた。

続いて到着した制服・私服の警官たちの手で階段口をふさぐ扉がこじ開けられ、どっと二階になだれ込む。予想通り、中は惨憺《さんたん》たるありさまだった。

襖《ふすま》は外れ、布団は吹っ飛び、調度や備品でまともな位置にあるものは何一つない。そして、この部屋の主（だけでなく、ここ元祖鴉屋の主人でもあるのだが）である黒頭巾《ずきん》の人物——丸部長彦の姿はどこにもなかった。

金田一耕助は、たちまち始まった現場捜査と鑑識に押しまくられ、弾《はじ》き飛ばされそうになりながらも周囲をできる限り仔細《しさい》に観察した。——あれだけ派手に刀を振るった割には、意外に流血は少なかったが、それでもあちこちに飛び散り、グロテスクな水玉模様や蜘蛛手《くもで》を描きながら凝固していた。

（はて、これは——？）

黒頭巾の若主人の寝所《しんじょ》を襲撃し、めった打ちにした上に刃にかけた犯人は何者で、どこへ行ったのか。その目的は何だったのか。そして最も不可解なことに、ここ元祖・鴉屋蛟龍堂の人たちはどこに行ったのだろうか。

金田一耕助が、事件の全体像をつかみかねて小首を傾げたときだった。階下でドッとどよめきのような声があがった。

船場署からの増員、あるいは警察本部からの応援が到着したのだろうか。そうではなかった。それより一歩先んじて、まずはとんでもない事実が発覚したのだった。

「何てことだ、これは？」

このしばらくあとに元祖鶍屋に駆けつけた本部詰めの浅原《あさはら》警部は、大阪府警察部きっての敏腕家らしくもなく、呆《あき》れたような声をあげた。

「これが――この人たちが、元祖の方の鶍屋の人たちなんだね」

「はい、警部。そういうことで」

船場署の刑事が敬礼しながら、言った。そこは店舗のすぐ裏にある蔵で、開け放たれた大戸の閂《かんぬき》には馬鹿でかい南京錠がダラリとぶら下がっていた。内部からのかすかな声を聞きつけた警官たちの手で破壊されたものだ。

「何とご大層なことをしたもんじゃないか……」

浅原警部は独りごちながら、薬種独特の臭気に満ちた蔵の中をぐるりと見回した。それから急に肝心なことを思い出したように、

「おいおい、何してる。いくら現場保存のためとはいえ、いつまでも縛られたままじゃかわいそうじゃないか。早くほどいてあげろ」

はっ……と応《こた》える声があって、警官たちがいっせいに蔵に入り、何者かの手でグル

グル巻きに縛られた人々をいましめから解放しにかかった。本家と同様の人数と構成の奉公人たちが残らずその中には含まれていた。

「と、と、とにかく突然のことでしてん」

特別念入りに縛られ、猿ぐつわまでかまされた福助《ふくすけ》という古参の番頭は、やっと口が自由になったとたん、油紙に火のついたようにしゃべり始めた。

「あれは——ちょうど帳面をしもうてボチボチ寝ようかという十一時ごろのことでしたか。覆面に帽子の二人組がいきなり押し入って、わてと女中のお清《きよ》どんを人質に取りよりましてな。こう物騒なしろもんを頰べたに突きつけて『みんな大人しゅう縛られて、蔵へ入れ。なぁに少しの辛抱や。わしらか？　わしらはちょっとこちらの旦《だん》さんに用があってな。その間、ちょっと外しといてほしいのや』——こんなことを抜かしよりまして、あげくこのザマだす。いやはや、もうさっぱりワヤでおますわ」

「なるほど」浅原警部はうなずいた。「あんた方を蔵の中に押し込め、あの錠を下ろしたうえで二階の座敷へ駆け上がった。そして当主の丸部長彦氏を急襲し、殺害ないし負傷せしめたうえで、拉致《らち》し去ったというわけか。しかし、何のためにそんなことを……」

「疑問なのは、それだけではありませんよ。なぜ、店から二階に上がる階段がふさがれていたのか、このあたりに謎を解く鍵がありはしませんか」

「うむ、それもある。二階には誰もいなかった以上、去りがけに鍵をかけていったことになるわけだが……」

浅原警部はうなずき、だがそれに続いてけげんそうに声のした方を振り返ると、

「うん、そういうあんたは？」

「あ、申し遅れました。ぼく、金田一耕助と申します」

耕助は深々と頭を下げてみせた。そう名乗られても警部にはわけがわからず、さらに誰何《すいか》しようとしたとき、やや年かさの制服の一人が「浅原さん、あとでちょっと……」と少し離れたところから声をかけた。金田一はそれを聞きつけるや、

「えっ、浅原警部といいますと、ひょっとしてあの原さくら歌劇団の事件を担当された——？」

「ええ、そうですが？」

浅原警部はなおも不審顔だ。一方、金田一耕助はさもうれしそうに破顔一笑して、

「あっはっは、これは奇縁というか光栄です。あの『蝶々《ちょうちょう》』事件にはぼくも大変興味を感じておりまして、それもあって大阪行きを決意したのです。もっとも、それよりはるかに早く同じ東京の両先輩に先を越されてしまいましたがね」

「それは残念でしたな」

浅原警部はそっけなく答えたが、この若者のあまりの無邪気さ、真っ正直さに、何

となく微苦笑を禁じ得なかった。さきほど部下の一人が、彼の持つ警保局のお墨付きとやらについて耳打ちしたのだが、この警部にとってそんなものはどうでもよかった。

「あの、それで警部さん」

「何でしょう」

浅原警部は、妙に愉快な気分になりながら聞き返した。

「ぼくの聞いた感じでは、犯人らしい二人組はこの店の前の道路を南の方へ走り去って行ったようですが、その後何か消息はありましたか」

「ああ？　それでしたら、もうとっくに付近一帯に非常線を張りましたよ。特にあなたやお向かいのお嬢さんの証言に基づいて、道筋の南の方を重点的にね。目撃された通りの和製ギャングスタイルで、しかもとんでもない〝荷物〟もいっしょだとすれば、目撃者がいないわけはないでしょうからな」

「しかし、もし引っかからなかったとしたら？　いや、もちろん府警察《そちら》部の非常線にぬかりがあるとは思いませんが」

「ぬかりがないのに、引っかからない？　そりゃどういうことです」

「それは、つまり……忽然《こつぜん》と消えたということになりますね。二階の現場からだけでなく、この薬のまち一帯から」

金田一耕助はまじめな表情で言い、だがすぐに人好きのする笑顔に戻った。その手がおもむろに頭上に向かう。彼といっしょの車で来た警官たちがアッと叫んだが、遅かった。浅原警部が例の洗礼を、それも至近距離で受けたのは、その直後のことであった。

金田一耕助の予言めいた言葉は、的中していたことが、その後まもなく明らかになった。生死不明の丸部長彦を連れ去った二人組の足取りは杳《よう》として知れず、目撃者もいっこうに現われなかったのだ。

むろん、単に網を張るだけではなく、周辺の道筋とりわけ彼らが駆け去ったと思われる道の南方向に沿っては細かい聞き込みが行なわれた。たまたま当夜そのあたりを通りかかった夜回りや屋台の中華ソバ屋がいたのだが、当然何かを見ていていいはずの彼らからは何の証言も得られなかった。

なお捜査の副産物として、鴇屋本家には正面のほかに裏木戸があるのだが、事件発生の午前一時前後には一切そこを出入りしたものがないことが、そこを見通す位置にいた夜商いの店のものによって明らかになった。つまり、蔵の中に閉じ込められていた元祖の人々と同じく、本家の一同もまたアリバイが成立したのである。

ということは、賊二人と黒頭巾の長彦は逃走を始めてまもなく、道修町すら出ないうちに天外消失してしまったとしか思えない。むろん後戻りして、どこかにもぐりこんだわけでもない。

ただ、彼らの身元については二、三の情報が入っていた。鴇屋蛟龍堂の近辺で、中折れ帽とハンチングの二人連れが何度も目撃されたことがあるというのだ。むろん、それがあの覆面の賊だという確証はなかったが、浅原警部ら捜査陣を色めきたたせるには十分だった。

それにしても、犯人たちは丸部長彦のもとに押し入って危害を加えたうえ、いずこかへ連れ去ってどうしようというのだろうか。ここに、本家と元祖の間で内々にすまされていた一年半前の事件が明るみに出、失踪《しっそう》したきりの善池喜一郎の存在がにわかに注目された。

二人組というのは、喜一郎とその共犯者ではないだろうか。いったんは狙ったものの息の根を止めそこねた相手を、今度こそ仕留めるべく元祖の二階に乗り込んだのではなかったろうか。

だが、いったい何のために？　長彦は彼のために顔を焼かれ、ために一時は噂された初恵との仲も立ち消えになってしまった。そんな廃人同然の彼に、今さら何をしようというのだろう。そんなにも見境のない殺人鬼ならば、もっと早く決着をつけそうなものではないか。

「たとえばですね、浅原警部」

と訊《き》いたのは、いかにもお先っ走りな新聞記者の一人だった。

「犯人すなわち善池喜一郎は、その間ほとぼりをさましに大陸にでも逃げていたとは考えられませんか？」

「待った待った」と警部は手で制して、「まだそこまでは手が回らんよ。第一、いつ喜一郎氏のことを犯人と呼んだかね。彼には今さら長彦氏を殺す理由はないのだし」

「だからですよ」記者はなおも言いつのった。「しばらくぶりに大陸から帰ってきて、自分が二目と見られぬ顔にした男とわが妹が、相変わらず関係を続けていることを知ったとしたら……」

「ばかばかしい。そんな赤新聞のユスリ記事みたいなものを書いて、恥をかくのは君の方だよ。少なくとも現在のところ、君の高尚なご想像を裏付けるような証拠は皆目挙がっていないね」

　すると今度は別の記者が、

「これは復讐《ふくしゅう》ではないですかね」

「復讐？」

「つまり、行方不明とされている善池喜一郎は、実は殺されていた。むろん丸部長彦によって、彼との格闘の際にね。その際、長彦は喜一郎持参の劇薬で顔を焼かれてしまったが、それぐらいでは本家側の怒りや怨《うら》みはおさまらない。で、ついにそれが爆発して……」

「今ごろになって敵討《かたきう》ちをしたというのかね？　で、そのご奇特な犯人は誰だい。まさか、こっちも大陸から帰ってきたとでも？」

浅原警部は呆《あき》れ顔で言った。

「だったら……」

さすが紳士的な警部も、これには「いいかげんにしたまえ」と一喝せざるを得なかった。といって報道陣も引き下がってはいられず、その矛先は勢い別のところに向かわざるを得なくなった。

そんな中、金田一耕助は積極的に捜査に協力し、何度となく現場に足を運んでいた。右のような事情に加え、独特の風貌《ふうぼう》と雰囲気を持つ彼の存在は記者たちの好奇心をかきたてる結果となった。あの貧乏書生みたいなのは、いったい何者なのか――と。

やがて耕助に接触し始めた記者たちは、その親しみやすい人柄もあって、しきりとこの新顔探偵のことを知りたがり、細かな履歴を訊きたがった。しかたなく彼は東北某県の生まれであること、さらには東京へ出ての進学およびアメリカ渡航から帰国しての探偵事務所開業までのいきさつを語るはめになった。

そこまで聞けば、今度はこの素人探偵殿がどんな推理を下すかが気になってくる。

「いや、まだ材料が十分にそろってはいないから」と断わっても新聞記者が承知するはずもなく、とりあえずさしつかえのないところまでを語らざるを得なくなった。

そのユニークで天才肌な、それでいて人間臭い履歴は格好の記事となり、こうして、青年金田一耕助はまだ何一つ解決したわけでもないのに、早くもこの都市の人気者になってしまった。

折しも道頓堀《どうとんぼり》の松竹座では監督ジャン・ルノワール、ジャン・ギャバンの主演による「どん底」と併映で「血に笑ふ男」という探偵劇をやっていたが、その広告文案用にと推薦の弁を提供させられたほどだ。ちなみに、この映画の原作が、金田一自身も愛読しているアガサ・クリスティ女史の短編「うぐいす荘」であることは、さすがの彼も言われてみるまで気づかなかった。

それはともかくとして、元祖・鴇屋蛟龍堂の怪事件は、中一日置いて急展開を見た。場所もあろうに新淀川《しんよどがわ》べりの河原で、拉致《らち》された丸部長彦らしき死体が発見されたのである。それも、事件の前段に劣らず猟奇的かつ派手な形で……。

5

「これですよ、金田一さん」

夜はしらじら明け——にもまだ至らず、紺青の天蓋《てんがい》が頭上に広がる河川敷で、浅原警部が言った。

「そ、そうですか」

金田一耕助は、しきりと下駄《げた》ばきの足を踏み鳴らしながら言った。何しろ、防寒のため外套《がいとう》を着込んだ警官たちに比べて、こちらは着物と対の羽織を引っかけただけ、足元も指の出そうな足袋《たび》とあっては、肌寒いのも無理はなかった。

市街の灯は遠く、満々とした川の流れは薄闇の底に沈んでよくは見えない。ただ、ときおり行き過ぎる荷船のランプと機関の響きが、それと告げるのみだった。

彼の間を駆け抜けてゆくのは、朝まだきの冷え冷えとした、しかしさわやかな風。だが、それは河原の一角に据えられたあるもののために、すっかり台なしにされていた。ドス黒い煙と鼻をつく異臭――そして何より、井桁《いげた》に組まれていたらしい薪のただ中で、ブスブスといまだ執念《しゅうね》く燃え続けている巨大な肉塊ほど醜怪なものは、またとありはしなかった。

皮膚はすっかり焼け焦げて大半が燃え落ち、残ったところもスルメのようにまくれあがっている。とにかく全体が黒く炭化していて、いっそそれならすっかり灰になってくれればいいものを、なまじ生々しく肉や骨が残っている個所があるのが、ますますいまわしさをつのらせるのであった。

金田一耕助も、この惨状には総毛立つのを禁じ得なかった。胃の腑《ふ》からこみあげてくるものを抑えるのに必死な思いをしなくてはならなかった。

そんな彼の脳裡《のうり》をふとかすめたものがあった。鴇屋本家の店舗の奥、その薄暗がりに佇立《ちょりつ》する人体模型だ。最初訪れたときは気づかなかったのだが、古びて干からびたようなそれは、何とも薄気味悪いしろものだった。表面には、ことさら誇張された腫《は》れ物《もの》や病変が毒々しく描かれ、どうも近代の医学書とは一致しなさそうな臓器や経絡があらわしてある。

おっと、あんなものを思い浮かべては、ますます胸が悪くなるだけだとあわてて首を振る。やっとのことで気を取り直し、どうやら胃袋もなだめ終えたところで、浅原警部に訊いた。

「それで、この死体が道修町の事件とかかわりがあるというのは、どういう……？」

「その根拠ですか。この近くで発見された、これですよ」

浅原警部は、部下の方にあごをしゃくってみせると、丸めた布のようなものを持ってこさせた。耕助はそれを受け取り、そっと広げてみたが、そのとたん目を真ん丸に見開いて、

「け、け、警部さん。こ、これはひょっとして――？」

浅原警部は、無言でうなずいた。それ以上の言葉は必要なかった。耕助の手からダラリと垂れたその品物――人間の頭がすっぽり入りそうな袋状になっていて、ちょう

ど目の位置に丸く穴を切り抜いた黒布を見さえすれば。

「むろん、この黒頭巾《ずきん》が何らかの偽装工作であるとも考えられるわけですが」

少し間をおいてから、警部は言葉を続けた。

「そういった可能性はいったん措《お》くとして、ごく順当に、素直に考えるなら、この黒焦げのホトケさんがあの元祖鴉屋の二階座敷の住人――すなわち丸部長彦だということになるわけですな」

「ええ……いや」

金田一耕助は何だか妙な返事をし、うなずくともかぶりを振るともつかぬ風に首を動かした。警部はそれを聞きとがめて、

「何です。肯定するのか否定するのか、どちらか一つに願いたいですな」

「いや、それがその、それがそうはいかないんでして」

耕助は帽子をひっつかむと、まるで雑巾《ぞうきん》みたいに握りしめて、ますます原形を失わせてしまいながら、

「警部さんがおっしゃる通り、この死人は黒頭巾をかぶり、あそこの二階で起き伏ししていた気の毒なご仁と考えるのが普通でしょう。しかし、だからといって、それが必ず丸部長九郎店の三代目とは限らないのではないでしょうか」

「どういうことです、それは!」

警部はつい声を荒らげかけ、だが耕助のようすを見てハッとして口をつぐんだ。そこでは彼のあの悪癖が、これまで見た中で最も激しく、最も猛烈なスピードで始まっていたが、なぜかそれを揶揄《やゆ》したり嫌悪する気にはなれなかった。むしろ、その果てにあらわれようとしている何かを待ちたい気分だった。

それ以降、金田一耕助はなぜか黙りこくったままでいた。だが、小一時間後、最寄りの警察署に引き揚げて、警部らとともに熱いお茶のお相伴にあずかったあと、

「――ぼくが思いますのに」

と、ひどく思い切ったようすで口を開いた。

「一年半前に起こった事件というのは、ひょっとして、こういうことだったのではないでしょうか。本家の善池喜一郎氏が元祖の丸部長彦氏のもとに乗り込み、二人が激しい争いになったまでは、これまで信じられてきたのと同じですが、そのあとが少し違います。もし、とっくみあいの果て、喜一郎氏が長彦氏を殺害してしまったとしたら？　そして、その際に劇薬を顔に浴びてしまったのが、長い間信じられていたように長彦氏ではなく、喜一郎氏の方だったとすれば？」

「何ですって？　ということは――？」

浅原警部は目を丸くした。耕助はうなずいて、

「そう、つまり、元祖の二階座敷で黒頭巾をかぶって暮らしていたのは、そこの若主

人たるべき長彦ではなく実は本家の喜一郎だったということです」

平然と言い放つ耕助に、警部はますます驚いて、

「な、何でまたそんなことになったんです。もしそうだとしたら、元祖の連中は、自分のところの主人を殺されたというのに、そのことに口をつぐんだばかりか、犯人を自分たちのところにかくまったことになるではないですか」

すると耕助は、「そこですよ」とひどく深刻な顔になりながら、

「すべては総本家の大旦那《おおだんな》、万右衛門翁が残した言葉のせいですよ。暖簾《のれん》分けをした二軒のうち、商売が駄目になるか跡取りがいなくなった方は店をたたみ、身代を一方に譲れ——というね。そして、本家には妹の初恵さんがいたが、元祖には長彦氏しかいなかった」

「で、では、そのために人間の入れ替えを?」

「そういうことです。喜一郎本人および本家の人々にとっては、長彦氏を殺害してしまったという弱みがあり、元祖にしてもこの件が明るみに出れば店がなくなってしまう恐れがあった。そこで、殺人の事実を隠蔽《いんぺい》した上で、身代わりを差し出させることにしたのです。黒頭巾をかぶらせ、二階の座敷に幽閉同然にしてね。ひょっとしたら、劇薬をかけられたというのは顔を隠す方便で、実は無傷だったということだってあり得ると思いますよ」

「なんと……で、その後の成り行きは？」

警部はいつしか耕助の話に引き入れられ、続きをうながした。

「丸部長彦の身代わりとして、元祖の二階に幽閉されていた善池喜一郎は、最初のうちこそ罪の意識もあって、おとなしくしていたが、やがて替え玉生活も一年半となると耐え切れなくなって脱出を試みだしました。当然の心理といえるでしょう。しかし、その計画は元祖の人々の知るところとなってしまった。彼らとしては何としても阻止しなければならないが、しかしここは高い塀に囲まれた牢獄《ろうごく》でもなければ絶海の孤島でもないのだから、喜一郎が死ぬ気で脱出を試みれば防ぎきれないかもしれない。そうなったら、全ておしまいだというので、いっそこの機に乗じて彼を始末しようと考えたのです。

まず、思わせぶりな情報をばらまき、実際に怪現象を起こしておいて周囲の注意をかきたてる。それにまんまと引っかかった本家側では、しかし相手の奸計《かんけい》を用心してぼくという探偵を雇い入れた。このことがどちらにとって有利な結果を招いたかはさておいて、元祖側では、あの大げさな襲撃および拉致《らち》劇を演じてみせた。さよう、あれはことさら人に目撃させるための猿芝居で、本物の黒頭巾――実は善池喜一郎氏はとっくに別の場所に運び出されていたのですよ。おそらく非常線はおろか、ぼくがまだ来ないうちにね」

「しかし、だとすると、その芝居を演じたものとやらは？　元祖の店のものは全員、蔵の中に閉じ込められ、外から厳重に錠をかけてあったんですよ」

「そこまではぼくもわかりませんが、元祖鴇屋の周辺を洗えば、おのずと出てくるんじゃありませんか。何しろ黒頭巾と覆面二人組の計三人も役者が入り用だったわけですから」

「ふむ……では、淀川河畔で発見されたあの黒焦げ死体は？」

浅原警部が訊《き》いた。

「むろん、喜一郎氏のものですよ」耕助は断言した。「そう考えれば、ああしてわざわざ死体を火にくべた理由も明らかでしょう。そうすることで身元をごまかし、あくまで長彦の死体と見せかけようとした。ぼくがさっき、彼の顔が無傷だった可能性を述べたのは、黒焦げにしてしまえばそれも含めて隠蔽《いんぺい》が可能だからです。しかし、それはあまりに現代の鑑識科学というか捜査技術を軽視しているというほかありません。——警部さん、もしそのような欺瞞《ぎまん》行為が行なわれていたとして、それを見破ることは可能でしょうか？」

「それは、もちろん！」

浅原警部は、自信たっぷりにうなずいてみせた。いつしか確立しつつある、目前の若い探偵への共感と信頼に自分でも驚きながら、そしてそれがどういう形で報いられ

るか予想さえせずに。一方、

「ただ、ぼくとしてつらいのは初恵さんのことで……お兄さんが殺人を犯して失踪《しっそう》したかもしれないという疑惑に胸を痛めながら時を過ごし、あろうことかすぐ真向かいの家にいたとわかったときには、すでに黒焦げの死骸《しがい》になっていて再会がかなわないなんて、あんまりむごすぎますよ」

金田一耕助は、あのひとの面影を胸によみがえらせつつ言うのだった。未明の空よりも暗い表情で、自分が善池喜一郎と断じた死体にゆっくりと視線を転じる。すっかり崩された焚《た》き木はまだ消えきらずに、ところどころに赤い輝きを浮かび上がらせていた。

「で、結局、その黒焦げの死体は……」

その新来の客は金田一耕助に向かって言った。例によって在阪《ざいはん》某紙の新聞記者ということだったが、わざわざ宿まで訪ねてくるのは珍しい。どこでどう探し当てたものか、この客自身がなかなかの名探偵というべきかもしれなかった。

「生前に記録のあった身長、骨格、血液型、歯の治療痕《こん》その他、古傷のたぐいにいたるまで、あらゆる身体的証拠にもとづく比較および法医学的見地からして、当該遺体はいかなる疑いの余地もなく、百パーセントの確率にて元祖・鴇屋蛟龍堂の三代目―

――すなわち、丸部長彦であることが判明したわけですね。本家の若主人で、長らく失踪中の善池喜一郎などでは決してなく」

それはあの無残な死者について、その後まもなく明らかになった情報であった。一方ここは、江戸時代からの宿屋町・日本橋《にっぽんばし》の大和町《やまとちょう》に彼が投宿した旅館の一室。鴇屋本家の善池初恵が手配してくれたもので、でもなければこんな閑静で宿代もそれなりに取られそうなところに泊まる彼ではなかった。それはともかくとして、

「……そういうことです」耕助は力なく答えた。「それは要するに、ぼくの推理と予想が百パーセント間違っていたということでもあるわけですが」

その手では、相手が差し出した名刺が知らず知らずひねくり回されていた。ポマードでべったり髪を押えつけ、ロイド眼鏡にちょび髭《ひげ》を生やしたこの人物とこそ初対面だったものの、名刺に刷り込まれた新聞社からはすでに取材を受けたことがあった。

ちなみに、そのときの記事は「『事件の解決近し』金田一探偵の談」と見出しをうたい、「真相及び犯人の名前ですか、エ、それについては概《おおむ》ね見当が付て居ります」で結ばれる例の談話であった。

むろん彼のことだから、そのときの発言に嘘もハッタリもなく、自分なりに成算があってのことだったが、結果としては計算違いもいいところだった。それも自分一人が恥をかくだけならまだしも、せっかく好意を寄せてくれた浅原警部にとんだ失望を

味わわせたかと思うと、ほろ苦い悔恨があとからあとからこみ上げてくるのだった。

ともあれ、座卓を挟んで向かい合うこの客が指摘した事実は、耕助が懸命に組み上げた推理を根底からくつがえすものだった。淀川べりで見つかった炭殻みたいな死骸が善池喜一郎ではなく丸部長彦であったからには、せっかく彼が想定した二人の入れかわりも、それにともなう生死の逆転も全て妄想に過ぎなかったことになってしまう。

だが、そのことを残念に思う反面、心の片隅で彼は喜んでもいた。なぜなら、あの推理が崩壊したということは、初恵に彼女の兄をめぐるあまりにむごい事実を告げずにすむことを意味していたからだ。ということは——もう一度最初から考え直せばいいのだ。

「そうだ、記者さん」金田一耕助は言った。「この際だから全部話してしまいましょう。何だったら若造探偵の失敗談ということで容赦なく書いていただいてかまいませんよ。ただし、浅原警部さんたちのことは一切あげつらわないという条件つきでね。いいですか、それだけはくれぐれも約束ですよ」

そう切り出して、これまでの見聞や感じたことの全てを問わず語りに再現し始めた。それは、一つの事件に対する探偵としての当然の態度であり、一人の可憐《かれん》な女性が生まれながら封じ込まれた「商家」という異様な世界に、彼なりに切り込む試みでもあった。もし、推理という武器によって、彼女をそこから救い出すことができれば……

そんなことをふと夢想する耕助であった。

これに対し、そんな彼の思いなどかかわりなく、客はときに話にじっと耳を傾け、ときに妙に的を射た質問を投げかけたりした。一時間、二時間——気づかないうちにどんどん時を重ねながらも、二人の対話は尽きるところを知らなかった。そんな中、客がふと思い出したように、

「そういえば黒焦げ死体の件で、公式には発表されてないんですが、血中から特殊な反応があったようですね。何らかの薬物だろうというんですが、それ以上のことはまだ……」

「そうですか。何しろ商売が商売だし、あるいは何か薬の常用者だったんでしょうか」

「それと、ちょっと聞き込んだんですがね。鴇屋の近辺で目撃されたというハンチングと中折れ帽の二人組ですが、あれはどうやら『ラジューム製薬』の社員らしいですよ」

「ラジューム製薬？」と耕助。

「新興の製薬会社ですよ、最近急成長していると評判の。もっとも、それが問題の賊と同一かというと、当夜は完璧《かんぺき》なアリバイがあるらしく、どうも違うようなんですがね」

「まあ、ハンチングと中折れなんて掃いて捨てるほどいますし、そんな二人組なんてのも珍しくないでしょうからね」

と金田一耕助は応じた。

それから、どれぐらいたったろうか。ふと気づけば客はいつのまにか去っており、耕助はまた静まり返った部屋の中でたった一人になった。

彼は考えた、考え続けた。頭をかきむしり、思うさまフケをまきちらし、ときに大の字になって寝転がりながら考え続けた。ノートに図面を書いては消し、その上に何本となく線を引いてはまた消してしまう。

やがて、それにも倦《う》み疲れると洗面台に行ってジャブジャブと顔を洗った。忍び寄る睡魔をとりあえずは追い払って、何気なく視線をもたげると、鏡の中から何とも情けない面つきの男がくたびれきった表情で見返してきた。

（鏡――？）

何の不思議もない現象が、なぜかひどく新鮮に感じられ、いっそう無秩序さを増した蓬髪《ほうはつ》の中で何かがひらめこうとした――そのときだった。部屋の片隅にある黒電話がジリジリと、ことさら神経をいらだたせるように鳴り出した。

なぜか躊躇《ちゅうちょ》した耕助だったが、次いではじかれたように受話器を取ったときには、もうさっきまでと目の色が違っていた。耕助は、交換台の声に続いて先方に回線がつ

ながったとたん、相手に名乗る暇も与えずに、

「あ、もしもし浅原警部ですか？　ぼく金田一です。ちょうどよかった、実はこっちから電話しようと思っていたところで……例の件では本当に申し訳ありませんでした。あ、それでですね、警部さんにちょっと聞いていただきたいことがあるんですが、よろしいでしょうか。ええ、もちろん鴇屋蛟龍堂の事件についてです。

あれからぼくもいろいろ考え直してみまして……いや、浅原さん、とにかく聞くだけ聞いてください。わかったんですよ、ことの真相が。——いいですか、ぶちまけて言ってしまえば、ぼくが元祖鴇屋とばかり思って見ていたのは、実はそうではなかったのですよ。障子の向こうにあるのは、当然、対面の二階座敷であるはずが、実は自分のいる本家の建物を見ていたんです。

どういうことだか、さっぱりわからないがって？　そりゃそうでしょう。鏡ですよ、鏡のトリックを用いたんですよ。まだわからない？　よござんす、いま説明しますから。——ちょっと思い浮かべていただきたいんですが、ぼくは細めに開けた障子越しに外を覗《のぞ》いていたわけですけれど、もしその先に大きな鏡が一枚あったとしたらどうです。ええ、鏡ですよ、古来より手品の種として愛用された……。そいつを窓の外に据えつけ、うまく距離と角度を調整しさえすれば、ぼくがいた側の建物の外壁を見ることができるのではありませんか。できないことはなさそうだって？　いえいえ、で

きますとも。

あっはっは、やっとおわかりになったようですな。そうですとも、ぼくが見たというあの場面は、ぼくがいた鴇屋本家の二階座敷と同じ並びの別室で、おそらくは本家の誰かによって演じられたお芝居だったと思われます。

だが、何のためにそんなことをって？　ごもっとも。事件の背景はおそらくこんなところです。善池喜一郎が、妹の初恵さんのことにからんで丸部長彦のもとに押しかけ、そのあげく彼の替え玉として黒頭巾《ずきん》をかぶせられ、元祖の二階座敷に幽閉されたというところまでは、先にお話しした推理と同じですが、たった一つ大きな違いがあります。それは――長彦が喜一郎に殺されたりはしなかった。彼は生きていたということなのです。

え？　はいはい、丸部長彦が生きていたとしたら、いろんな前提が成立しなくなるとおっしゃるんですね。その通り、喜一郎が長彦を殺したのでないのなら、身代わりになって閉じ込められなくてはならないような弱みはないし、そもそも長彦はどこへ行ったか説明がつきませんからね。

その答えは――おそらく双方ともに行き違いというか、とんだ誤解があったんでしょう。喜一郎は長彦と激しい争いになり、相手がぐたりとなるまで首を絞め上げるか、あるいは殴りつけて昏倒《こんとう》させてしまうとかしたが、その拍子に自分も持参の劇薬を顔に浴びてしまう。そのあと息を吹き返した長彦ははずみとはいえ、自分のしでかした結果に脅え、喜一郎の二目と見られぬ顔に震え上がって、そのまま家を飛びだして出奔してしまった。一方の喜一郎はといえば、やっと意識を取り戻したと思ったら、元祖の連中から自分が本当に長彦を殺したかのように吹き込まれ、『刑務所に入りたくなければ、黒頭巾をかぶってこのまま[うち]の旦那《だんな》の身代わりをつとめろ』と因果を含められて、しかたなくそれに従った。たぶんあの福助とかいった番頭が首謀者の一人でしょうが、あんな人のよさそうな顔をして太い奴ですな。

ともあれ、こうして一年半の歳月が過ぎたのですが、ここでとんでもない新展開があった。それこそ大陸あたりでほとぼりをさましていた長彦が、久方ぶりに道修町に舞い戻ってきたのです。初恵さんの話に、店の周辺など不審な人影を見かけたというのがありましたが、それこそ生家の近くを徘徊《はいかい》して様子をうかがう彼の姿だったのかもしれません。それはともかく、本物の三代目が帰ってきたとなると元祖鴇屋としてはどうすべきか。当然、偽者を排除して当主の座を明け渡させなければならないことは隠密を要しますから、秘密裡《ひみつり》に黒頭巾の中身をすりかえなくてはならない。

唯一の、しかし最も大きな難点は、本物の長彦の顔には火傷《やけど》の跡がないことですが、これはどこか著名な顔面整形の先生にかかったことにでもすればいい。また、それを口実にしていったんどこか遠くに行けば、人間入れかわりの絶好のチャンスとなるでしょう。

丸部長彦はそれでいいとして、入れかわられる善池喜一郎はどうなるのか。むろん抹殺の二文字あるのみです。おとなしくお引き取り願い、彼は彼で本家に戻って主人の座に座ってくれれば八方丸く収まるのでしょうが、今さらそうもいかない。喜一郎にとって、自分の顔と失われた時間は返ってこないのですから。

ですが、ここで状況をいっそうややこしくさせる事態が生じた。喜一郎の周囲でめぐらされだした悪だくみに、当の本人が気づいてしまったのです。それと知って彼は怒り狂い、同時に恐れもしたでしょう。このままでは手駒に使われたあげく消されてしまう。そうはさせるものかと決意した彼は、元祖の連中の目を盗んで自宅——おそらくは妹の初恵さんと連絡をとった。投げ文とか鏡の反射とか、とにかく彼ら兄妹《きょうだい》ならではわかり合える通信手段でもって、ここにいるのは長彦ではなく兄の自分であり、しかも遠からず殺されようとしていることを伝えた。

そこで初恵さんら本家の人たちは必死に知恵を絞った。ぼくという探偵とつながりが生じたことから、これをさっそく利用することにしたのです。何だかだと理由をつけてぼくを本家の二階に上げ、向かい側の元祖の座敷——と思わせて、実は本家の一室——を監視させ、そこであたかも黒頭巾の人物が襲われて拉致《らち》されたかのような一芝居を打ってみせた。ぼくは大あわてであてがわれた部屋を飛び出しましたが、何のことはない、あの一幕は同じ二階の、ことによったらすぐ隣で行なわれたかもしれなかったのですね。

ぼくはそのまま向かいの元祖鴇屋に駆けつけました。だが、店の人々はこれに先立つ二時間ほど前、帽子と覆面で変装し、物騒なものを振りかざした二人組——実は本家の奉公人のうちで度胸があり、かつなるべく面が割れていないもの——によって蔵に閉じ込められていた。あとでよけいな証言をさせないためにね。むろん、あらかじめ見当をつけておいた鍵《かぎ》で扉を開き、二階の喜一郎を救出したのもこの際のことです。おそらく、座敷の中を荒らしたのもね。もっとも、少々やりすぎたようですが……。

さて、ここで肝心なことが一つ——それは、元祖に押し入った二人組が黒頭巾の長彦を襲って連れ去ったと思われる午前一時過ぎには、本家の人間は全員屋内にいたことにしなくてはならないということです。それが、十一時ごろに番頭以下の人たちを蔵に閉じ込めたあとの奇妙な時間的空白の正体だったわけです。二階に駆け上がろうとするぼくを、階段口の扉を施錠しておくことでいったんは阻み、さらには電話が通じにくいとかいうことを口実に通報に走らせる。そして、ぼくが車に乗っていなくなったあと、残りの工作をすませ、ゆるりと警察の到着を待つというわけです。……はい、はい、そういうことです。ご理解いただけて恐縮です」

金田一耕助は、見えない相手に何度も頭を下げた。ややあって受話器を握り直すと、

「そう……最大の問題は、そのようにして脱出した喜一郎がどこへ行ったか。また長彦を殺害し、あのような火あぶりの刑に処したのは誰かということですが、これは言わずもがなというべきでしょう。喜一郎は自分に対する悪謀を察知したぐらいですから、長彦の潜伏場所をもれ聞いていたとしても不思議ではない。で、妹との再会もそこそこに、彼女の制止も聞かずすぐそちらへ向かったとしたら？

ぶじ幽閉からは抜け出せたものの、ひどく残酷にあざむかれて決して短くない年月を台なしにされたことに気づいた男がいて、ことの全ての原因、元凶ともいうべき人間と対面を果たした。このあとに、どんなことが起こるかは想像がつくでしょう。

おわかりいただけましたか。実に何ともひどい話としかいいようがありません。全ては暖簾《のれん》と算盤《そろばん》への執着が生み出した、恐るべき悲喜劇だったのですよ」

そのあと彼はしばらく口をつぐみ、もっぱら電話口の向こうにいる相手の聞き役に回った。そのあとで再び、

「え、このあとぼくはどうするかって？　そりゃ警部さんたちと行動をともにしたいですし、自分の推理をこの目で確かめたいのは山々ですが、ここは黙って大阪を去らせていただけませんか。いえ、東京ではなく恩人のいる岡山へ……。ええ、わがままなのは承知で、全てを浅原さんたちにお任せしたいと思うのですよ。

そう……正直なところ、初恵さんの心情を思うと、とくとくと事件の絵解きをした

りする気になれないのですよ。兄の喜一郎の行方知れずで悶々《もんもん》と悩み苦しんだあと、一年半ぶりに生存を知って胸にともった灯《あか》り。次いで彼が直面している生命の危機におびえ、必死に知恵をしぼって大がかりな救出計画を立てた。ぼくというまぬけな探偵を利用し、なるべく誰も傷つかぬようにね。だが、全ては無駄なあがきであって、結局はあらたな悲劇と罪悪を生んでしまった——そのことを思い、初恵さんの嘆き悲しむさまを想像するとね」

6

大阪・本町《ほんまち》、午前三時——。

人通りの絶えた電車道を、たおやかな影が一つ、ヒタヒタと駆け渡っていった。影は細身の外套《がいとう》に身を包み、手には何かを握りしめていた。

影はやがて、靴のかかとを石だたみに響かせて大通りを横切ると、やや細い道筋へと足を踏み入れた。ここにもほかに通行人の姿はなかった。

ふと見回すと、ぽつんと一基だけ立った街灯がものさびしく光の輪を描いていた。影はその足元に歩み寄ると、小さく細い手の中に握りしめていたものを取り出した。それは、細かく折りたたまれた紙片であった。

やがて照らし出されたそれには、ここ一帯の略図が描かれ、片隅に黒丸印がつけられていたが、同時にその紙片を持つ人物の顔も明らかになった。

それは、善池初恵であった。その表情からはいつもの微笑が消え、一種の畏怖《いふ》と、それに抗するかのような決然とした表情がないまぜになっていた。

初恵はしばし紙片と周囲の家並みを見比べていたが、意を決したようにある方向に向かって歩き始めた。その前に現われたのは、それほど大きくはないかわり、無駄な装飾を排したビルディングであった。建ってそれほどの年月は過ぎていないようだったが、とりわけ看板はまだ真新しく、正面の柱にはめ込まれた銘板には、

ラジューム製薬株式会社

の文字が夜目にも鮮やかに輝いていた。

初恵はその前に立つと、先ほどの紙片を裏返した。そこには芥子《けし》粒のような文字で、何階の応接室がどうのこうのと指示らしいものが書きつけてあるのだった。

ビルの正面玄関前には格子戸が閉じられていたが、軽く触れてみると難なく開いた。その向こうの扉も同様であった。初恵はそのまま狭い階段を、靴音たてて上っていったが、一切の感傷を排したはずの近代的な事務所ビルにも、怪異や恐怖は息づいてい

ることがよくわかった。

ほどなくとあるフロアに達した彼女は、そこに居並ぶドアを一つ一つ確かめながら、よりいっそうの暗がりへと足を踏み入れていった。やがて、立ち止まったドアのすりガラスには黒文字で「第三応接室」と記されていた。暗がりでも読み取るのに苦心しなかったのは、こんな時刻にもかかわらずボンヤリと灯りがついていたからだった。

(ここだわ……)

初恵は心の中でつぶやき、にわかに高鳴りだした動悸《どうき》を抑えながら、ドアのノブに手をのばした。何度か触れかけては引っ込めを繰り返し、ようやくノブをつかんで回そうとしたときだった。

あっはっは……と陽気な笑い声がしたかと思うと、続いて何だかひどく楽しげに談笑する声が聞こえてきた。初恵はハッとして手を離し、そうなるともうドアを開けて中へ入る勇気はなかった。あの紙片——知らぬうちに彼女の帳場机に置かれていた指示文によれば、そうしなくてはならなかったのだが——。

といって、このまま立ち去るわけにもいかない。室内の談笑はなおも続いているようで、何だかその内容が気になるが、今ひとつよく聞き取れない。それに、声の主たちの正体を確かめたくもあって、その場に身をかがめると、鍵孔《かぎあな》に顔を近づけた。

次の瞬間、初恵は息をのんでいた。鍵孔の向こうに見えたのは、あの中折れ帽とハンチングの男たち。前者は背広の後ろ姿、和服を着た後者も横顔がシルエットになってよく見えなかったが、ともあれあの二人組に酷似していたことは確かだった。

いや、そのことは半ば予期していた。彼女をひどく驚かせたのは、彼らが交わしていた会話の内容だった。

まずハンチングの男が、たった今聞いたのと同じ笑い声をたてながら言うには、

「まあ、今回の事件はいろいろとややこしいことばかりで、例の黒頭巾《ずきん》などもそうですが、いったい誰が誰で、本当のところは何が起こったのか悩まされることばかりでしたよ。こう言うといっそう訳がわかりませんがね」

「いや、全く……その最たるものが、ほら、例のあれですな」

中折れ帽の男が、後ろ姿のままうなずいた。するとハンチングの方はわが意を得たりとばかり身を乗り出して、

「そう……元祖の鴇屋だとばかり思って、一生懸命見つめていたのが、本当にそうなのか疑わしくなってきたって件ですな。だが、あの説を検討しているうちに、あとこんな風に思えてきたのですよ。ひょっとしてぼくがいた場所もまた本家の鴇屋ではなかったのではないかとね」

ぼく？　ぼくとはいったい誰のことだろう。彼らはいったい何を話しているのだろうか。

「どういうことです、それは？」

中折れ帽が訊《き》いた。ハンチングは答えて、

「つまり、ぼくは本家の二階にいたつもりが、いつのまにか元祖のそれにすりかわっていたのではないかということですよ」

「おやおや、何を言い出すかと思ったら……あなたともあろう人が、まさか途中で眠らされはしまいし、いつそんな機会があったというんです？」

「ああ、これはぼくの言い方が悪かった。つまりぼくが案内されたのが、初めから本家である善池家の店舗ではなく元祖すなわち丸部家の方だったとしたら——ということなんです」

「な、な、何ですって？　だって二つの店は……」

「そっくりなんですよ、向かい合わせに。まるで鏡にでも映したようにね。いや、互いに左右が逆というわけではないから、この言い方は正確ではないが、とにかく造りも大きさもほぼ同じなんですよ。ということは、看板や暖簾を取り外してしまえば、どちらがどちらだか区別がつかなくなってしまうということじゃありませんか」

「いや、だからといって、そんな……」

「まあ聞いてください。どうもこれには、二人の番頭に暖簾分けをする際、何から何まで平等に機会を与えて商売を競わせようという大旦那《おおだんな》の万右衛門翁の意思があったようですね。彼ら自身、少しの不公平や差異も承知できなかったろうから、勢いそういうことになったのでしょうが、その結果はあんなにも長年争い続けていた両店が、双子のようにそっくりだという皮肉なものになったわけです」

「………」

「そこへもってきて、二軒の間を隔てる道をてっきり南から北へ進んでいると思ったら、実は逆方向だったとしたら？　向かって右は東、左は西のはずが正反対になってしまいますし、まして看板や暖簾《のれん》にまで手が加えられていたとしたら――？」

「か、看板に？」

「そうです。『善池喜平店』と『丸部長九郎店』を取り換え、それぞれ『本家』と『元祖』の上から偽の文字を貼り付ければ、たちまち両店は入れかわってしまい、しかも容易には気づかれないでしょう。元祖は本家に、本家は元祖になりかわってしまったことにね」

「いや、確かに理屈ではそうなるかもしれないが……」

中折れ帽はなおも反駁《はんばく》した。すると、ハンチングの人物はやにわに帽子を脱ぎ捨てると、その下から現われた蓬髪《ほうはつ》をかき回しながら、

「いや、お疑いはごもっとも。ですが、まことに面目ない話ながら、ぼくが初めて道修町のあの一角にやってきたとき、すでにあたりは暗くなっていましたし、初めての

大阪ということで全く地理不案内なありさまでした。だから、本当は北から南に向かって歩いていたのを正反対だと思い込んでも無理はなかったでしょう。とはいえ、まんまと欺かれたことに変わりはないですが」

「しかし、建物はいくらすりかえがきいたとしても、人間はどうするんです。本家と元祖のそれぞれにいる番頭以下、丁稚《でっち》までの面々を」

するとと蓬髪の人物は、さもおかしそうに笑ってから続けて、

「ですから、あらかじめ店じゅうの人間がそっくり入れかわっていたんですよ。番頭から手代、丁稚も女子衆《おなごし》に至るまでね」

「そ、そんな馬鹿なことが……だが、もう少し聞かせてもらえませんか」

「いや、ご理解痛み入ります。ともあれ、そう考えてみると事態は単純明快です。とはいえ、口で説明すると大変ややこしいのでご注意くださいよ。まずぼくはてっきり西側にある本家の鴇屋だと信じ込まされて、元祖の方に入ってしまった。ということはそこの二階座敷はもちろん元祖のそれであり、そこから見えたのは本家の二階ということになりますね。ということは、惨劇の展開された部屋や黒頭巾の人物、それから二人組の賊も本家に属することになる。

にもかかわらず、明らかに格闘と流血の痕跡《こんせき》があり、しかも決して茶番などではない現場は元祖の二階座敷にあった。それは決して間違いのない事実です。では、その

原因となった出来事と偽の襲撃および流血劇はどちらが先だったのか。黒頭巾の正体を善池喜一郎と考え、あの騒ぎの目的が彼の奪還にあったという推理に基づけば、お芝居の方が先だったと考えられるわけですが、もし、それが正反対だったら、本物の惨事の方が先だったとしたらどうでしょう。そして、それを隠蔽《いんぺい》するために、ぼくを巻き込んだあの茶番が組まれたとしたら。

この方がよほど自然ですが、そのためには、対立しているはずの本家と元祖が手を組むような状況がなくてはなりません。そうせざるを得ないような事情がなければいけないのです。そして、そうした事情は――あったのです。

まず断言しておきますが、元祖の二階で黒頭巾をかぶって暮らしていたのは、間違いなく丸部長彦でした。片や善池喜一郎はといえば、これはおそらくこの世のものではないでしょう。というのは、そうでないと長彦が顔を焼かれたことを警察に訴えもせず、あのような若隠居生活に甘んじていた説明がつかないからです。では、喜一郎の死体は？　思うに、両家の敷地のどこかに葬られている可能性が濃厚です。おそらく、本家と元祖の間では、このとてつもない不祥事の後始末と、今後も無益な争いを繰り返さないための盟約や調整が行なわれたことでしょう。そのようにして、禍根《かこん》のそもそものきっかけを作った大旦那の万右衛門翁の意地悪な呪縛《じゅばく》から逃れないことには、これからの時代に商売をし続けてゆくことなどできないからです。

だが、そうした動きに一人反逆しようとしていたものがいました。ほかならぬ丸部長彦です。本来なら元祖鴉屋の陣頭に立って経営の采配《さいはい》を振るべき自分が、あんな黒頭巾などかぶらされて、二階に放り上げられておかれなければならない。最初はその運命を受け入れていたつもりでも、だんだんと日々の不満はつのり、何としても三代目としての存在感を示すとともに、当然受け取るべきものをこの手につかみ取りたくなってきた。

だが、商売の実権はすでに自分にはなく、今さら何かしようとしても相手にされないに違いない。けれど、彼にはたった一枚の、しかし最高の切り札がありました。暖簾分けとともに受け継いだ鴉屋蛟龍堂の秘伝薬の数々ですよ。越歴丸や鉞力丹、含密散といえば日本津々浦々、子供だって知っており、いまだに強い吸引力を持っています。その成分や製法の秘密、さらには商標や販売の権利を売るといえば、飛びつくところはいくらもあるでしょう。とりわけ、一般庶民への知名度にはまだ欠ける新興の薬品メーカーにすれば、のどから手が出るほどほしいに違いありません。たとえば、近ごろ国策に乗じて急成長しつつあると評判の『ラジューム製薬』なんてのもその一社でしょうね。

もし、それで取引が成立したとしたら、莫大《ばくだい》な金を手にできるだけではない。自分をないがしろにして店を切り回している連中を一泡吹かせ、ついでにこの顔をこんなにした喜一郎の鴇屋本家もめちゃくちゃにしてやれる――そうほくそ笑んだ長彦は、そっと二階を抜け出すなり、電話や手紙を駆使するなりして、目星をつけたメーカーに接触し、やがてある一社との交渉を開始した。それこそが今言ったラジューム製薬であり、接触した相手というのが中折れ帽とハンチングの二人組で、あの二人組の賊のスタイルは、彼らのそれを借りたものだったのです。

さて、長彦のたくらみは順調に進むかに見えましたが、さすがにあの格好でウロウロしては目立ったとみえ、やがて店のものたちに残らず漏れて大騒動になってしまいました。家伝薬についての権利もろもろが売り飛ばされれば、鴇屋蛟龍堂がつぶれることは必至ですし、そうなったら単に元祖だけの問題ではないわけで、騒ぎは本家にまで波及してひそかに話し合いが持たれたりもしたことでしょう。ことによったら、長彦と新興メーカーのよからぬ動きを察知したのは本家の初恵さんあたりで、彼女から元祖に善後策の協議が申し入れられたのかもしれません。

その結果、意を決した店のものたちが談判と諫止《かんし》のために長彦のもとに赴《おもむ》いたのですが、ここで何とも悲しい事態が起きてしまいました。話し合いもそこそこに憤怒《ふんぬ》し、狂乱して暴れ出した長彦と激しいもみ合いになり、部屋を荒らし放題にしたあげく、ついに不幸なはずみから長彦を死なせてしまったのです。茫然《ぼうぜん》とする関係者――しかし、いくら後悔しても死体が消えるわけはなく、乱闘のあとを歴然と残した部屋をいくら掃除したとしても、警察の目はごまかせそうにありません。では、どうするか？　苦慮のあげくひねり出されたのが、本家・元祖の全員が一丸となって協力する前代未聞のトリックだったのです。

先にお話ししたように、まず両店が看板を取り換えっこし、元祖の人々は早々に自分たちのところの蔵に入り、外から南京錠を下ろしてもらう。一方、本家のものたちは元祖をわが家として、いつもと同じように立ち働いてみせる。

ぼくが迎えられたのは、むろんそのあとのこと。やがて本家の二階座敷と思って上げられたのは元祖の建物内であって、殺人現場はぼくのすぐ隣室あたりにあった。例の鏡トリックの場合と似ていますが、今度はあくまで本物の現場です。争った拍子に引っくり返った調度や壊した品物、それに少量ながら飛び散った血など、何もかも悲劇の直後の状態をそのままにね。

さて、午前一時を過ぎたあたりで、加害者・被害者役の三人が元祖から本家に移り、二階座敷に上がる。おそらくは小僧さんがお茶菓子を持ってきたときの、わずかな隙をついてね。それで駄目だったとしても美人の嬢《とう》さんに話しかけさせるなり、いくらでも手はあった。そこを舞台として、丸部長彦に対する襲撃と拉致《らち》の一部始終を再現――いや、捏造《ねつぞう》してみせる。本家と元祖の全員にアリバイがある時点における、したがってそのうちの誰でもあり得ない犯人による凶行を。ついでながら、そのあと三人が駆け去ったのは南方向ではなく、北に向かってだったわけです。

それを目の当たりにしたぼくは、向かいの元祖ならぬ本家に駆けつける。店内はもちろん、蔵の中にも誰ひとりいない空間へ。で、自動車で船場署に向かったわけですが、このあと展開された情景を想像するだけで、ぼくは噴き出しそうになってしまいますよ。セダンの後ろ姿が遠ざかったのを見届けるや、いっせいに元祖から本家に大移動するお嬢さんと奉公人、それにお役目ご苦労だったにわか役者さんたちを思い浮かべるだけでね。

こうして、再び両店の前に戻ってきたときには――むろん先の二度のドライブと同じく、運転手にはぼくの方向感覚を混乱させるよう言い含めてあったことでしょう――看板その他の全てが元に戻されていました。ぼくは今度こそ本物の本家の敷居をまたぎ、これも本物の元祖にある殺人現場に足を踏み入れたわけです。

そのあとのことは、特に説明の必要もないでしょう。すでに道修町一帯から運び出してあった長彦の死体を淀川河畔に持ち出し、焼いたのは、顔の火傷《やけど》の有無をごまかすためではなく、午前一時よりはるかにさかのぼるであろう真の死亡推定時刻を隠蔽するため……待ちたまえっ！」

突然、鞭《むち》の一閃《いっせん》のように鳴り響いた声に、そろそろとドアから離れようとしていた初恵はあわてて飛びのいた。だが、その刹那《せつな》、信じられないことが起こった。廊下の灯《あか》りがいっせいにつけられ、まばゆいばかりの光が周囲にあふれたのだ。

彼女はアッと両目を覆ったが、その指の隙間からさらに信じがたい光景が垣間《かいま》見られた。ドアというドアがほぼ同時に開いて、そこから私服・制服の警官が姿を現わしたのである。

あまりのことに、初恵はそのまま微動だにできずにいた。きわめつけに「第三応接室」と記したドアがゆっくりと開いて、そこから現われたのは――中折れ帽を手にした大阪府警察部の浅原警部。そして、もう一人は着物姿にボサボサ頭というどこかで見た風体の、まるで昔の書生っぽみたいな男だった。

「あ、あ、あなたは――？」

「ぼくですか」男は答えた。「ごらんの通り――といってもわからないか。まあ、ただの探偵ですよ」

なおも何か言いかける初恵を、浅原警部はさえぎるようにして、

「やあ、誰かと思えば鴇屋本家の……良家の嬢さんが、こんな夜中に出歩いてはいけませんな。もっとも、われわれが誘い出しておいて、そんなこと言っちゃいけませんが」

善池初恵はぎょっとしたように、手のひらの紙片を見つめた。警部は続けて、

「ですが、だとしてもおかしな話じゃありませんか。『例ノ取引ノ件ニテ至急面談シ

タシ　裏面地図ノ当社第三応接室マデ来ラレヨ』という伝言で、ここまでやって来るなんて」

「そ、それは……」

初恵は弁明しかけて、言葉に詰まった。すると、書生風の探偵は微笑しつつ口を開いて、

「あなただったんですね、さっきまでぼくらが話していたことの、全ての黒幕は。元は恋仲だった丸部長彦とひそかに連絡を取り合い、彼を巧みに操縦してラジューム製薬に家薬の処方と販売権を売り渡すように仕向け、その一方で本家・元祖を巻き込んで長彦を始末させた――。元祖の店のものに長彦を取り押えに行かせたのも、彼がひどく暴れたのも、全てあなたがそれぞれに与えた指示の結果なんでしょう？」

答えは、なかった。そこへ浅原警部がとどめを刺すように、

「あの黒焦げ死体からは、ある種の薬物が検出されていたんですが、やっとその正体がわかりましてね。微量でよく効く神経毒でしたよ」

「察するに」探偵は続けた。「あなたは長彦が自分のシナリオ通りに大立ち回りをしている最中、自分のところの座敷から吹き矢か何かで射殺したんじゃありませんか？むろん、先端にはその毒物を塗布してね」

そのあたりが限界だった。善池初恵は何ごとか低くつぶやきながら、その場に崩折

れた。その声音はあまりにか細く不明瞭《ふめいりよう》で、だから彼女が今度の計画に託した思い――商家という牢獄《ろうごく》からの脱出への渇望は誰にも聞き取れはしなかった。

7

善池初恵の逮捕は大々的に報じられ、新進無名の探偵の活躍とともにセンセーションを呼んだ。誰よりもその報道に驚き、度肝を抜かれた中で、口もきけないほどの衝撃に見舞われた人物があった。それも大阪ではなく、はるか西に位置する岡山に。

「な、な、何だ、これは!!」

金田一耕助は、畳に広げた新聞の紙面にその記事を見つけたとたん、のけぞらずにはいられなかった。それはそうだろう、あのとき日本橋の旅館に電話をかけてきた浅原警部（と、彼は信じていたのだが）に話したのとは全く別の推理、そして何より全く予期せぬ犯人の名が彼の名のもとに発表されているときては。

（これはいったい……どういうことなんだ）

彼はうめくようにつぶやいた。ある思いを抱えて大阪を離れ、恩人で出資者の久保銀造のもとを訪ねてまもなくのことだった。

あいにく銀造はいなかった。何でも、姪《めい》の克子《かつこ》がある名家の長男と結婚するので、その祝言に出席しに行ったのだという。それならば、戻ってきてから積もる話をしようと、久保夫妻とはごく気安いのを幸い、骨休めに滞在させてもらうことにした。

その後、鴇屋蛟龍堂の事件については、なるべく忘れるようにしていたのだが、それでも日々の新聞にはつい気を引かれた。だが、まさかこんなことになろうとは——。

「そ、そ、そうか！」

耕助はにわかに膝《ひざ》を打った。続けて心の中でつぶやくには、

（あ、あのとき丁稚《でっち》の音吉っとんが、階段を上りきってから襖《ふすま》を開けるまで間があったのは、いくらそっくりな造りとはいえ、よその店で感覚が違っていたからなんだ。そうか、そうだったのか）

何もかも、思い当たることばかり。事件の全貌《ぜんぼう》を知るには物足りない記事ではあったが、探偵たる金田一にしてみればもはや一切は明らかだった。だが、そのことは彼をしていやおうなくある事実に到達させることになった。

「も、もしかして」

金田一耕助はわけもなく立ち上がった。あの仄暗《ほのぐら》い老舗《しにせ》の光景を思い浮かべながら、独り言のように、

「行方不明の本家の三代目・善池喜一郎も、もしや彼女が……？　当時は恋仲だった丸部長彦の顔を焼きつぶし、永久に間を引き裂いた兄に憤って殺害してしまったので

はないか。そして、死体はあの店のどこかに隠されたのではなかったか。たとえば床下に、蔵の片隅に、あるいはとうに埋められた古井戸の底に――。いや、ひょっとしたらバラバラにされて一部は薬種棚に収められ、残りは薄気味悪い人体模型として飾られていたのではなかったろうか」

この瞬間、彼はほかの誰にも先んじて真相を射抜いていた。どんな名探偵より早く、世界で一番苦い思いをかみしめつつ。

だが、たった一つわからないことがあった。そもそも、報道に登場する〝金田一耕助氏〟――初恵の罪悪を、その心の暗黒を剔抉《てっけつ》してみせ、「蓬髪《ほうはつ》に和服、笑顔が印象的な名探偵」と表現されているのは誰なのか。いっそう何が何だかわからなくなり、その場に立ちつくした。と、そこへ、

「き、金田一さん！」

廊下をバタバタと、久保夫人がよろめくように駆けてきた。耕助は今の件を話そうと思ったが、相手のようすを見て思いとどまった。

夫人はよほど衝撃を受けたのか、顔を青ざめさせ、震える声と手つきで、

「主人から、こんなものが」

と一通の電報を差し出した。受け取ってみると、そこには簡潔に、

――克子死ス　金田一氏ヲヨコセ

の文字が記されていた。

（克子さんが死んだ？）

金田一耕助はわれ知らず、その電報を握りしめていた。それこそは、あの雪と琴に彩られた一柳《いちやなぎ》家の密室犯罪──『本陣殺人事件』の開幕を告げるメッセージであった。その瞬間、彼の心中からは全ての迷いが消え、まだ実態もわからぬ何かへの闘志がわきたってきた。それは、彼にとって探偵としての人生がスタートした瞬間でもあった。


一方──もう一人の探偵、明智小五郎は、上り急行列車の車中にあった。

予定より大幅に遅れての東京帰着となったが、幸い自分の不在中にこれといって支障は生じていないようだ。例の書類挟みを開いて新聞記事に目を通しながらも、思いはふと大阪での事件、とりわけ愛すべきこの道の後輩に及んだ。

（全く妙なめぐりあわせもあったものだ）

彼は苦笑せずにはいられなかった。たまたま混ざっていた記事から興味を感じ、はからずも解決に介入することになったが、実に楽しかった。ついいつもの癖が出て、眼鏡にちょび髭《ひげ》などつけて新聞記者に化けすまし、あの若者の推理のほどに聞き入ったりした。

で、旅館を辞去したあと、ふと気づいたことがあって彼の部屋に電話したところ、彼は何か思いつめていたこともあるのか、「あ、もしもし浅原警部ですか？」と一方的に話しかけ、こっちの答えも待たず息せき切ったようにしゃべりだした。

その推理を聞いて、明智は愕然《がくぜん》となった。鏡を使った思いつきこそは、彼自身が金田一に伝えようと思っていたものだったからだ。だが、同じ推理を他人の口から聞いてみて、かえってその穴が見え透いて赤面させられたし、全く別のインスピレーションも何かしら得たような気がした。で、誤ったアドバイスを与えかけた罪滅ぼしもあって、岡山に去った金田一にかわって事件を調べてみることにしたのだ——ちょっとした悪戯《いたずら》心から、明智小五郎としてではなく金田一耕助として。

それも浅原警部の協力あってのことだったが、その彼も最後に犯人に罠《わな》をかける際の明智のいでたちにはつい噴き出して、

「何ですか、明智さん。その格好はいったいどうされました。あの金田一君に変装するためにしても、いささか念が入りすぎていますよ」

これに対し、明智は冗談ながら憤然としてみせて、

「え、この格好が変装ですって？　いや、とんでもない。これこそ僕の若い時分の姿ですよ。『D坂の殺人事件』のころの、よれよれの着物にモジャモジャ頭——もっとも、後の方は今もそのままですがね」

そう言ったあとで、はたと気づいた。なぜ自分があんなにもあの青年に親しみを抱

いたかを。そして今も、その前途を祝福してやりたくなったかを。

明智小五郎も最近は、犯罪捜査より国家権力の委嘱を受けた仕事がめっきり多くなった。日本占領下の朝鮮半島で国事犯――ということは独立運動家だが――の摘発に走り回ったり、現に今回だって満洲国政府の招きに応じての海外出張からの帰りなのだ。果たして、それでいいのか。戦うべき敵を間違っているのではないかという気がしてならなかった。

願わくば金田一君よ、わが轍《てつ》を踏まぬように……そう念じたあとで、彼にはその心配はあるまいと思い直した。

それにしても、と明智は思う。蜘蛛《くも》男に魔術師、黄金仮面、そして黒蜥蜴《くろとかげ》ら、かつてあんなにも輩出し、自分を悩ませてくれた怪人たちはいったいどこへ行ってしまったのか。むろん、今もポツリポツリと現われてはいるのだが、そこにはどうも往年の輝きがないようなのは気のせいだろうか。

再び書類挟みに視線を落としかけたものの、この仕事にもいささか飽きた。ふと思いついてトランクから取り出したのは、大阪に着いてから買ったもののまだ読んでない新聞だった。それを開いたとたん、あやうく没を免れたような小さな記事が目についた。

「宝石店社員の災難／間抜け？な泥棒、奪ったは古新聞」と見出しを付されたそれは、有名な岩瀬商会の秘書兼宣伝係の某君が、所用で新聞綴《つづ》りを大阪駅まで届ける途中、何者かに麻酔薬を嗅《か》がされて使いの品を奪われたというもので、ひょっとして宝石と勘違いしたのなら間抜けな泥棒もあったものだ――という暇種扱いのものだった。

(待てよ、だとしたら、あのときのあれは誰だったんだ?)

明智は考え込んだ。だが、いったい何のためにそんなことを? それを受け取るのが自分と知っての犯行だろうか。だったら、たまたま岩瀬商会に入り込んでいたか、麻布の事務所の動静を知るもののしわざだろうが、だとしたらますます意図を測りかねる。

「まさか、あの記事をまぎれ込ませておれの興味を引き、大阪にしばらく足止めするつもりだったんじゃなかろうな。あのとき発車が遅れたのは、さすがに偶然だとしても……」

ふざけ半分つぶやいたものの、あながち笑い飛ばせないようでもあり、何とも変てこな気分に襲われたときだった。

「東京――東京――」

高らかに呼ばわる声がして、急行は終着駅に滑り込んだ。気を取り直してデッキに出ると、

「先生、おかえりなさい」

元気一杯に手を振りながら、駆け寄ってくる少年の姿が見えた。三か月ぶりに会う助手の小林芳雄《こばやしよしお》だった。不在の明智にかわり、ある事件で大活躍したということで、その話も聞いてみたかったが、彼には妙な連れがいた。

やがてホームに下り、小林少年と再会を喜び合う明智のもとに、その人物はゆっくりと姿を現わした。

「明智さんですか、かけちがってお目にかかっていませんが、私はこういうものです。実はこの列車でお帰りのことを、あるすじから耳にしたものですから……」

などと言いながら、外務省の名入りの名刺を差し出したのは、ふくよかな顔に鼈甲《べっこう》ぶちの眼鏡をかけ、頭髪と口ひげは半白。ねずみ色のオーバーコートに籐《とう》のステッキといういでたちの紳士だった。明智はその名刺を見、相手の顔に鋭い一瞥《いちべつ》を投げつけるや、

「アア、辻野《つじの》さん、そうですか。お名前はよくぞんじています」

すると紳士は太いが妙に優しげな声で、

「おつかれのところを何ですが、もしおさしつかえなければ、ここの鉄道ホテルで、お茶をのみながらお話ししたいのですが。決してお手間はとらせません」

「鉄道ホテルですか。ホウ、鉄道ホテルでね」

つぶやくように答えながら、明智小五郎はしだいに愉快でたまらなくなっていた。

愉快さのあまり、「岩瀬商会の次は外務省に転職かい」と口にしたくなったほどだった。

かくして明智小五郎は、戸惑う小林少年に何ごとか指示をささやくと、その謎めく紳士とともに鉄道ホテルの方へ——ごった返す丸の内南口の群衆の中に呑《の》み込まれていった。足取りも軽やかに、表情もにこやかに、探偵として自分が丁々発止《ちょうちょうはっし》の戦いを繰り広げるべき「敵」とのめぐり合いを喜びながら……。

*　　*

金田一耕助はその後、一兵士として召集され、南方での六年間にわたる辛酸《しんさん》と空白のあと、ようやく探偵として復帰する。『獄門島』を事実上の皮切りとする戦後の活躍は誰も知るところだが、その事件簿には、その後もしばしば大阪ないし関西方面への出張が言及されている。にもかかわらず、その具体的内容について触れられることはなぜかなかった。

一方、明智小五郎は新たに出会った「敵」との戦いを、その後三十度近くにわたって繰り返し、あくことなく冒険を重ねてゆく。それは彼の探偵としての新生面であり、少なくとも国家権力に取り込まれかけたときの危うさは、もはやかけらも見当たらなかった。

――なお、この二人の活躍の場は主として首都東京であり、片や京橋《きようばし》裏や世田谷《せたがや》区緑ヶ丘町《みどりがおかちよう》、片や千代田区某所ないし麴町采女町《こうじまちうねめちよう》と同じ都内に事務所を構えるわけだが、大阪に続いて彼ら二人、さらにはその他の名探偵たちがこの地で競演を果たしたかは、あいにく定かではない。

#《ホテル・ミカド》の殺人

1

「いやぁ、あなたが当地においでとは知りませんでしたよ、チャン警部」

サンフランシスコ『グローブ』紙の市内版記者、ビル・ランキンは、そのときばかりはペンを走らせることも忘れて、懐かしそうな声をあげた。

「さよう」

恰幅《かっぷく》よく肥えた東洋人の名探偵は、眠っているような目をいっそう細め、口元に穏やかな笑みを浮かべた。

「フレデリック・ブルース卿《きょう》の不幸な事件、もう六年も前になりますか。あのときお会いしたロンドン警視庁のダフ上席警部とは、ロフトン世界周遊旅行団の事件でもごいっしょできました」

「そうだそうで。——で、うかがったところでは」ランキン記者は言葉を続けた。

「今回はまた、ご一族の結婚式に出席されるため、おいでだったとか」

「ええ。それとシカゴの万国博覧会を見にゆくつもりでね」

チャンは愛想よくうなずいた。初の統一テーマとして〝進歩の一世紀〟を掲げた一九三三年万博は、ちょうどこの時期、シカゴ駅近くの広大な敷地で開催中だった。

「今度の博覧会、われわれ中国人がしっかり見ておかなければならないもの、たくさんあります。日本人がわが祖先の国の東北部につくった国のパビリオンなど、たくさんね」

「なるほど」

ランキンはペンを動かしながら相槌《あいづち》を打った。チャンは語を継いで、

「で、それとは格別関係ないですが、当地では日本人が経営するホテルに投宿いたすことになりました。普通でしたら、チャイナタウンにいくらも知り合いの宿、あるのですが……私の長年の助手、カシマが日系人なのご存じですね。邪気のない、とてもいい男です。そのカシマの紹介で、一泊でもいいから立ち寄ってくれということでしたので、参ったのです」

「それで」

ランキンはその目に、早くも抜け目のなさそうな光を宿しながら、

「その日本人のホテルで、何か事件に出くわされたそうじゃありませんか」

「ええ……。でも、新聞記者のあなたが、この事件について、ご存じないわけはない、思うのですが？」

チャーリー・チャンは、きょとんとした顔で答えた。ランキンは汗をふきふき、

「ははは、まぁその通りですが、そこを一つ……」

「わかりました。何か、よその新聞に出ないような話をしろ、おっしゃるのですね」

チャンはにっこりした。「そう、この事件には一つ、面白い偶然ありました。私、チャーリー・チャン、イニシャルはC・Cですね。被害者のイニシャル、T・TにD・Dでした。ホテルの支配人のイニシャルにしてからが、H・Hでした」

ビル・ランキンは、「ははぁ」と不得要領な顔でペンを遊ばせながら、

「苗字《ファミリーネーム》と、名前《ファーストネーム》が同じ頭文字というわけですな。で、それが何か？」

「まだほかに、そういう人がおりました。それも、とりわけ大事な役割を果たした人物に、苗字《みょうじ》と名前のイニシャルが同じ人がね」

「それは、つまり……」

職業柄、勘を働かせたランキンが期待を込めた視線を送る。チャーリー・チャンは微笑みを浮かべつつ、うなずいた。

「さよう――私、今度の事件では、川の流れを見守る釣り人に過ぎませんでした。それも釣り針も、竿《さお》さえもなく。そうして、真実という名の大魚を釣り上げたのは別の人だったのです」

「ほう、そりゃあ……で、その人があの殺人事件の解決を？」

ランキンはわれ知らず感嘆の声をあげながら、身を乗り出した。

「そうなのです」

チャーリー・チャンは、さらに深くうなずいてみせた。

「私、これまで数々の優れた同業者と知り合いました。みな立派な警察官です。でも今回、私、知りました。それ以外にも尊敬すべき探偵いることを。その人もまた、苗字と名前のイニシャル、同じだったのです」

2

その死者は、インドの行者のように床に座したまま突っ伏していた。短めに刈りそろえられた頭が、今にも絨毯《じゅうたん》にくっつきそうだ。まるで今も、何かシヴァ神への祈りでもつぶやき続けているかのようでもあった。

（いや）チャーリー・チャン警部はつぶやくと、かぶりを振った。（これは、あまり適切な比喩《ひゆ》とはいえないようです）

なぜって、無造作にベッドサイドに投げ出されているのは、ただの中折れ帽だし、服装はありふれたシャツとズボン。何一つ、聖者だらけのあの国を思わせるものはない。そして、死者の皮膚の色は、むしろ彼がチャンと同じ人種に属することを物語っていた。

だが、断じてこの男は中国人ではなかった！　死者の死にざまと、その手に固く握られた品物とが、何より雄弁にそのことを物語っていた。

「いかがです」

サンフランシスコ市警の部長刑事、トム・ポルハウスが、かたわらから訊《き》いた。額の禿《は》げあがった、血色のいい大男だった。

「ちがいますね」チャンはきっぱりと答えた。「私の知る限りのチャイナタウンの住人……ということは全ての住民ということですが、そのうちに、これと同じ顔、ありません。それに」

「それに？」

ポルハウス部長刑事が訊き返す。チャンはその場にかがみこみ、死者の血にまみれた腹部と、そこに喰《く》い入った刃《やいば》を見つめながら、

「私の母国、中国では明王朝の末期から、このような日本の刀を使ってはきました。けれど私ども中国人、決してハラキリはいたしません」

――ところは、カリフォルニア街六××番の《ホテル・ミカド》、その裏庭に面した二階の22号室での出来事だった。

《ホテル・ミカド》といえば、その名が示す通り日系人の経営する宿で、部屋数およそ四十。その種のホテルとしてはパイン街の皇国《みくに》ホテルと並び、サンフランシスコで

は知られた存在であった。

「そうですか」

ポルハウス部長刑事は、ソフトを手に軽くため息をついてみせた。その背広にアイロンを当てさえすれば、少しは精悍《せいかん》な捜査官に見えたろうに、惜しいことだった。と、そこへ、

「とにかく厳重にホテルの出入りを封鎖するんだ。宿帳はもう押収したろうな。それから、泊まり客といわず従業員といわず、一室にかき集めておくんだ」

早口で命じる声がして、四角ばった顔の男が部屋にせかせかと入ってきた。男はチャンに気づくなり、青い目を険しそうに細めた。

「何だトム、この東洋人は？　どうして、こんなところにいるんだ」

男は、なじるように部長刑事を見すえた。短く刈り込んだ口髭《くちひげ》がねじ歪《ゆが》む。ポルハウスはあわてて、

「ホノルル警察の捜査主任、チャーリー・チャン警部ですよ、警部補」

「ああ、あの……。だが、そのチャン警部が、どうしてこんなとこにいるんだ。ハワイにいればいいものを」

四角ばった顔の警部補は、山高帽を脱ごうともせずに吐き棄《す》てた。

「ひさびさにフリスコに来られて、ここにチェックインしようとしたところ、たまた

ま騒ぎに出くわされて、すぐに現場保存の手を打ってくださったんですよ」

ポルハウスがとりなし顔で、事情を説明した。そのあとを受けて、

「私がフロントに着いたとき、もう警察への通報はすんだあとでしたけれどね。あのあと、すぐに当地の警察の方々が来られましたから、大してお役には立っておりません」

チャーリー・チャンは控えめに言った。だが警部補はひどく面倒くさそうに、

「それはどうも……市警殺人課のダンディ警部補です。旅先なのに、ご苦労さんなことでしたな。だがここはホノルルじゃない。あとはわれわれに任せてもらいますよ。……で、トム、どういう案配《あんばい》なんだ」

「は、それが」

ポルハウスはこめかみのあたりを掻《か》くと、その言葉に応じて死体のあごをつかみ、グイと上体を持ち上げてみせた。

「――こういう案配なんでして」

そのとたん、ダンディ警部補がゲップとも何ともつかぬ音をもらすのが聞こえた。

――男の年齢はまず三十代半ばか。そう大柄ではないものの、筋骨の鍛えっぷりは服の上からも十分にうかがえた。腹まわりもその例外でなかったとすれば、この仕事にはずいぶん手間がかかったことだろう。いかに〝サムライ〟の刀が評判通りよく切

れるとしても、だ。

「ハラキリ、か」

よほどたってから、ダンディ警部補はかろうじて言った。ポルハウス部長刑事はあくまで淡々と、

「そういうことらしいですな。ときに警部補は、これまでハラキリを見たことはありますか？」

「バカなことを。太平洋の向こう側ならいざしらず、こんなものを見たことのある奴がいたら、お目にかかりたいよ」

ダンディ警部補はからかわれたと思ったのか、不機嫌そうに答えた。

確かにそれは、〝こちら側〟ではおよそ考えられない死にざまだった。体の前半分はまさに真紅の海、両の手のひらに包まれた刀の柄《つか》からは、今にも血が滴り落ちそうだ。

だが、その切っ先は見えない。それは上物らしいワイシャツと下着を横ざまに切り裂き、深く右の脇腹に喰い入っていたからだ。

「だが、こっちの方は珍しくもないぜ」

ダンディ警部補はようやく気を取り直したようすで、あごをしゃくった。その先、ハラキリ現場の壁際からちょうど対面のカウチに、ブルネットの娘が倒れていた。

そう、この部屋にあった死体は、このハラキリ男一つだけではなかった。それとはあまりに不つり合いな白人娘が、不自然な折れ線を描き、冷たい骸《むくろ》となって横たわっていたのだ。どんなに厚い白粉《おしろい》でもルージュでも覆いきれない恐怖を満面に凍りつかせて……。

「どうかね、先生」

警部補は、死体のそばで細々とメモを取っている小柄な検死官補に歩み寄ると、問いかけた。

「ああ」

検死官補は浅黒い顔をうなずかせた。女のドレスの胸に穿《うが》たれた無粋な弾痕《だんこん》を指さしてみせながら、

「見ろ、みごとに心臓に命中しとる。どうも大口径のやつ——たぶん三八口径だな。ま、掘り出してみないことには分からんが」

検死官補は、何げないようすでベッドサイドのテーブルに視線を投げた。そこにはまさしく、三八口径とおぼしいオートマティックが、無造作に置き捨てられていた。

——なるほど、ね。

同じオートマティックに視線を注ぎながら、ダンディとポルハウスの口から、期せずして同じつぶやきがもれた。

いつのまに来ていたのか、チャーリー・チャンがダンディの肩ごしに言った。

「大口径で、しかも、至近距離から撃ったらしいですな、先生。それ、そのように焼け焦げが周りにできておりますからには」

「ご明察だ」

検死官補は満足げだった。チャンはさらに続けて、

「ほとんど銃口をくっつけんばかりにして、大口径のピストルで一発。普通なれば当然、即死するところだったでしょうな、このかわいそうな娼婦《しょうふ》は」

その言葉を聞きとがめ、ダンディ警部補はにわかに声を荒らげた。

「おい、ちょっと待った、チャン警部さんとやら。ホノルルくんだりから来たばかりのあんたが、何で断定できるんだ、この女が娼婦だと？」

「それは」チャンはあくまでにこやかに言った。「ホテルの部屋で殺される女は、まず二通りしかいないからですよ。娼婦か、娼婦的な女のどっちかです。ホノルルでも、それからおそらくはこのサンフランシスコでも」

ダンディ警部補は、それに対して何か言い返そうとしたが、そのとたん巻き起こった拍手に何ごとかと口をつぐんだ。そこへ、ふいに皮肉っぽい声が浴びせられた。

「遠来の客人に一本取られたね、警部補。ちなみに、おれもその東洋のお方に賛成
「なるほど」

だ」

その声に、部屋の戸口を振り返ったポルハウス部長刑事は、破顔一笑すると叫んだ。

「サム、サムじゃないか！」

3

サムと呼ばれたその男は、フルネームをサム・スペード。チャイナタウンの南あたりにオフィスを構える名うての私立探偵だった。

「うかがいたいもんだな、サム」

ポルハウスとは、まるっきり対照的な苦虫顔で、ダンディ警部補はスペードに問いかけた。

「なるほど、ベッドの上で鉛の弾をぶちこまれる娼婦なんざ珍しくないから、ひょっとしたら、このブルネットもそのクチなのかもしれん。じゃあ訊《き》くが、こういう場所にノコノコやって来る私立探偵には、どういう用事があるものなのかね。それも食事の最後に、お茶漬け《ティー・ライス》に胡瓜《きゅうり》のピクルスなんて気味の悪いものを食わせるホテルへ？」

ちなみにその日、ホテルのボーイからの通報を受けて、まず部長刑事のトム・ポルハウスがここに駆けつけたのが午後二時ジャストである。

だが、こうなるとそのボーイ（ユニヨシとか何とかいった）を詰問《きつもん》してみる必要があった。市警を呼び出すついでに、S・Sというイニシャルを持つ探偵の事務所へ一報を入れたりはしなかったか、と。

「まったく警部補どのは貧乏性だな。お名前が泣くってものだよ、そんなことじゃ」

私立探偵サム・スペードは、上機嫌な悪魔とでも表現したい笑顔を満面に浮かべた。

「どうせ名を挙げるならお茶漬けなんぞより、スキヤキにでもすりゃいいのに。なかなかいけるって話だぜ、ここ《ホテル・ミカド》のコースは」

その口元には、皮肉なVの字が刻まれている。口ばかりではない、あごに眉《まゆ》、顔の造作一切がVを描いていて、それは、この男が目前の事態をひどく面白がっていることを示しているらしかった。

「例によってのへらず口か」ダンディは鼻を鳴らし、そっぽを向いた。「そのクセが直らないんなら、とっとここから……いや、で、どうなんだい。実のところ、ここへ来た理由は」

警部補は、何を思ったか急に猫撫《ねこな》で声になると、横目で探るようにしながら言葉を継いだ。上質紙《スリック》の雑誌に登場するスノッブなアマチュア探偵じゃあるまいし、サムが趣味や道楽で殺人現場に現われるはずはないことに思い当たったのだ。

「ここへ来た理由ってかい。そう、実は……」

スペードがおかしさをこらえ、言いかけたときだった。

「あの……警察のみなさん」

戸口に立った細っこい人影が、そう言うなりうやうやしく上体を前へ折り曲げた。

スペードはその方に首をねじ向けた。体同様の細長い顔に真ん丸な鼈甲《べっこう》ぶちの眼鏡、頭はというと、真ん中分けにしたてっぺんを残して、ことごとく刈り上げられてしまっている。

「あんたは？」

ダンディ警部補が振り返りざま、訊いた。

「当ホテルの支配人で、ハルナ・ハルと申します。お役目ご苦労さまでございます」

支配人は、見るものに悲痛な感じを与えるほどに慇懃《いんぎん》な態度を全身からあふれさせていた。きっと彼の生まれた島帝国では、〝お上〟に対するそれをまず叩《たた》き込むのが教育の第一歩なのだろう。それが証拠に、サムが身分を明かしたときのハルナ氏の豹《ひょう》変《へん》ぶりこそ見ものだった。

「あー、ハルナさん」

それがよほどおかしかったのか、ポルハウス部長刑事はあちこち剃《そ》り残したあごひげをしきりとこすりながら、

「こちらの彼は、身分こそ一私人ですが、これまで数々の事件に携わりましてね、当

局の信頼も、はなはだ厚いものがある。『コール』紙はお取りですか？　それは残念、つい先日も、彼の活躍を報じた記事が……」

「そのぐらいにしとけ、トム。爺《じい》さん、カタレプシーの発作を起こしかけてるぜ」

スペードは部長刑事を制した。ブル・ダラムの手巻きシガレットをむき出した歯の間に挟むと、支配人に向かって、

「で、ハルナさん、ぼちぼち状況の説明をお始め願いたいんですがね」

「は、はい！」

老日本人は飛び上がった。それから、女のような手つきで咳払《せきばら》いすると、

「ええ、こちらは、ミスター・タツギ――タツギ・タクマ様とおっしゃいまして、何でも、南満洲鉄道株式会社《サウス・マンチユリア・レイルウエイ》の主任技師さんとうかがっておりますです。今回は、高速旅客輸送視察のため、横浜出帆の大洋丸で来桑《らいそう》され、このあとはロサンゼルスからニューオーリンズ、シカゴを……」

支配人の言葉を、ダンディ警部補はいらだたしげにさえぎって、

「待った待った。口の滑りがいいのは、われわれにも都合がいいが、そうヨタを飛ばしてもらっちゃ困るね。ここから本署へ通報があったとき……おい、どうしたってんだ、騒がしいじゃないか！」

ダンディは自分で話の腰を折ると、戸口の方に怒鳴った。と、ドアの向こうから灰

色の顔がヌッと突き出た。張り番の刑事だった。

「あいすみません。妙な奴が、さっきからこの辺をウロウロしやがって。今なんか、あたしがちょっとここを離れた隙に、現場を覗《のぞ》こうとしやがったもんで、怒鳴りつけてやったんです」

「われわれ犯罪捜査業界のお仲間かもしれんぜ」

サム・スペードが半畳《はんじょう》を入れると、灰色の顔をした刑事は真っ正直にかぶりを振って、

「や、それが、こいつも日本人、どうもここの雑役夫ってとこらしいんですが、ま、その格好たるや薄汚ねぇともモッサリとも、何とも言いようがないヘンな野郎で……」

「どうやら、違ったらしいな」スペードはにやにやと笑った。「そんな格好じゃ、依頼人にしろ納税者にしろ、信頼をかち得ることはできまいからな」

「うるさいな、ちっとは黙ってろ」

ダンディ警部補はイライラと吐き棄《す》て、それから灰色の顔の刑事に向かって言った。

「とっとと追い払っちまえ、こっちは立て込んでるんだ。いや、あんたに言ったんじゃないよ、ハルナさん。で、どこまですませたっけ……そう、われわれんとこに通報があったとき、おたくのボーイさんだか何だかは、本署のオペレーターにこう告げた

はずだぜ――『日本軍の将校さんが死にました。大急ぎで来てください』と。それとも何か、われわれのクルマの飛ばしようが遅かったもんで、その間にオフィサー変じてシビリアンとなったとでも言うのかい？」

「いや、それどころじゃない。もっと変幻自在のようだぜ、このホトケは」

スペードの顔にはいよいよ深く、Vの字が刻まれていた。

「ほほぉ、というと？」

ポルハウスが訊くと、スペードは肩をすくめて、

「だからさ、おれの事務所に初めて来たときにゃ、この旦那《だんな》、『ミツルギ物産』の調査担当嘱託だとか名乗ったもんだ。ほれ、マーケット・エクスチェンジ・ビルに支店のある日本の商事会社さ。どうにも胡散《うさん》くさいんで洗ってみたら、案の定『ミツルギ』にそんな社員はいないという。で、二度目に来たときに、ちょいと突っ込んでやったら、次にあわてて名乗ったのが、今の満鉄の技師うんぬんだったな」

それを聞きつけるや、ダンディ警部補は赤ら顔をいっそう紅潮させた。

「何だと。じゃ、やっぱり貴様――」

4

人の顔が赤くなるには二通りの理由が考えられる。一つは羞恥《しゅうち》、もう一つは憤怒《ふんぬ》——だが、少なくともそのときのダンディ警部補の顔面に関しては、前者を考慮に入れる必要はないようだった。何しろその形相ときたら、うぶな女学生風の感情から最も遠くにあるものだったからだ。

「サ、サム、貴様ってやつは、このホトケのことを知っていながら、よくもまぁいけしゃあしゃあと」

「いや、つい言いそびれちまってね」

サム・スペードは警部補の癇癪《かんしゃく》をよそに、新たな手巻きの一本に火をつけながら、

「日本帝国のタツギ・タクマ海軍大尉——確かに、当事務所の顧客の一人に間違いない。それも、あまり好ましからざる……何なら、うちの秘書に証言させようか？」

「あの、エフィ・ペライン嬢か」

スペードのボーイッシュな秘書の名を口にすると、ダンディはやっと苦笑をもらした。

「まあいい、今日のところは彼女に免じて許してやろう。で、貴様はその顧客のもとに——」

「いったん受任した仕事を、断わりにきたのさ」スペードは言下に答えた。「これ以上、貴下の依頼には沿いかねます、そう宣言しにね」

「ほう、何でまた？　嘘つきなとこへ、よっぽど金払いが悪かったか」

「それも相当なもんだったがね。ま、自分の正体を隠すぐらいのことは、どうということはない。こちとら、依頼人に後ろから撃たれるのだって日常茶飯だからな。だが……」

サム・スペードはそこで肩をすくめてみせた。

「この日本人がおれに教えたのは、女の通り名と元のショバがシアトルなこと——たったそれだけの手がかりと、彼女がサンフランシスコに住み替えたって噂だけで、明日にも見つけ出せって連日責めたてられてもねえ」

ダンディ警部補はポルハウス部長刑事と顔を見合わせ、ついで戸口のほうをちらと見やった。スペードは胡散くさいものを感じつつも続けた。

「相も変わらず、自分の前からドロンしちまった女を捜してくれってご注文は引きもきらないし、女に逃げられた男を笑う権利は探偵にはない。だが、自分のスケベ心を商取引上のトラブルの、産業機密のっていいカッコで塗り固めた嘘つき野郎に、やいのやいの言われる筋合いは……おいっ何する、やめろ、トム！」

ポルハウスの巨軀《きょく》が、まるでゆらめくように一歩迫ったかとみるや、その太い手指がスペードの肩に喰《く》い入った。しまったと唇を嚙《か》んだときにはもう遅く、戸口の張り番にいたはずの灰色の顔の刑事が背後から躍りかかり、スペードは両側から羽交い締めにされた格好で押えつけられてしまった。

「悪いな。これも仕事でね」

ダンディ警部補は口髭《くちひげ》をうごめかすと、スペードの背広をぽんぽんとはたいた。次いで手を差し入れた内ポケットの中から、やがて何か白く細長いもの――折りたたまれた書類をつまみ出すと、もったいぶった手つきでそれを広げた。

「なになに――当市を営業領域とすると思われる、通称〃デビー〃嬢に関するご依頼につきご報告致します、か。きれいなタイプだ。われわれの報告書も、こうありたいね。ほう、ほう……なるほど。よし、もう離してやれ」

憤然として絨毯《じゅうたん》に立ち直ったスペードを横目に、ダンディ警部補は食えない笑いを浮かべた。

「元のショバはシアトル、通り名はデビー……本名デボラ・デヴンポート。そして稼業は娼婦《しょうふ》、と。で、サム、どうするね？　タツギ大尉の目前で死んでるこの女が、まさにその〃デビー〃だとしたら？」

「何だと。そうなのか、トム？」

スペードの双眸《そうぼう》が光った。ポルハウス部長刑事は気の毒そうな顔で、

「やっぱり、知らなかったのか。最近、北から流れてきたらしいデビーって名の娼婦が、主として観光客相手に荒稼ぎをしていることは、おれたちの耳にも入ってたんだ。

ある種の客の注文にこたえる〝特別サービス〟に、ときには枕探しをセットにしてね」

「こりゃ、とんだ恥さらしだった」スペードはうめいた。「これからは探偵も警察を多少は頼りにした方が無難らしい。——で、確かなんだな、このホトケがその女なことは?」

「ああ、人相・特徴、それに電話一本で参上する手口、すべて情報と一致する」

「それに、その〝特別サービス〟とやらもかい、トム?」

スペードはたたみかけた。

「それは……」

ポルハウスが言葉に詰まり、ダンディ警部補がわざとらしい咳払《せきばら》いをしかけた。と、そのときだった。それまで小腰をかがめて黙々と仕事に没頭していた検死官補が、この部屋で唯一インテリらしい細面を上げたのは。

「それは、この女の体に訊《き》けばわかることとさ。だがお前さん方、見当はつくだろう? 私と違って、生きたのを相手にしてるんだから。そう、たとえば……」

誰もがゴクリと唾《つば》を呑《の》みくだした。と、その耳にまるで別の声が予期せぬ方角から響いた。

「全く情けないことです」声は、世にもお粗末な発音で言った。「そのような醜業婦との痴戯《ちぎ》の果てに横死を遂げようとは」

一同が振り返ると、その声の主は生えそろわぬ髭を唇の上にチックで無理やり整列させ、シャツのカラーから何から糊《のり》で固めたような紳士だった。

まったく千客万来だな、とトム・ポルハウスは独りごちたことだった。

「あんたは？」

あっけにとられて訊くダンディ警部補に、子供なのか老人なのかはかりかねる紳士は、誇らかに答えた。

「日本帝国領事館のマコヤマ事務官です。委細《いさい》はハルナから聞きました。いや、全く嘆かわしい、帝国軍人ともあろうものが、淫売《いんばい》を部屋に連れ込んで心中《ダブル・スイサイド》するとは！」

「二重自殺《ダブル・スイサイド》？」

死んだ女へのあまりな言いざまに、ポルハウス部長刑事が反駁《はんばく》した。

「とんでもない、シングルだよ。女の方は殺されたんだ」

「それは——単なる見解の相違ですな」

マコヤマ氏はきっぱりと言った。ダンディ警部補は忿懣《ふんまん》をかろうじて抑えながら、

「あなたのご見解はどうあれ、一つだけご確認願いましょう。トム、ベッドサイドのあれをこっちへ持ってきてくれ。——この自動拳銃《けんじゅう》は、日本軍の制式品ではありませ

んか？」

「ええ、三八口径のようですな。タツギ大尉の持ち物としても、何ら不審のないものです」

マコヤマ氏はうなずいてみせた。いやに素直な認め方だったが、彼はそのあとに続けて、

「つまり、貴官らは私に認めさせたいわけですな。わが国の軍人が貴国の売笑婦を射殺し、責任をとって自決した――この事実を」

「ま、常識的にこの状況を見れば……」

「ちょ、ちょっと待ってくれよ、ダンディ」スペードが口を挟んだ。「早呑み込みは困るぜ。そもそも、ハラキリってのはこういう場合にするもんなのかね、マコヤマさんとやら？」

「もちろん……。ハラキリは名誉を守るため、後々の禍根を断つためならば、いついかなる状況のもとでも行なわれるものなのです」

小柄な事務官はもっともらしく、うなずいてみせた。と、そのとき、

「つまり、死人に責任をかぶせて決着をつけたい場合に、ですね」

それまで仏陀《ぶつだ》の像のように沈黙を守っていたチャーリー・チャンが、ふいに口を開いた。その細い目からは、いつもの柔和な光が消えていた。

「何だと！」

マコヤマ事務官は凄《すご》い勢いでチャンをにらみつけた。市警のスタッフら白人に対するのとは、がらりと変わった傲岸《ごうがん》な態度で、

「貴様、日本人じゃないな。ふふん——中国人か、そうか。貴様らのような奴の扱い方はようく心得ておる」

「なるほど。上海で、東北部で、熱河省《ねっかしょう》で、というわけですね」

チャンは微笑した。どこまでも穏やかな、しかし一歩も引かぬ態度だった。

「なにっ」

マコヤマ事務官は、ダンディらをちらっとぬすみ見ると——おそらくは、白人たちの中国人に対する差別感情に訴えようとしたのだろう——半ば裏返った声をはりあげた。

「いいかげんにしたらどうです」スペードはぴしゃりと言った。「チャン警部は中国人だが、それと同時にれっきとしたアメリカの警察官なんだがね」

まず何よりも誇り高い中国人であるチャンにとっては、あまりありがたくない掩護《えんご》射撃だったろう。だが、その言葉の効果はてきめんだった。

ぐっと言葉に詰まったマコヤマはそのまま回れ右すると、なぜか激しい口調でハルナ支配人を叱責《しっせき》し始めた。日本語なので意味は知れないが、〃ヤクニン〃の威をかさ

に着た八つ当たりであることはよくわかった。

ヤクニン――この奇妙な単語は、固く閉ざされたとばりを開くべく、あの島国に欧米人が足を踏み入れた直後、早くも彼らのノートに書き込まれた言葉である。ちなみに、その意味するところは、無責任、卑怯《ひきょう》、厚顔、怯懦《きょうだ》、虚言、違約、無恥などなどであった。

と、そこへ別の怒声が重なった。気をきかして通訳がついてくれたわけではない。戸口の張り番刑事が、廊下のどこかに向けて放つ罵倒《ばとう》だった。

「こいつ、またチョロチョロしやがって！　今度という今度は承知しねえ。いいとも、気のすむまで立ち聞きさせてやる。ただし、たっぷり締め上げてやりながらだ。来い！」

「いい加減にしないか！」

ダンディ警部補は耐えきれなくなったように声を荒らげ、戸口に身を乗り出した。

「やじ馬一匹、静かにさせられんのか。とにかく、こっちへしょっぴいて来い」

「乱暴はいけませんです」

チャーリー・チャンが、あくまで穏やかに言った。ダンディは、一瞬ひるんだようすを見せたが、すぐに胸を張って、

「ご忠告はありがたいが、ここはホノルルのようにはいかないんでね」

やがて、灰色の顔の刑事に首根っこをつかまれて、一人の若者が室内に引き立てられてきた。その風体を見て、スペードはポルハウス部長刑事に問いかけた。

「また妙な奴が入ってきやがったな」

その言葉にまちがいはなかった。——歳は二十そこそこか、薄汚れた前掛けと作業着に包んだ体は、東洋人としてもいささか貧弱に過ぎる。これもお仕着せらしい帽子を、ぴっちり目深にかぶっているのが、なおさら貧乏臭かった。

「何だい、あいつは？　〝ヤクニン〟の次は、放浪紳士チャーリーのオリエンタル・バージョンかい」

サム・スペードは呆《あき》れ顔になると言った。ポルハウス部長刑事は答えて、

「あれが、さっきからの警部補の癇癪《かんしゃく》のタネだよ。あいつはおれたちの到着当時、ホテルの外側をウロウロしてるところを、うちの制服がとっ捕まえたんだ。が、何のことはない、ここの使用人らしいんで、放免してやったんだが」

「まったくいろいろ出てきやがるもんだぜ」スペードは苦笑した。「で、あいつの名前は？　やっぱり、覚えにくい変テコなもんなんだろうな」

「名前か、そいつぁ……えーと」

ポルハウスは言いかけて言葉に詰まり、ポケットからつかみ出したメモを突きつけた。

「おい、口で言えよ。今さら口下手を気取ったって仕方あるまいに」

だが、そのメモを一瞥《いちべつ》するや、スペードは納得した。なるほど、一度や二度では、記憶も発音もできるような名前ではなかったからだ。彼は部長刑事にメモを返しながら、

「こいつも日本人とばかり思ったら、コフスキーっていうのか」

「らしいな」

ポルハウス部長刑事は答えた。スペードは揶揄《やゆ》まじりに、

「すると、ロシア系のモンゴル人か何かか？　こりゃ大変だぞ、ダンディ。神秘のミカドの国の軍人とわが祖国の警察に加えて、おつぎはソビエトのスパイかもしれん浮浪者のお出ましときた」

「あのう、そうじゃなくて、ですね……」

二人の会話を聞きつけたのか、そばから〝ロシア系モンゴル人〟青年が訂正しようとした。が、そのとたん、

「うるさい、黙ってろ」

ダンディ警部補の一喝にあって、コフスキーとかいう青年は気弱そうに黙りこんだ。

一方、スペードはいかにも狡猾《こうかつ》そうなマコヤマ事務官に向き直ると、

「とにかく、いささか意外な気もしないではないね。誇り高いあんた方の、しかも国

じゃあ最も尊敬されてるっていう軍人が、そういう恥ずべき犯行に及んだことを、いち早く認めるとは」

「………」

答えはなかった。チックと糊《のり》で総身を固めた小男は、さらに沈黙と無視でその身を鎧《よろ》ってしまったかのようだった。

気まずい何十秒かの沈黙のあと、スペードはふいに検死官補の方を振り返った。

「ん、どうした先生？　何か目新しい発見でもあったのか」

「や、別にどうちゅうことじゃない。ただちょっと、な」

声をかけられた検死官補は、再び娼婦《しょうふ》の死体に喰《く》い入るような視線を向けながら、

「話がおかしな具合になってきたんで、急いで衣服を剥《は》いで調べてみたんだが……案の定だ。見たまえ、いくら合意の上にしろ、この暴力の痕跡《こんせき》を。背中や胸、腿《もも》、それに下腹部まで派手にやられてる」

「合意の上だと？」

ダンディ警部補が声を荒らげた。すると、検死官補は眉《まゆ》をひそめて、

「そう、この手の傷を負った娼婦には、もう何度もお目にかかっとるが、まさかこれほどまでとは思わなかった」

「なるほどね」

サム・スペードは口元に深いVの字を刻んだ。あらためてその娼婦の死体を見下ろすと、冷ややかに続けた。

「これで、このデビーちゃんの〝特別サービス〟とやらもはっきりしたな」

その通り、衣服をはだけられたブルネット娘は、全身に生々しい傷のあとと痣《あざ》をとどめていた。まさに完膚なきまでに、という表現そのままだった。

「にしても、こりゃ、ちょっとひどいな」

ポルハウス部長刑事がかすれた声をあげる。検死官補はさらに続けた。

「中でも一番新しいのは、ほら、これ——頸部《けいぶ》の絞痕《こうこん》だ」

その指さす先に、素人目にも明らかな赤い痕跡があった。

「そして……私、拝察しますに、これが結局、この女性の命を絶つものとなったわけですね」

チャーリー・チャンが、かたわらから言った。

「そういうこってすな」

検死官補は腕組みしつつ、うなずいた。ダンディ警部補が目をむいて、

「な、何だって先生。女の死因は絞殺だというのか。するってぇと、胸の銃創は——」

「そう、死後に撃ち込まれたものだ」

「それじゃ、話がまるっきり違ってくるじゃないか！」

「確かにね」

小柄な検死官補は、自分に集まる視線をはね返し、冷然と答えたのだった。

「私がいつ、こっちの方が致命傷だと言ったかね？」

5

「いいかね、ユニヨシ君。すまないが、君が事件を知ってから、警察に電話をくれ、そしてわれわれがここに着くまでのことをもう一度話してくれないか」

死体が運び出されたあとの《ホテル・ミカド》22号室。ダンディ警部補はロリポップ配りでも勤まりそうな甘たるい笑顔で、日本人のボーイにたずねた。

「は、はい……」

リンゴのような頰をしたユニヨシ少年は、おずおずとうなずいてみせた。居並ぶ私服たちの顔を盗み見ること数度、彼はかなりしっかりした語調で、

「昼の一時半ごろでした。ボクがワゴンを押してここの前を通りかかったら、中からパンッていう音がしたんです。そのときは何とも思わなかったんだけど、この部屋のタツギ様が軍人さんで、大きなピストルを見せていただいたのを思い出して、それで

支配人のハルナさんに知らせに行ったんです。

ハルナさんは日本人会の偉い人とお話しされてたんですが、すぐに確かめにきてくださいました。ロビーに残って、何か怖いことが起こってたらどうしよう、でも何も起きてなかったら怒られるかなとか思ってるところへアキさんが来られたんで、そのことをお話ししたら、22号室へすっ飛んで行かれました。アキさんっていうのは、よくここへ来られる記者なんです。

そしたら、それから間もなく支配人さんたちが駆け戻って来られて、タツギ大尉ともう一人が亡くなられた。急いで警察に知らせろと——平服でお越しになる軍人さんは、宿帳にも〝陸軍附〟〝海軍附〟と記すだけで、後はシビリアンの扱いになるんですけど、あのときは、すっかり忘れちゃって……」

「いいんだよ。どういう職名で呼べばいいかを教えなかったんだから」

支配人は、とってつけたような優しさで言った。ダンディ警部補はさらに訊《き》いた。

「で、そのあと君はここでハラキリ現場を見た、というわけだね」

「はい、こちらのホノルルからのお客さんといっしょに」

ユニヨシ少年は、チャン警部の方を見た。チャンはうなずいて、

「その騒ぎのさなか、私こちらのフロントに着いたです。でもこの坊や、とても勇敢でしたよ」

「お巡りさんたちを案内する役目があったから出来たんです。でなけりゃとても……」

少年はそう言うと、いかにも気持ちの悪そうな顔をしてみせた。ダンディ警部補はさらに訊いた。

「で、さっき運び出されたブルネットの女の人以外、ずっとこの部屋に出入りしたものはいないんだね。銃声を聞いて支配人のところへ知らせに行く間も、その後も」

「はい、あの女の人が一時過ぎに入って行った以外は」

「それは確かかい、坊や？」

サム・スペードが口を入れる。するとユニヨシは、きっぱりとうなずいて、

「はい。あのときは、ずっとこの部屋と支配人室を結ぶ間廊下の一本道のどこかにいましたから。そりゃ、ほんの何秒かは目を離したし、曲芸師みたいに建物の外壁を這《は》ってったのなら別だけれど」

「ふうむ……で、その間、人によらず物によらず、怪しいものがこの部屋を出入りしたとは考えられない、言うのだね」

チャーリー・チャンが考え深げに言ったとき、部屋の片隅からもはや耳なじんだ声がかかった。

「あのう、そのことなんですが……ぼく、そのときちょうど、裏庭でゴミさらいの仕

事を……」

「やかましいっ、貴様、黙ってろって言ったろうが！」

コフスキーは警部補の一喝をまともに喰らって壁まで素っ飛ぶと、そのまま床に尻《しり》餅《もち》をついた。さしも人情家のチャンも、これには噴き出さざるを得なかった。

ダンディ警部補はしかし、その滑稽《こっけい》きわまるリアクションにニコリとするでもなく、苦い顔で続く言葉を探した。

「うるさい奴だ。えーと、何て名前だっけ……とにかく、何とかかんとかコフスキー、目ざわりでない場所に引っ込んでろ」

「この子の証言だと」スペードが口を挟んだ。「銃が発射されたのは午後一時半、そのときすでにデビーは絞め殺されていたわけになるな」

「だな」とダンディ警部補。

「たとえば、デビーを絞殺したのがタッギ大尉だとすると、彼はそれからハラキリをするまで部屋を出なかったのだから、誰が、何のために死体を撃ちに、しかもどうやって入室したのかが分からない。といって、大尉がすでに死んでいる彼女を撃ったとも考えられない」

「うむ……そんなら、こういうのはどうだ」ダンディは口髭《くちひげ》をうごめかした。「たとえば、絞め殺したはずのデビーが、死後硬直か何かで動き出したのに驚いたとしたら……」

　そんなバカな、とスペードが一笑に付そうとしたときだった。ふいに横合いから聞き馴《な》れない声が割って入った。

「いや、大尉に限って、そんなようなことは……ましてハラキリの覚悟を固めたあとですよ」

「それもそうか……え？」ダンディは狼狽《ろうばい》しつつ振り返った。「で、そう言うあんたは何もんなんだ」

「申し遅れました。ゴーメイ通信社サンフランシスコ通信員のアキと申します」

　癖のない――むしろ、なさすぎるといっていい発音で、その男はペコリと頭を下げた。歳は二十代半ば、きれいに七三分けした頭髪の下に、ロイド眼鏡の童顔があった。

　警部補は面喰《めんく》らったように目をしばたたいた。男の名乗った「合盟通信」が、日本で唯一、すなわち最大の通信社であることなどは、彼の知ったことではなかった。

「ああ、あんたか、ボーイが言ってた記者さんっていうのは。で、あんたもハラキリ現場に踏み込んだ一人なんだったな」

「はいです」アキ記者は律義にうなずいた。「今日は、こちらにお泊まりだという果樹園主の方の談話を取りに来たんですがね。何でも、日本のオカヤマから干し葡萄《ぶどう》の製造事業の調査にいらしたそうなんですが、いざ着いてみたら『一日到着が遅れる』

てなことで空振りですわ。それから、数日前にうかがった際の、大尉のインタビュー原稿が上がったので、念のためお目通しいただこうと持参した次第なんですよ」

「すると……」ダンディは注意深く言葉を選びながら、「タツギ氏の当地滞在については、他よりはお詳しいんだろうね？」

「ええ、ですが」

アキ記者は、ロイド眼鏡のフレームに手をやりながら答えた。

「タツギ大尉は、単に観光のため、当市に来られたのです。私どもの談話記事でも確かにそうおっしゃってます。ご興味がおありでしたら、お読みになりますか？」

ダンディ警部補は差し出された紙束を押しやって、

「いらないよ、そんなヒエログリフみたいな代物《しろもの》……それより、こっちの質問に答えてくれ。大尉はここに来る前は、どこにいたんだ？」

「シアトルです」

アキ記者は即座に答えた。

「その前は？」

「アラスカだったと聞いてますが……」

「で、ここサンフランシスコの次の行き先は聞いたかい」

「ロサンゼルスです。ですが、それが何か……？」

アキは首を傾げてみせた。一方、ダンディ警部補はことさら淡々と言った。

「なるほどね。観光コースとしては、まさに完璧《かんぺき》ですな。何せロスにはサンピドロ──太平洋艦隊の拠点があり、その南には同じく軍港のサンディエゴがある。で、シアトルは北辺のアラスカ、そしてアリューシャン列島の防衛線につながるというわけだ」

「素晴らしい妄想もあったものですな」マコヤマ事務官は一言の下に否定した。「正当に滞在している外国人を、やみくもにスパイ扱いしようとする──わが日本では、絶対に考えられないことです」

「そうかな。全く、トボけきった人たちだよ、あんたら日本人は」

ダンディ警部補は、冷笑と怒りとを交互に顔に浮かべながら言うのだった。

「われわれが気づいてないとでも思ってるのか。ここに投宿する日本人のうち、たまに背広姿が妙に板につかない客が半月とか一か月、逗留《とうりゅう》することを。それが軍人、それも多くはワシントンの武官室から情報収集にきたってことぐらい知らずにいるとでも？」

それは確かな事実だった。このホテルがサンフランシスコにおける日本帝国のスパイ──といって悪ければ、情報収集者の定宿となっていたというのは。彼らのあるものは、サンマテオ近くの飛行船基地を撮影に出かけ、またあるものは、釣りと称して金門《きんもん》湾内の兵要地誌作りに日参した。

とはいえそれは、あまりにもささやかな諜報《ちょうほう》活動だった。外国人への猜疑《さいぎ》に満ちた母国とは違い、彼らはツイン・ピークス山もプレシディオ基地も、ベスレヘム・スティール造船所でも自由に見物できたかわり、彼らの人種的特徴がそれ以上の潜入調査を不可能にしていたからだ。

「で、どうなんだ……タツギ大尉も、その口じゃなかったのか」

「は、はあ」

アキ記者とハルナ支配人は首を傾げた。警部補は声を荒らげて、

「とぼけるな！　この死人も当然、スパイだった。それを貴様らが知らないはずはなかったろうっていうんだよ」

「その逆ですわい」

またしても声があった。まさに破鐘《われがね》のような声というやつだった。

6

その人物は、フロックコートを連想させる真っ黒なキモノをがっしりした体の上に着込んでいた。合衆国の警官たちと身長が拮抗《きっこう》する初めての人物の登場だ。手には太

いステッキ、そして帯の間には大ぶりな扇子。

「待った待った、あんたは……？」

「『桑港《サンフランシスコ》武侠会《ぶきょう》』のナボシマですよ」黒いキモノの巨漢は、にこやかに答えた。「と申してもご存じありますまいが、当地の日本人会に頼まれまして、わが日本の伝統武術——剣道・柔道・空手などの指導と普及にあたっております。日本人会と当ホテルのご好意で、当地来着以来、こちらでお世話になっとりますが、本日はハルナ支配人らと西海岸各市の同好の士を糾合《きゅうごう》した武道大会の開催につき歓談中、事件を知ったような次第でしてな」

キモノの巨漢は、バカでかい扇子をやかましく開け閉じしながら言った。ダンディ警部補は、その音に顔をしかめながら、

「まあいい。で、どういうことなんだ、『その逆です』って言い草は？」

「タツギ大尉はスパイではなかった。その逆で、わが方の情報を盗み取った敵スパイを、追跡しておったのです。去年の八月、でしたか。わが海軍のトリー・タクヤ少佐がロサンゼルスで不慮の死を遂げたのは。タツギ大尉は、その後を受け、決死の覚悟でアメリカ入りした精鋭の一人であったのです。その使命は、日米両国の離反を図る勢力の実態を内偵すること——さよう」

ナボシマは派手に扇子を鳴らし続けながら、一人勝手にうなずいた。

「大尉は、シアトル時代に尻尾《しっぽ》をつかんだ淫売《いんばい》が敵スパイの手先であることを割り出し、これを見つけ出そうとしました。一民間の探偵に捜査を依頼したのは遺憾ですが、何せほんの数名の人員で西海岸を統括するのですからやむを得ますまい。だが結局、大尉はその手を借りることなく女を発見、ここに招き寄せた。そして情誼《じょうぎ》あふれる詰問で女の改心を試みたのでしたが、先方はあくまで肯《がえん》じず……あまつさえ隙を見て彼を害《あや》めようとしたのに、ついにこれを誅《ちゅう》したのであります」

「まるで見てきたみたいだな。単なる一民間探偵の意見だがね、これは」

サム・スペードは皮肉な笑みを浴びせた。ナボシマは当然のように、その意見を無視して続けた。

「さて……帝国の敵は抹消された。が、殺人は殺人。このままその死体を捨て置いては、在留邦人のみならず祖国にも迷惑がかかる。大尉は決意をば固めると、愛用の軍刀もて、おのがハラを召されたのでありましょう。その心情や思うべし。そもそも貴国の諜報機関が、娼婦《しょうふ》を手先に盗みを働かせていた――これは決して外聞《がいぶん》のいいことではありますまい。したがって、この件はあくまで一種の事故として処理なさる方が、貴官の上司の御意にもかなうと思いますが？」

「そんなことは、あんたに命令されることじゃない」

ダンディ警部補が吐き棄《す》てた。そのかたわらで、ポルハウスがそっとスペードに訊《き》いた。

「サム、どう思う今の話」

「気に入らんな」

サム・スペードは苦々しげに吐き棄てた。ポルハウスはあごを撫《な》でながら、

「ふむ……おれには、他に解釈のしようがないようにも思えるんだが」

「その点さ、まさにおれが気に入らないのは。それをまた、あの日本人が滔々《とうとう》と述べたてやがったことさ」

「しかも、お前の先を越してか」

ポルハウスがそう揶揄《やゆ》したとき、隅っこでかしこまってナボシマの演説を聞いていたコフスキーがおずおずと口を開いた。

「あのう……」

「また貴様か。うるさい！」

ダンディ警部補は怒鳴りつけたが、次の瞬間その顔は驚愕《きょうがく》に凍りつき、それはたちまち全員に伝染した。

貧相な雑役夫の手には、ちっぽけなピストルがあった。彼の手のひらにすらすっぽり収まりそうなそれは、黒と金に彩られ、まるでライターか何かのように見えた。だが、銃はあくまで銃だ。

「そ、そいつを取り押えろ!」

ダンディ警部補が言うより早く、刑事たちは若者に飛びかかった。だが彼は何の抵抗もしなかった。刑事の屈強な腕にボロ屑《くず》のように押えこまれ、拳銃《けんじゅう》をもぎ取られるまで、自分からは指一本動かそうとはしなかったのだ。

「おっと」

宙に弾《はじ》き飛ばされた拳銃を受け止めると、スペードは独りごちた。

「婦人持ちの護身用……二二口径だな」

「あっ、警部補」ポルハウスは叫ぶなり、青年の腕をねじあげた。「こいつヤクをやってますぜ」

その通り、寒々しくもひんむかれた生白い腕に点々と注射の痕《あと》があった。ダンディ警部補はそちらに一瞥《いちべつ》を投げると、しかしあまり気のない様子で言った。

「まあいい。あとで適当にぶちこんでおけ」

「そいつは、われわれ在米邦人社会の持てあましものでしてね」

唾《つば》でも吐きかけたそうに言ったのは、通信社記者のアキだった。

「いや、面汚しといった方がいい。田舎から東京に出てきはしたものの、さて日本の大学なんかつまらんと、やめてこっちへ渡ってきた。が、挙句はこう、皿洗いかなんかしながらの放浪の行き着く果ては……」

「麻薬中毒か」お談義をさえぎるようにスペードが言った。「で、こいつをどこで手に入れた、コフスキー」

「頭の上からです」

「頭の上から、だと？」

「はい、探偵さん。調理場裏の片付けをしてたら、ちょうどこの部屋の窓から……」

壁際に虫ピンで留められでもしたように座らされながら、若者は答えた。

「ここからだというんだな？」

ダンディ警部補が窓を指さし、繰り返した。コフスキーは「ええ」と従順に答えて、

「デビーさんとタッギ大尉が、どちらも瀕死《ひんし》の状態でもみあっているときに、開いていた窓から飛び出したものでしょうね。そのう、それでデビーさんが大尉を撃った直後に……」

誰もが呆気《あっけ》にとられた顔で、この貧相な若者を見つめた。

だがそれも一瞬、「何をバカな……」と事務官が吐き棄て、黒いキモノ・コートの実力者が「さて、先程の話に補足すれば」と妙に早口で言いかけた——そのとき。

低く鋭い銃声が人々の鼓膜と心臓を脅かした。天井灯のガラス覆いが砕け、漆喰《しっくい》の飛び散る音——次いで人々が見たのは、例のちっぽけな拳銃を高々と差し上げたスペードの姿、そして銃口からうっすら立ち昇る煙だった。

「皆さんが聞いた銃声というのは、実はこっちに似てはいなかったのか——ひょっとして、君はそれを訊きたかったんじゃないのかね、コフスキー？」

「そ、そ、そうです、探偵さん」

そう答えたとたん、サム・スペードは青年の手をつかんでグイグイと部屋の中央へ引っ張り出した。

「そんなら、ぜひとも拝聴しようじゃないか、君のお説を！」

「賛成ですな、サムさん」

チャーリー・チャンも、悠揚迫らぬ調子で言った。好き放題な日本人たちの長広舌を、ときには微笑みさえ浮かべて耐え聞いていた彼は、腹にたまった思いをこの若者に託そうとするかのように思えた。

「私も、この若い方の意見を聞いてみたく思うです。失礼、ポルハウスさん、さっきのメモを拝見」

「え、ええ？　メモって、何のです」

ポルハウス部長刑事は戸惑ったようすで聞き返した。

「ほら、さきほどこちらの方に示された、この方の名前ですよ」

ああ、とようやく心づいたようすで、部長刑事はメモをチャン警部に手渡した。チャンは眠そうな目をいっそう細くすると、存外あざやかな発音で、

「Kindervich Kovskii――キンダーヴィチ・コフスキー君ですか。どうか前に出て、私どもにあなたの絵解きを聞かせてくださいませんか」

7

「……世の中に正直者と嘘つきの二通りがあるとすれば、その利点と欠点は何でしょう。正直者が自分の言葉を素直に信じてもらえるのに対し、狼少年のたとえではありませんが、嘘つきは本当に自分が見聞きした事実を他者に伝えることができません」

青年――キンダーヴィチ・コフスキーは、しごく淡々とその思うところを語り始めた。

「でもこの欠点は、素晴らしい詭計《きけい》をも生みます。そう、都合の悪い真実をことさら吹聴《ふいちょう》することで嘘として抹殺させてしまい、代わりの嘘をそこにはめ込むという……。ぼくがこの事件で思ったのは、タツギ大尉がデビーという名の娼婦を捜し求めた真の動機を、皆さんが繰り出す怪しげな背景説明でもって遠くへ遠くへ押し流そうとしているように見えたことでした。そのためにこそ、壮大なスパイ劇が持ち出されたかのように――。

ぼくは思いました、なぜ帝国軍人が、全く個人的動機で一人の娼婦を追っかけていたと考えてはいけないのか。以下は、そんなぼくの中で急速に膨らんでいった物語です」

キンダーヴィチ・コフスキーは帽子の上から頭をガシガシと掻《か》きむしり、さらに語り続けた。

「タツギ大尉はシアトルでデビーと知りあいました。彼女にとってはただの上得意。しかし大尉にとってはそうではなかった。思うに、彼はデビーに自分のある性向のハケ口を求め、しかもそれはいささか濃厚すぎるものだったのです。だから、彼女がある日忽然《こつぜん》と姿を消したと知ったとき、さぞ彼は狼狽《ろうばい》したことでしょう。普通なら、それきりあきらめて別の女を探すところ、タツギ大尉はそうしなかった。いや、できなかったのです」

「やめろ……その辺にしておけ」

マコヤマ事務官が低く、獣がうなるように言った。

「やめません」

貧相な青年はきっぱり言った。かなぐりすてた帽子の下から蓬髪《ほうはつ》が一気に広がった。

「大尉はデビーの行方を求めた。そして、恥も外聞もなくあちこちを聞き回り、彼女がサンフランシスコに移ったことがわかりました。ますます気をはやらせ、当地に乗り込んだ彼は、こちらのスペード氏の事務所にも足を運んだりもした果て、ひょんなことからデビーの消息をつかみました。現在の勤め先、そして前と同じ〝デビー〟という名乗りを。

このホテルに滞在していたタツギ大尉は、デビーをここへ呼び寄せました。驚き、そして嫌がる彼女にはおかまいなしに、彼は相手を抱きすくめ、おもむろにその首筋にたくましい腕を回したのです。大尉にとっては、あくまで痴戯、しかしデビーにとっては違いました。彼女を前の土地から去らせたのは、彼のその性癖だったという気がしてならないんですが、とにかく彼女は身の危険を感じた。そして必死に自分のバッグを引き寄せると、護身用に持ち歩いていた小型拳銃を取り出し——断末魔の力を振り絞って、引金を引いたのです」

もう誰も、文句を差し挟むものはなかった。キンダーヴィチ・コフスキー——面倒だから、以降はK・Kとしよう——は、さらに言葉を続けた。

「あの通りの小ぶりな銃です。威力は大したものではなかったでしょうが、至近距離から、しかも腹への一発です。たちまち大尉はデビーを離し、彼女はそのまま床へ倒れ込みました。ボーイのユニヨシ君の知らせで部屋に駆けつけたハルナ氏、そしてアキ記者らは、そこで床に斃《たお》れたデビーと、のたうち回るタツギ大尉の姿を発見しました。

続いて駆けつけたナボシマ氏は、在留邦人はじめ本国の復古主義勢力にも顔が利く人物でした。あのスタイルとしゃべりっぷりを見れば、日本人なら誰でも気づくことですが……。ぼくたちの社会は常にそういう人物を抱え込んでしまうのです。ともあれ氏は、苦しむ大尉を詰問し、このとんでもなく恥ずべき（少なくとも彼らにとっては）事態を知りました。隠蔽《いんぺい》しようにも、すでに銃声は他にも聞かれている公算が強い。とにかく時間がありませんでした。

領事館のマコヤマ氏にも連絡をとりつつ、衆議は一決しました。名誉ある帝国軍人には、あくまで名誉ある死を遂げさせなくてはならない、と。そこででっち上げられたのが、あのパルプ雑誌めくスパイ追跡と自決の物語でした。そして」

若者は言葉を切り、ボサボサの髪をつかんだ。そして、やや間をおくと苦しげにこう続けたのだった。

「恥ずべき行跡《ぎょうせき》の湮滅《いんめつ》工作は、開始されました。まず、タツギ大尉の軍刀を取ると彼の後ろに回り込みます。そして柄《つか》を——これはコトが終わってからでもいいのですが、苦悶《くもん》する彼の手に握らせると、エイヤッと切っ先を腹に突き立てました。この際、もう一つ工作があるのですが、それは後で述べます。ともかく名にしおう日本刀で深々と臓腑《ぞうふ》まで貫くと、そのまま横一文字に切り裂きました。まさに、人形でも操るかのように……」

「ハ、ハラキリをさせたってか？　いったい何のためにだ」

ダンディ警部補が叫んだ。一方、サム・スペードはあごに手を当てながら、

「つまり……より日本帝国の軍人の自殺らしく見せるためか？」

「それもあります」Ｋ・Ｋは答えた。「もう一つは、皮膚を切り裂き、内臓を抉《えぐ》ることでデビーに撃たれた弾傷を隠すこと——何より、体内に喰《く》い入った二二口径の弾丸をほじくり出すためですよ。さっき言った、もう一つの工作というのがこれです。

それから、ここにいるナボシマ氏は窓をいったん閉め切り、大尉の拳銃《けんじゅう》でデビーを撃ちました。くれぐれも銃声のもれないように、銃口を密着させて。何のために？　デビーが大尉の腹を撃ったときの銃声に理由をつけるため、そして、もちろん口封じのため——何より帝国軍人ともあろうものが、敵スパイに一矢も報いなかったということでは、すまされませんからね」

「だが、デビーはそのときすでに死んでいた」

スペードが言った。Ｋ・Ｋはこっくりとうなずいて、

「そうです。おかげで、せっかくの銃創には生体反応がなく、一つ部屋に弾を撃ち込まれた絞殺死体と切腹死体が残されることになってしまったのです。そう、ぼくにこの真相を気づかせたのは、この場の誰もが、当然口にしなければならない疑問を腹におさめたままにしていたことです。そう、それは……。

日本人なら誰でも知ってることです。切腹をするときに、服の上から刃を突き立て

るものはない、と」

ふいに真っ白な静寂が、この場を支配した。K・Kは一面の雪原を独り行くもののように語り続けた。

「タツギ大尉は、撃たれたとき服を着ていた。とすれば当然、シャツには弾穴が残ります。それを隠すためにこそ、軍刀は服の上から突き刺されなければならなかった」

「貴様は……」

ナボシマが声を荒らげた。そのいかつい顔は、まるで灼《や》けた石のようになっていた。

「日本人なら、帝国軍人の恥を暴くような真似はできんはずだ。みんながタツギの、ひいては在留邦人の名誉を守るのに協力したのに、なぜ貴様だけが……やはり貴様は持てあましものだ、麻薬中毒者めが！」

「そうでしょうか」K・Kは、きっぱりと言った。「一人の娼婦《しょうふ》を痴戯の果てに殺し、自分も傷ついた——確かに恥でしょう。しかし、それを国家機密だの軍人の名誉で塗り潰《つぶ》すことは、それ以上の恥ではないのですか」

沈黙があった。その果てに、ハルナ氏がゆっくりと若者に歩み寄った。

「君の言うのは正しい」

ホテルの主人は、K・Kの貧弱な肩に手を置いた。

「だから、わかっていると思うが——」

「クビですね」

K・Kは寂しげに微笑んだ。

8

その夕刻、コイト・タワーが完成したばかりのテレグラフ・ヒルの真下、グリニッジ通りにあるレストラン、《ジュリアスの城》で、世にも風変わりなディナーが開かれていた。探偵サム・スペード、トム・ポルハウス部長刑事、チャーリー・チャン、そしてあの日本人青年K・Kという顔ぶれである。

「お手柄だったな……ま、一つどうだ」

スペードが差し出す手巻きシガレットに、K・Kは「ありがとうございます」と顔を輝かせて手を伸ばし、すぐさま火をつけた。だが、口に合わなかったのか派手に咳《せ》き込んでしまった。

「おい、大丈夫かい？」

スペードが声をかけると、K・Kは目を白黒させながら「だ、だ、大丈夫です」と答えた。前髪が跳ね上がって初めて存在の知れたそれらには、何ともいえない愛嬌《あいきょう》があった。

「ともあれ、ご苦労さんだった。何ともやりきれん結末ではあったがな。けどサム、この一件、いったいどう始末をつけたもんかな」

幕切れの笑劇を横目に、ポルハウス部長刑事はわざと深刻ぶって腕を組んでみせた。

「いいかい、デビーを撃ったのはナボシマたちだよな。だが、彼女はすでにタッギ大尉に殺されていたんだから、殺人罪の適用のしようがない。そのタツギに、ハラキリをさせたのは当然、故殺に——いや自殺幇助《ほうじょ》になるのかな。それとも……今から警部補の憂鬱《ゆううつ》顔が見えるようだよ」

「ま、おれたちにはどうでもいいことだ」スペードはあっさりと笑い捨てた。「難しい法解釈は、地方検事にでも任せるさ。それより、ことこういう次第に至っちゃ、《ホテル・ミカド》ご自慢の日本料理を賞味するわけにもいかなくなっちまったな。実をいうと、今日タツギ大尉に受任の取り消しを宣言したら、秘書のエフィとメシにするつもりだったんだが。ま、そんなこともどうでもいい。問題は——」

私立探偵はふいにまじめな顔になると、K・Kを指さした。

「君だ、キンダーヴィチ。君はこれからどうする？」

「ぼくですか」青年は微笑した。「とりあえずはクスリから足を洗って、何とかこっちのカレッジに復学して——それから、いずれは日本へ、ね」

「で、どうします、何をやるつもりです」

給仕に命じてポットとお湯を借り、手ずから極上の中国茶を入れていたチャーリー・チャン警部は、湯気の立つ碗《わん》を他の三人にすすめながら、訊《き》いた。

するとK・Kはにこやかに、しかしきっぱりと答えた。

「探偵です。特にサムさん、あなたのような私立探偵にね」

驚くスペードに、K・Kは気恥ずかしそうに笑いかけて、

「意外ですか？　これからはぼくの国でも、いや今だって、警察だけが犯罪捜査を独占していちゃいけないでしょうし……もっとも、あなたのような度胸や腕力は、とても望めそうにゃありませんがね。そして、チャン警部、あなたのような叡知《えいち》も。せめてもの共通点は、あなたがS・S、警部がC・Cで、ぼくがK・Kと、苗字《みょうじ》と名前が同じイニシャルなことぐらいですか」

「そんなことより、君にはこれがあるでしょう」

C・Cことチャーリー・チャンは、この若者の蓬髪《ほうはつ》の中に秘められたものを指さしてみせた。

「そうとも」

S・Sのイニシャルを持つサンフランシスコきっての私立探偵は言った。

「これからは、これが君の国の市民を護《まも》るのかもしれん。いや、きっとそうなるとも、キンダーヴィチ・コフスキー」

「あ、ありがとうございます。ミ、ミスター・スペード」

彼は照れ臭さからか、はげしく髪の毛を引っかき回し始めた。たちまち飛び散りだしたフケに、サンフランシスコとホノルルの探偵は、あわてて飛びのかなければならなかった。

若者はしかし、急にわれに返ったかのように顔を上げると言った。

「でも、みなさん、もうぼちぼちぼくの名前を正確に覚えてほしいですね」

名前？　サム・スペードはチャン警部らと顔を見合わせると、Ｖ字形の笑いを口元に刻みながら、

「それもそうだな。で、何ていうんだ？」

「キンダイチ」

若い日本人は答えた。

「キンダイチ・コウスケです。どうか、よろしく！」

＊

かれは十九の年齢《とし》に郷里の中学校を卒業すると、青雲の志を抱いて東京へとび出し
……なんだか日本の大学なんかつまらんような気がして来たので、ふらりとアメリカ

へ渡った。……皿洗いか何かしながら、あちこちふらふら放浪しているうちに、ふとした好奇心から麻薬の味を覚えて、次第に深みにおちこんでいった。

……そのうちに妙な事が起こった。サンフランシスコの日本人間で奇怪な殺人事件が起こって、危うく迷宮入りをしそうになった。ところがそこへふらふらと飛び出していったのが、麻薬常習者の金田一耕助で、見事にかれがこの怪事件を解読してのけたのである。

――横溝正史『本陣殺人事件』より

少年は怪人を夢見る

1

（畜生、畜生、畜生……）

　彼は心に悲痛な叫びをあげながら、必死に身をよじった。だが、彼を鉄骨にいましめたロープは一寸一分もゆるもうとせず、きつく噛《か》まされた猿ぐつわからはヒィヒィと情けない息音がもれるばかりだった。

　どんなに暴れようとわめこうと、助けに来てくれるものはいそうになかった。誰も彼のことなど見ておらず、その声に耳を傾けることもなかった。これまでずっとそうだったように。だからといって、あきらめるわけにはいかない。

　いつまでも、こんなところに閉じ込められてたまるもんか――そう思って体を揺すぶり、激しく首を振った。その拍子に、むりやり目深《まぶか》にかぶらされた帽子が外れて飛んだ。つばの突き出た運転手用の帽子で、おかげで視野だけはぐっと広がった。とっくに見飽きた風景とはいえ、見えないよりはましというものだった。

　真っ先に目に入ったのは、天井から吊《つ》り下がったアセチレンランプだった。その光に照らされた空間は何とも殺風景というほかなく、それでいて悪夢のような異様さをも兼ね備えていた。

周囲の壁は不規則な凹凸を帯び、一見天然の洞窟《どうくつ》かと思わせる。だが、実はコンクリート製で、しかも縦横に鉄骨が走っていた。まぎれもなく人工の建造物だ。とはいえ、これだけではどんな建物だか見当がつきかねるが、それはこの空間の外側にいるものたちにとっても同様だった。

そう……付近住民のいったい誰が想像したろうか。町外れの丘に鎮座する大仏様の胎内が、こんな風になっていようとは。ましてや、そこで一人の若者を主人公に、何やら活動大写真めくシーンが展開されていようなどとは。

(畜生、畜生、もう少し……もう少しだ!)

相変わらず心に叫びながら、彼は必死に身もだえし、手首足首を小刻みに動かした。悪戦苦闘のかいあって、わずかながら結び目が解けかけたような気がした。あと少し、あと少し——うまくすれば、〝あの人〟に追いつけるかもしれない。ともに、この鬱《うっ》陶《とう》しい国におさらばできるかもしれない。

いや、何よりも伝える必要がある。あなたがあなたの恋人とともに、この隠れ家から連れて出たのは、決して忠実な部下である自分ではなく、あの憎むべき宿敵なのだということを。自分は奴の奸計《かんけい》のせいで、身代わりにここに縛られてしまったということを!

ついさっきまで、ここ大仏内の空洞には〝あの人〟のほか何人かの仲間がおり、彼らの戦利品を収めた荷箱がいくつとなく置かれていた。今、それらはすっかり運び出されて、ただ一箱だけが彼の近くに残されている。よりにもよって、一番厄介で物騒きわまりない代物が。

ひょっとして、と彼はいやな予感を覚え、次の瞬間には「まさか！」とかぶりを振った。まさか、〝あの人〟がそんなことをするわけがない。いくらあの宿敵が相手にしろ、そして奴とおれを取り違えてしまったにしろ、まさかあれに火をつけるようなまねは……。

ことさら自分を安心させようとした、まさにそのときだった。ほの明かりと静寂に包まれた空間に、新たな光と音が加わった。予感はみごと的中した、それも考えられる限り最悪の形で。

そ、そんな！　彼は極限まで目を見開き、これもいくぶんゆるんだ猿ぐつわの下からかすれた悲鳴をほとばしらせた。

それは、あの人たちが去った空洞の出口からやってきた。パチパチとまばゆい火花を撒《ま》き散らし、シュウシュウと耳ざわりな声をあげながら――導火線だ！　彼らは脱出のついでに、導火線に火を点じていったのだ。

たちまち火は蛇さながらに床を走り、荷箱の間近に迫った。何の害もなさそうなその中には、強力な火薬がぎっしり詰め込まれている。そこに火が達したあとの結果は、もはや言うまでもない。

助けてくれ！　彼は絶叫した。猛火に焼きつくされ、肉片となって飛散する運命を避けようと、狂おしく暴れまわった。だが、それらは何の救いにもならなかった。飛び散る汗と涙を無視するように導火線は燃え続け、荷箱の側面を這《は》いのぼり始めた。

こうなってはどうしようもない。脱出王フーディニだって、あきらめることだろう。たとえ今ここで奇跡が起こり、プッツリ縄が切れたところで間に合いはしない。

彼は瞑目《めいもく》した。どうしてこんなことになったのか。何でよりによってこのおれが、こんなみじめな最期を迎えなくてはならないのか。

（それは——ここにおれがいるせいだ）

彼は恐怖と絶望の頂点でつぶやいた。半面、そこには心臓が破れるほどの快楽と歓喜もあるのだった。その落差が生んだ、一種異様な発想であった。

（そうとも）彼は大まじめに考えた。（こうして縛られているのがおれ以外の人物であれば、おれは死ななくてすむ。何でまた、おれは今こんな場所にいるんだろう？）

それは往生際の悪い後悔ではなく、純粋な問いかけであった。そもそもおれとは何者で、どこの誰がどうなって、ここに至ったのか——。

らちもない問いに答えるかのように、脳裡《のうり》にひらめいた映像があった。それは、トランプさながらパラパラと繰られる過去の記憶にほかならなかった。

2

彼はふいに名を呼ばれたような気がして振り返った。だが、縁日の雑踏《ざっとう》にいくら目を凝らしても、声の主らしい人の姿は見えなかった。

さまざまな露店、大道芸人、むしろがけの小屋。その間を埋める人波も老若男女さまざまだが、見知った顔は一つとしてなかった。その瞬間、にぎやかな風景がひどく物寂しいものに感じられた。子供ながらに、孤独が胸にしみるような気がした。

今のは誰だったのだろう——彼は、そんな思いを振り払うようにつぶやいた。父さんだろうか、それとも母さんだったろうか。でなければ誰でもあり得ない。彼ら一家はこの町に引っ越してきてまもなく、知り合いはいないはずだったからだ。彼自身、まだ友達はできていない。

(気のせいだったのかな)

彼は子供ながらに、自分を納得させることにした。それよりは、今というときを楽しみたかった。このささやかな歓楽の空間——泥絵具の看板も、セルロイドのおもちゃも、水槽に群れる金魚も、たたき売りのだみ声も、何もかもが輝いて見えた。

新しい家に移ってからというもの、何だかだでバタバタしてばかりで、ろくに遊びに出る機会もなかった。どうしたものか両親も外出したくはないようすで、子供心にそれを察して我慢していた。だから、どこか疲れたようすの両親から、

「どこかに遊びに行っておいで」

と、ずいぶん多めのお小遣いを握らされたときは、飛び上がりたいほどうれしかった。少しでも楽しむ時間を長くしたくって、大急ぎで家を飛び出した。

さあ何を買おう、何を食べよう。考えに考えた末に駄菓子を買い、もっといいものにするんだったと後悔したりした。だが、そうするにはあまりに周囲がきらびやかすぎた。一瞬も気鬱《きうつ》に陥《おちい》る暇がないほど、ものが満ちあふれていた。たとえ、それが縁日の一歩外ではたちまち色あせ、輝きを失ってしまうものだとしても。

さて、次はどうしようか。彼はあらためて視線をめぐらした。その先に、一軒の芝居小屋がとらえられた。

（お芝居かぁ……）

そうつぶやいたとたん、心の中に甘やかな思い出がよみがえった。今度引っ越す前の前、ずっと大きな家に住んでいたときには、よく両親に連れていってもらったものだ。

あのころは、今よりずっと幸せだった気がする――自分も、お父さんもお母さんも、

ほかのみんなも。芝居見物は、そんな時代の思い出の一つだったが、悔しいことにまだ幼かった彼には、おぼろげな記憶しか残っていない。それだけに、小屋を見るだけで切ないような、もどかしいような気がするのだった。

彼は吸い寄せられるように、ささやかな劇場に歩み寄った。その正面に掲げられた看板には、次のような文字が大書してあった。

百面相役者××丈出演
探偵奇聞「怪美人」五幕

彼には解しがたいところもあったが、この「怪美人」なる芝居がふだん見かけるものとは違うことは何となくわかった。何より、掲げられた絵看板を見れば、そのことははっきりしていた。

その珍妙なことといったら！　一目見るや、彼はポカンと口を開いてしまった。色といい筆づかいといい、ありふれた髷物《まげもの》や新派の絵看板と同じようでいて、描かれているのは紅毛碧眼《こうもうへきがん》の紳士淑女。背景もどうやら西洋風だ。だが、この絵を描いた人物はろくにそれらを見たこともなければ、洋服がどんなものかもよくわかっていなかったらしい。

前に住んでいた家に、誰が買ったのか明治時代の小説本が転がっていた。あとで思えば黒岩涙香《くろいわるいこう》あたりの翻案ものだったが、絵看板の異国趣味はあの挿絵そっくりだった。しかも、こちらではそれら西洋人まがいの人物に歌舞伎式の見得を切らせているときては……。

いったい、どんなお話なんだろう——彼はむくむくと好奇心が頭をもたげるのを感じた。

題名の怪美人というのは何者で、そもそも「百面相役者」とは何なのだろう。一人が幾役も兼ねて早変わりするだけなら珍しくはないが、そういうのとはまた違うようだ。

とりわけ、この芝居が剣戟《けんげき》ものでもお涙頂戴《ちょうだい》でもなく、探偵劇だというのが興味を引きつけた。生まれて一度も見たことはないが、それだけに想像はふくらむ。この小屋の中ではどのような物語が展開され、看板に描かれた人々はどんな役どころを演じてみせるのだろうか。

いつしか彼は、手の中の小遣い銭を痛いほど握りしめていた。

（どうしよう）

とっさに思案をめぐらせる。今ここに木戸銭を払ってしまったら、欲しかったあれもこれも、みんな買えなくなってしまう。果たしてその値打ちがあるかどうかわからない、あとに何も残らないものと引き換えに、それらを我慢できるだろうか。

彼は迷った。大げさに言えば、狂おしいほどに思い悩んだ。百面相役者の芝居と、ほかのさまざまな楽しみのどちらをとるべきか。そんな少年をさらに困らせようとするように、

「さあさあ、これより探偵奇聞『怪美人』の始まり始まりィ。花の都を騒がせし、意外また意外の物語。洋行帰り百面相役者の妙技の数々を、まずはごらんあれ――」

半纏《はんてん》姿の若い衆が、拍子木の音とともに開幕を告げた。いま入らないと始まってしまうよ、見逃したらもう一生見られないかもしれないよ――そう言わんばかりに。

よし、と彼は意を決した。何かに引き寄せられるような足取りで、芝居小屋の入り口に向かった。

手の中の汗ばんだ硬貨が、木戸番につまみ取られたとき、はっとするような悔恨を感じないでもなかった。だが、今さら返してとも言えない。彼はそのまま、ほの暗く薄汚い客席へと進んでいった。

平土間も桟敷《さじき》も入りは決してよいとはいえず、何となく寒々しい感じがした。子供の姿はほとんどなく、まして一人で来たものなどはいそうになかった。そのことに孤独とやましさを覚え、やはりこんなことにお金を使ってしまうのではなかったと後悔したりした。

彼はひたすら芝居が始まるのを待った。巡査や学校の先生（こちらの町では、まだ通っていなかったが）にとがめられるのではないかとビクビクしたが、そんな思いも一時のことだった。

幕が開いたとたん、すべての憂いは吹っ飛んだ。舞台の上につくられた世界を目にしたとたん、彼はその真っただ中に吸い込まれてしまった。ふだんなら外から仰ぐばかりの西洋館や、写真版でしか見たことのない市街が、少年の目前にあった。よくよく見れば、それらはただの書き割りで、大道具小道具も安っぽいまがいものに過ぎなかったが、そんなことは気にもならなかった。

何よりその筋立てに彼は胸を躍らせ、われを忘れた。世の中に、こんなにも面白いものがあったのかとさえ思った。要は神出鬼没の怪美人が巻き起こす事件の数々と、警官・探偵たちの知恵比べなのだが、次々と意表を突く展開のめまぐるしさには、あれよあれよと見守るほかなかった。

主役の怪美人は、老若男女ありとあらゆる人間に化けてはまた化けを繰り返し、観客は劇中の人物ともども翻弄《ほんろう》されるばかり。その妙技に、彼は初めて腑《ふ》に落ちた——そうか、これが「百面相役者」だったのかと。

最初は顔も体つき、性別さえも異なった登場人物をまさか一人の俳優が演じているとは思わなかった。たまたま近くの席の客たちが、「さすがにうまいもんだな」「ああ、これが取り柄じゃからな」などとささやき合っているのにぎょっとし、ようやくその事実に気づいたぐらいだった。

少年の驚きは、座頭にして百面相役者の××が舞台上、まさに衆人環視のもとで妙技を披露するに至って頂点に達した。人間にはこんなことが可能なんだ、望めばどんな人間にだってなれるんだ……。それは驚愕《きょうがく》を超え、もはや感動ですらあった。

そこには、当時の彼には未知の感覚が含まれていた。体の内側から突き上げるような、一種異様な興奮が。

ここに至って、彼は身も心も舞台の上の世界に没入していった。劇と現実の区別などどうでもよく、自分が客席にいることも忘れ果てたほどだった。

だが、どんな物語もいつかは終わらなくてはならない。「怪美人」もむろん例外ではなく、変幻自在の主人公をめぐる探偵劇はクライマックスに駆け上がり、ついで終幕を迎えた。一抹の余韻《よいん》漂う幕切れであった。

ふと気づくと、周囲の客たちがぞろぞろと席を立ちかけていた。何やら勝手なことを言い合いながら、出口の方に流れてゆく。

そんな中で、ひとり彼は異様な感動に打ちのめされて、身じろぎ一つしなかった。頭はぼうっと霞《かす》み、手足はしびれたようで、しばらくは立ち上がる気にさえなれなかった。

やっとわれに返って見直せば、舞台には色あせた幕が引かれ、さっきまでそこにあった世界を覆い隠していた。場内を見回すと、彼のほかには掃除係の老人が黙々と箒《ほうき》を動かしているだけ。何もかもが寒々しく、入ってきたときより一層貧乏たらしく見えた。

小屋の連中に追い立てられる前に、少年は席を立った。未練はあったが、しかたがなかった。あの幕をめくってみても、そこにはもう夢の国がないことはわかっていた。怪美人が跳梁《ちょうりょう》するあの世界とは、どうしようもなく隔てられてしまったのだ。

もう少し大きくて度胸があったなら、座頭の百面相役者を楽屋に訪ねたかもしれないが、そんなことは思いもよらなかった。そうしたところで、彼の夢がかなえられるわけではなかった。結局のところ、後ろ髪を引かれつつも小屋をあとにするほかなかった。

外に出ると、空はすっかり暗くなっていた。ふいに寂しさが胸にこみあげる。かけがえのない一刻が終わったということが、ひしひしと感じられた。

だが、一歩雑踏の中に踏み出したとたん、周囲の現実は遠ざかり、あの探偵劇の世界がよみがえった。心はまだ、舞台の上に残したままだった。通行人に突き当たろうと、路上の石に転びかけようと、怪美人の魔術から覚めることはなかった。唯一、

(思ったより遅くなってしまった……父さんも母さんも、怒ってるだろうな)

という心配を除いては。とはいえ、どんなに叱られようと、今日あの芝居を見たことを後悔するつもりはなかった。どんな罰でも、甘んじて受けるつもりだった。

だが、そんな心配は無用だった。両親が彼のことを叱ることはなかった。今夜だけではなく、明日も明後日《あさって》もそのまたずっと先も。

「――ただいまぁ」

うらぶれた新居にたどり着き、玄関の戸に手をかけながら声をかけた。父の怒声、母の泣き声を想像し、一瞬身構える。だが案に相違して、中からは叱声《しっせい》はおろか何の返事もなかった。

彼はホッと胸をなで下ろし、だがすぐに異変に気づいた。そもそも中は真っ暗で、人の気配さえしないではないか。これはいったい、どうしたことだろう。

彼は小首を傾げながらカラカラと戸を開け、玄関に足を踏み入れた。ふいに、ぞっとするような寒気が襲った。得体の知れない不安が、胸を締めつけた。

「父さん、母さん？」

思い切って呼びかけてみた。だが、震えを帯びたその声に答えるものはなかった。

その先にあったのは、黒々と冷え切った虚無だった。芝居のハネた劇場さながら、ガランとして何もない空洞であった。

3

「まことに気の毒な話だが」

その中年手前の警察官は哀れなものを見るような目を彼に向けながら、口を開いた。お巡りさんでもやや上の位らしく、恰幅《かっぷく》のいい体を詰め込んだ制服には平巡査にはない飾りがついていた。

「われわれとしても精いっぱい手を尽くしたつもりなのだが、残念ながら君のご両親の行方を探し当てることはできなんだ。あぁ、いやいや、事故とか強盗とかいった災難に遭われたのではない。それらしい痕跡《こんせき》は見当たらなかったし、その点は心配せんでよろしい。ただ、二人を見かけたという近所の人の話によると、どうもその、夫婦そろって姿を消したのは、本人たちの意思だったふしがあって……この意味、わかるかな。いっそ、わからん方が幸せなのかもしれんがね」

警察官はいかつい、それでいて好人物そうなご面相をちょっと傾がせた。巨体をのっけた肘掛《ひじか》け椅子がかすかな軋《きし》み音を立てた。

「………」

彼は何か答えようとしたが、声にならなかった。ひたすらうなだれて、小さな丸椅子の上で身を縮めるほかなかった。

――百面相一座の芝居にわれを忘れた翌日、地元警察署の一室でのことだった。

あのあと、どんなに捜しても父と母の姿は見当たらなかった。あわてて外へ飛び出したが、初めての町ではまるで見当のつけようがない。しかたなく家の中で待とうとしたが、すぐにいてもたってもいられなくなった。

こみあげる不安と寂しさに、彼はいつしか泣き出していた。こらえてもこらえても涙がこぼれ出てしようがなかった。それは、父と母が自分を置いてけぼりにしていったことに薄々感づいていたせいでもあった。

そんなはずはない、そんな馬鹿なことが！　少年の心はしかし、その疑惑を激しく打ち消した。それを認めたとたん、たまらなく自分がみじめになることがわかりきっていたからだった。

（違う違う、そんなはずはない！）

彼は心に絶叫しながら、家を飛び出した。あとはもう訳がわからず、どこをどう駆け回っていたか覚えていない。気がついたときには、見回りの巡査に保護されていた。記憶しているのは、ただもう悲しくやりきれない思いだけ。それだけは心に突き刺すように鮮やかだった。

そして一夜が明けた。お巡りさんたちはそれなりに熱心に動いてくれたが、結果はむなしかった。そのかわり、思いがけない事実が掘り起こされてしまった。

「波越《なみこし》部長、これを」

言いながらやってきた若い巡査が、かしこまったようすで一枚の書類を手渡した。

波越と呼ばれた警察官は、それを一瞥《いちべつ》したとたん複雑な表情を浮かべて、

「それで……何度も同じことを尋ねて悪いんだが、君のご両親、それに君自身の名前は、さっき聞いた通りで間違いないんだね」

「はい、そうです」

彼はすぐさま答えた。今さら何を訊《き》くのかと、首を傾げずにはいられなかった。すると警察官は書類を見ながら、少年が聞いたこともない名前をいくつか読み上げてみせた。

「――いま言ったような名前に聞き覚えはないかね。こちらが君たち一家の本当の名前ということはないのだね？」

「はい、もちろんです」

そう答えながらも、彼は得体の知れない不安にかられだした。一方、波越という警察官はいよいよ哀れなものを見る目になると、

「まさか君がうそをつくとは思わんし、そんな必要もないわけだが、この点がどうもはっきりせんのだ。というのは、君の両親はこの町への転出届をすませていないうえ、

あの家を借りるときに告げた名前も違っている。実は、いま読み上げたのがそれなんだよ。つまり君たち一家が、果たして君の言った通りの人間かどうかは証明ができんわけなのだよ」

「！」

彼は愕然《がくぜん》となった。名前なんて根本的なものを信じてもらえないなんて、そんな馬鹿なことが……。

「で、でも」彼は必死に抗弁した。「僕は僕です。そこに書いてある名前に間違いがあるはずは――」

そこまで言いかけて、ふいに気づいた。この町に来てから日は浅く、しかも前述の通り外に遊びに出ることもなかったせいで、近所の人々の中に見知った顔はない。まして、友達などまだ一人もできていなかった。

ということは、この町の誰ひとり、彼が誰であるか知らないということだった。自分が自分であることのあかしが立てられないということだった。

（じゃあ、僕は、僕はいったい誰なんだ……？）

それは、一人の少年にとっては重すぎる疑問だった。足元に陥穽《かんせい》がぽっかり口を開いたような、真っ暗なその中にどこまでも落ちてゆくような不安を感じずにはいられなかった。

「まあ、偽名を使ったのには借金とか、誰かに追われておったとかの事情があるのだろう。この町に引っ越した当座はよかったが、またすぐにまずいことになって再び姿をくらましたというところだろう。今度は自分たちの身一つだけでな。君を残していったのは何か理由があって、そうした方がいいと考えたのだろう。だから決して怨《うら》んじゃいかんよ」

その理由というのは、足手まといになるからか。それとも、永遠に追っ手のかからない地に逃げるにあたって、息子を道連れにしたくなかったのか。そういったことまでは、そのときは思い当たらなかった。ただ見捨てられた、置いていかれたという絶望感だけが黒々と心をひたした。

この町の、いや日本中の誰もが自分のことを知らない。その人たちに向かって、彼が彼であることのあかしをどうやって立てたらいいのか。いや、それはほとんど不可能だ。ほとんど唯一の肉親である父母がいなくなった今、そのことを信じることができるのは、たった一人自分だけ――いや、果たしてそうだろうか？

恐ろしい疑念が、彼の中で頭をもたげた。僕は――僕は本当に自分が思っている通りの人間なのだろうか。あの書類に記されていた、さっきまで自分の名前だと信じていた何個かの文字が本当にそうであったのか、何もかもが揺らぎ始めてきたのだ。

「まあ、そういったことはとにかく」

波越という警察官は少年の思いを知ってか知らずか、ことさら淡々と続けるのだった。

「とりあえずは、君の身の振り方を決める方が大事だ。僕らはかまわんとしても、いつまでも署内にいてもらうわけにもいかん。しかるべき施設もしくは篤志家《とくし》のもとで衣食ならびにしかるべき教育を――」

その口ぶりには、彼の両親が戻ってくる可能性など初めから含まれていなかった。それどころか、父母の存在そのものを忘れさせたがっているようだった。

だが、それらの言葉は、ろくすっぽ少年の耳には入らなかった。彼は彼で目の前の現実を意識から遠ざけることで、かろうじて心の平衡《へいこう》を保っていたからだった。

こうして彼は、来たばかりのこの町を去らなくてはならなくなった。

それ以降のことは、あまり思い出したくない。というか、初めから記憶にとどめられなかった。「しかるべき施設もしくは篤志家」のもとをたらい回しにされる中での苦渋《くじゅう》や孤独を感じないためには、それが一番の早道だったからだ。

むろん、それだけでは防ぎきれない場合もあった。いやおうなく自分の立場を直視しなければならないことがあった。そうしたとき、彼は奥の手を使った。それは、今ここでつらい目にあっているのは自分ではなく、別の人間だと思い込むことだった。

そう自分自身に言い聞かせることだった。

そのせいで、彼はこれ以降については、ガラス越しに他人の行動を眺めるような印象しか残っておらず、とりわけ時間の観念は失われた。そんなわけで、これから記す出来事がいつのことだったのかは定かではない。あの縁日から数年もしくは数か月後、ひょっとするとわずか数週間しかたっていなかったかもしれない。

ともあれ、それは一組の男女のこんな長広舌《ちょうこうぜつ》とともに始まった。

「どうも、お初にお目にかかります。実はこちらに気の毒なお子たちがいると聞きまして……。ああ失礼、名刺をどうぞ。そこにもあります通り、私は多年の刻苦勉励《こっくべんれい》のかいありまして、まぁその、世間様からはひとかどの実業家と呼ばれるまでになりましたんですがな、これがその、どうしたものか子宝に恵まれませんで、これはどうも養子をもらうほかないと思っておりましたところ、さる方からこちらのことをうかがいまして——なぁお前？」

「主人《たく》の申します通りで……いえもう、これまでさんざんお医者にかかるやら、神信心に励むやらいたしましたんですが、どうもはかばかしくありませんで。こちらによい子がおられるならば、ぜひともわが家に迎えたいと考えましたんですの。いえ、ご奇特だなんてとんでもない。情けは人のためならずと申しますし、こちらの希望に沿うお子さえおられるならばねえ。

おやっ、あの男の子は——ねぇあなた、ピッタリじゃありませんこと。すみません、ちょっとあの子を呼んでいただけますかしら？」

4

少年はふいに目覚めた。深い眠りから放り出された先は、夢よりも昏《くら》い闇の中だった。

手探りで灯《あか》りを探したが、うまく見つからない。そのかわり、ガラスの皿とそこに山盛りになったお菓子に手が触れた。

所在なさと物寂しさに、何気なくその一つをつまんで口に放り込んだ。たちまち広がる香ばしさと甘味。だが、そのとたんにはっとした。初めてこの種の洋菓子を口にしたときの感動にも似た思いが、早くも失《う》せているのに気づいたからだった。

「さあさあ、たんとお食べ。おかわりはいらないかい。お菓子はどうだい、色とりどりの珍しい西洋のお菓子は。そぉらそらそら、こんなのはどうだ。うまいか、そうだろうとも。港一番の店から取り寄せたのだからなあ。ウワッハッハ、そうあわてるとのどに詰めるよ。そんなお菓子ぐらい、いくらでもあるのになぁ。お前？」

ふいに耳底によみがえった声があった。少年の引き取り先に現われた夫婦ものの、

男の方だった。すると今度は女の方の声で、

「そうですとも。でもかわいいじゃありませんか、男の子はやっぱりこうでなくっちゃ。最初にデパートやレストランに連れてってあげたときの、あのビックリ顔！　でも、ほんとにうれしそうで、この子にしてほんとによろしゅうございましたわねぇ。オホホホホ」

妙に作ったような彼らの口調を思い出したとたん、何となく食欲が失せて菓子を皿に戻した。そんなことはおくびにも出せないが、彼はこの養父母（ということになるのだろうが）がどうしても好きになれなかった。何となく薄気味悪くてならなかった。声も声だが、姿格好もうさん臭い。男の方はむやみに高い帽子をかぶってキンキラした洋服をまとい、いかにも立派な紳士のようだが、よく見ると顔には薄く白粉《おしろい》のようなものを刷《は》いてあるし、黒々した眉《まゆ》も上から描いたあとがある。

その女房らしい方はというと、顔から粉を吹いたような厚化粧で、笑うたびに金歯がキラリと覗《のぞ》くのだが、変なことに見るときによって位置が変わったり、なくなっていることさえあった。

この人たちは、こぼれるような笑顔の下に別の素顔を持っている——。ぞっとするような事実だったが、半面こっけいでもあった。子供の目にも、変装も声色もあまりに稚拙《ちせつ》だったからだ。

（あの百面相役者にでも入門すればいいのに）

そんなことを考えたりした。あの芝居小屋の記憶は、幸福だった時代の最後の一齣《ひとこま》として、今も心に鮮やかだった。

ああ、思い出しても胸躍る異国趣味たっぷりの舞台！　あの思い出はどこまでも甘美でありながら、胸にズキリとした疼《うず》きを感じさせもする。彼はたまらずに寝返りを打った。と、偶然手の先に電気スタンドのスイッチが触れた。

カチリとそれを引いたとたん、まばゆい光の束がスタンドの笠《かさ》から吐き出された。それ一灯では隅々まで照らすには足りなかったものの、この寝室の輪郭を浮かび上がらせるには十分だった。

広々とした洋間だが、夜の静けさと物寂しい光の中では、妙に書き割りめいて見える。豪華な調度も菓子皿までもがつくりもののように思えてくる。

あの「怪美人」の一場面みたいだ、とそのとき初めて感じた。そういえば、あの夫婦に連れられてやってきたこの屋敷自体、百面相役者一座の芝居を思わせるものだった。

長い塀に立派な鉄門を構えた赤レンガの西洋館。何だか一時代前の、古い版画にでも出てきそうだ。衣食も一切合財《いっさいがっさい》が外国式で、あのときの夢——百面相役者が繰り広げるお話の中に入ってしまいたいという願望が、かなったといえなくもない。

例によって時間の感覚が稀薄《きはく》なので、ここに連れて来られて何日になるのかはっきりしないが、暮らし自体には何の文句もなかった。唯一の不満は、あまり外へ出してもらえないことだが、それは自分をいじめるものが入ってくる心配がないということだ。そのことは、少年の心の鎧《よろい》を一つ脱がせてくれた。

とはいえ不審の種は尽きなかった。養父母の怪しげなようすもそうだが、その最大のものは、この西洋館の主《あるじ》が何者かということだった。

この西洋館には、ご馳走《ちそう》ぜめと買い物三昧《ざんまい》の果てに自動車で連れてこられたのだが、てっきりここが自宅だとばかり思ったら、そうではなかった。鉄門のかたわらに何やら難しい名前を記した表札が掛かっていたが、それが差し示すここの主人はまた別にいたのだ。

その人物には、ここに着いてまもなく引き合わされた。召使らしい老人に案内されて薄暗い迷路のような廊下をいくつもめぐり、やがて通されたのは金文字の洋書がビッシリ並んだ書斎。そこに、その人はいた。奇怪な飾りつきの椅子に腰掛けて、大きな机に向かっていた。

白髪白髯《はくはつはくぜん》をモシャモシャとなびかせ、それとは対照的に肌はつややかで唇も赤かった。西洋人のように高い鼻、同じく鋭い目。それだけでも何やら魔法使いのようで薄気味悪かったのに、その顔は何だか作りものめいていて、精巧にできた仮面をかぶっているように見えた。

「ふむ、その子かね。わしの施術を受けたいというのは」

仮面ではない証拠に、目鼻や口が自在に動いて、第一声を発した。少年はまたも百面相役者を連想したが、俳優××の扮装《ふんそう》術と目前のこの顔とは明らかに別ものだった。

一方、彼をここへ連れてきた男女は恐縮しきったようすで、

「さ、さようでございます。さる方面から、先生のご栄名をうかがいまして……なあ？」

「え、ええ。ぜひともその神技を私どものためにお使いいただきたいと、こう思いまして」

顔の白粉や眉墨をぶざまに汗で溶かしながら、言った。そこには、少年に向けるのと別種の笑いがいやらしく張りついていた。

白髪白髯の〝先生〟はしかし、「ふむ」と答えただけだった。机上にあった写真らしいものを手に取ると、しきりにそれと少年の顔を見比べ始めた。そこに何が写っているかは、むろん彼の側からはわからない。

老先生はやおら立ち上がると、戸惑う少年に歩み寄り、いきなり彼のあごをつかんだ。あまりの唐突さに、ヒッと声をあげるのが精一杯だった。

老先生はそんなことには頓着《とんちゃく》なく、その端整でありながら特異な顔を少年の間近に

近づけた。やはり仮面のようだった。自在な表情を持つ仮面だった。そのまま子細に検分を続けていたが、やがて手を放すと、

「よかろう、お引き受けしよう。この芦屋暁斎《あしやぎようさい》の名にかけて、完璧《かんぺき》にやってみせるとも」

自信たっぷりに言うのと、「ありがとうございます!」と夫婦が平身低頭するのが、ほぼ同時だった。芦屋暁斎——そういえば、表札の文字はそんなだった気がする——と名乗った人物は、そんな二人をしげしげと眺めていたが、

「それにしても、まずい変装じゃな。何なら、あんたがたの顔も何とかしてやろうか?」

すると、彼らは「は?」と顔を見合わせ、次いでブルブルブルと顔を震わせて、

「と、と、とんでもない!　私どもは間に合っておりますです」

と叫んだのだった。

(あれは、いったいどういう意味だったんだろう)

思い出すたび、少年は首を傾げずにはいられなかった。それが数日前のことで、以来彼はこの西洋館に住む身となった。

あの男女はたまに、しかも短時間しか姿を見せなくなった。彼にすればその方が快適だったし、そのたび大量のお土産を抱えてくるのだから文句はなかった。相変わら

ず何を考えているのかはうかがい知れなかったが、ここを訪ねてくる目的は、彼が間違いなく〝収容〟されていることを確かめ、安心することにあるらしかった。

　あるじの芦屋暁斎先生は日に一度、ことこまかに少年を診察した。それで彼は先生が医者らしいことを知ったのだが、身体計測を主にした仕事ぶりは普通の医者とは違っているようだったし、そもそも病気でもないのになぜ診察を受けなければならないのか、不可解さはつのるばかりだった。

　食事や身の回りの世話は召使の老人がしてくれたが、彼にいくら質問をぶつけても、満足のゆく返事は戻ってこなかった。わかったことは、芦屋暁斎という人が途方もなく偉い学者で、これまで幾多の人々に新しい人生（子供の彼には、この意味がよくわからなかったが）を与えてきたということだけだった。

　考えれば考えるほど、訳のわからなくなる人であり、この屋敷であった。その中で自分がいったいどうされようとしているのか、見当もつかなかった。

　そんな疑問にさいなまれつつ、寝室の天井を見上げていたが、にわかに答えが出るわけもない。しかたなく電気スタンドを消したものの、なかなか寝つけなかった。眠りの国に戻ろうとするたび、ある思いが彼を押し戻してしまうのだった。

　ここへ連れてこられてから、彼は無聊《ぶりょう》のあまり内部を見て回った。召使の目をぬすんでの〝探検〟の結果、あらかたのことはわかったのだが、一か所だけ未知の場所があった。書斎を覗《のぞ》いたときに偶然見かけたのだが、何と書棚の一つが隠し扉になっていて、老先生がスーッとそこへ入っていってしまったのだ。

　どうやら、そこから地下への階段がのびているらしい。そのときは恐ろしくてそれ以上近づけなかった。だが、いつものように知らぬふりをし、忘れてしまうことはできなかった。芦屋暁斎という学者の正体だけでなく、自分自身の運命もその先に秘められているのではないかと想像されたからであった。

　そして今夜、好奇心がついに恐怖に勝った。少年はスルリと寝床から滑り出ると、大急ぎで着替えをすませた。あの百面相役者の弟子ぐらいはつとまりそうな早業で。

5

　レンガで固められた地下道の先に、その部屋はあった。赤錆《あかさ》びた鉄の扉には、わずかな隙間があって、そこからガス灯らしい光とともに、何やら話し声がもれてきていた。

「ふむ、そうすると、あの二人組が夫婦というのは、やはり真っ赤な偽りだったんじゃな」

　まず聞こえてきた声の主は、芦屋暁斎先生であった。それよりはるかに若々しい、

妙に皮肉っぽい声がそれに答えて、

「ええ、まあ、いずれはそうなるつもりなのかもしれませんがね。とにかく、今の世にこんな御家騒動があろうとは——これだから、この左右田五郎《そうだごろう》も素人探偵がやめられないわけですよ」

「ほほう、面白そうじゃね。まずそいつらの正体からうかがおうか」

老先生が先をうながす。左右田という自称素人探偵は、「ええ」とそれに答えて、

「女はM県随一の大金持ちといわれる菰田《こもだ》家の出戻り娘で、男の方は同家にゆかりのある三百代言です。菰田家では今の当主が闘病中なんですが、このままだとまだ年若い跡取り息子が大身代を独り占めすることになる。出戻り娘としてはそれが気に入らないので、かねて深い仲だった男といろいろ悪だくみを案じたあげくに、あの少年を見つけた次第なんです」

彼はどきりとした。〝あの少年〟が自分を意味することは明らかだったからだ。一方、暁斎先生は「ははあ」と何やら腑《ふ》に落ちたらしく、

「読めてきたぞ。わしが見せられた写真は、その菰田家の御曹司《おんぞうし》だったのだな。そうして、たまたまあの子が似ていたというわけか」

「ええ」左右田は答えた。「背格好なんかはそっくりですし、顔立ちも似ている男の子をようやく探し出した。しかも都合よく係累《けいるい》のないのをね。だが、あいにく瓜二つ《うりふた》

というほどではない。そこで甘言でもってその子を釣り、音に聞く芦屋暁斎先生の人間改造術を受けさせて跡取り息子そっくりに顔を変え、さて本物とすりかえようというわけなのです」

何だって！　少年はひどい衝撃に打ちのめされ、その場に凍《い》てついてしまった。――怪科学者と素人探偵は、そんなこととはむろん気づきもせずに、

「なるほど、小悪党にしては大胆不敵な博打《ばくち》じゃな。しかし、そう簡単に生きた人物の入れ代わりができるものかな。いくら顔をそっくりに作り変えても、記憶や癖までは植えつけられんのだし」

「その点は心配ありません。菰田の跡取り息子には持病がありまして、これはまれに仮死状態に陥ることがあるとされている。そこで彼に一服盛るなりして殺害し、さて埋葬《まいそう》されたあとで、あの少年が棺《ひつぎ》を破って蘇生《そせい》してきたと見せかける。これなら、その後の言動に多少おかしなところがあっても怪しまれないだろうという算段なんです」

「そして、あとは自分たちでその替え玉を背後から操るというわけか。だが、もしあの子が傀儡師《くぐつし》の意向に逆らうようなら？　何しろ、あの子自身には、何も知らされていないのだからな」

「そのときは……」左右田は笑いを含んだ声で、「御曹司を殺《や》るのとは別の薬を用い

て阿呆《あほう》にしてしまうつもりでしょうよ」

「なるほどね。いや、悪党ながら考えたものじゃ」

「まったくです」

そこで二人は大笑いとなった。だが、むろん少年にとっては笑いごとではなかった。以前には自分が自分であるあかしが立たず、名前を否定されたわけだが、今度は顔だ。存在そのものが抹殺され、ほかのものに変えられようとしている！

（に、逃げなければ、こ、こ、この顔が……）

必死にそうつぶやき、がくがくと震える足を叱咤《しった》して来た道を戻ろうとした。だが、そのとたん床に置かれたガラクタにつまずき、派手な音を立てて転倒してしまった。

「誰じゃ！」

老先生の声と同時に扉が勢いよく開かれ、若い男が洋服姿を現わした。これが左田五郎なる探偵に違いなかった。その背後には芦屋暁斎が驚きもあらわに、巨軀《きょく》を立ち上がらせていた。

それらも十分恐ろしかったが、それ以上に少年を恐怖させたのは、室内をびっしりと埋めた怪異な機械や実験器具の数々だった。得体の知れない電気仕掛けの装置、錬金術師の使うようなレトルトや薬壜《くすりびん》、ぎらつくメスや鉗子《かんし》――そして、彼を招くかのように白々と横たわる手術台。

ここここそは、天才芦屋暁斎の実験室にして手術室。人間改造の奇跡が行なわれる部屋であり、彼という存在を消し去って別人に作り変えようとする場所でもある。逃げようとするが、足はすくみ、体がぴくりとも動かない。そうするうちにも男たちは間近に迫り、彼らの顔が視野一杯を覆いつくす。ふいに、何者かの手が万力さながら、がっちりと肩をとらえた。

そのあたりが限界だった。少年の周囲から世界の全てが遠ざかり、全てがセピア色の闇の中に溶けていったのだった。

——助けて！

夢うつつに絶叫しながら、少年は飛び起きた。寝台の上に半身を起こしたまま、荒く肩で息をつぐ。

それが何であったかはわからないが、とにかく恐ろしいものに襲われて、必死に逃げてきた。何がどう恐ろしかったのかもはっきりしないが、ただ一つわかっていることがある。それは、そいつに捕えられたが最後、自分が自分でなくなってしまうということだった。

（夢だったのか……）

数秒後、われに返った思いで安堵《あんど》のつぶやきをもらした。そうだ、自分が自分でなくなる、それ以外のものに変えられてしまうなんてそんな馬鹿なことがあるわけがない。おおかたは、この西洋館と老先生の雰囲気にのまれて、風変わりな夢を見ただけのこと——そう胸をなで下ろしかけて、ギクンと心臓が高鳴るのを感じた。

（こ、ここは……）

あわてて周囲を見回す。そこはいつもの寝室ではなく、あの恐ろしげな実験室だった。そして彼が横たわっているのはベッドではなく——手術台だった！

彼はあわててそこから飛び降りた。とっさにあたりを見回すが、人の気配はない。いつのまにか術衣らしい薄物に着替えさせられていたが、幸いふだんの衣服は片隅の籠《かご》に詰められていた。

これから手術が始まるのか、もう終わってしまったのだろうか？　言いようのない不安にかられ、おそるおそる顔を触ってみた。包帯も何も巻かれてはいない。ということは——まだ大丈夫だ。

はやる気持ちをこらえ、足音をぬすみながら戸口に達した。細心の注意を払って開いた鉄の扉は、それでも金切り声をあげて彼に冷汗をかかせたが、幸い地下通路は深海のような沈黙にしずんでいた。

心臓がのどから飛び出しそうな思いをしながら階段をあがり、隠し戸の向こうの書斎へ——ここで芦屋暁斎や召使と鉢合わせしては何にもならず、彼は気も狂わんばかりの緊張と決断の果てに、ようやく外に出ることができた。

廊下を忍び足で抜け、かねて見覚えていた裏口から庭へ、そして塀の向こうへ！

外の世界は、未明とも黄昏《たそがれ》どきともつかぬ薄闇の中にあった。

やった、やったぞ！　そう叫び出したいのをこらえながら、少年は誰もいない街角を駆けた。助かった、僕は顔を失わずにすんだんだ！

いつしか墨染《すみぞ》めの空からは、大粒の雨が降り出していた。妙に生温かい雨粒だった。わざとそれらを顔に浴びせながら、少年は嬉々《きき》として歩を進めた。生きて自由を取り戻し、自分が自分であり続けることができた喜びに酔いしれながら、踊るように歩き続けた。

だが、幸福な時間はいつまでも続かなかった。その果てに、ふいに恐ろしい疑惑が彼の心を突き上げた——本当にそうなのだろうか、と。

本当に、手術はまだすんでいなかったのか。実は、芦屋暁斎のメスはとっくに彼の顔面に振るわれて、目も鼻も見知らぬ人物のそれに変えられてしまったのではないか。彼はすでに、昨日までの彼ではなくなっているのではないだろうか？

そう思うと、いても立ってもいられず、少年は無人の街を駆け回って、鏡かそのかわりになるものを探した。結果のいかんを考えれば恐ろしい。だが、何としても自分の今の顔を確かめないではいられなかった。

ようやく鏡らしいものを見つけ出し、胸の張り裂けそうな不安にさいなまれながら、その前に立った。雨にびしょ濡《ぬ》れた自分の顔と鏡の両方を手のひらでぬぐうと、喰《く》い入るような視線を注ぎ込んだ。そして五秒、十秒——。

「よかった……」

よほどたってから、少年は安堵のため息とともにつぶやいた。

そうだ、やっぱり手術は行なわれていなかった。あの老先生は怪奇な術を操りはしても、悪人ではなかった。あの何とかいう探偵の口から男女二人組の悪だくみを知って、あえて手術を行なわなかったのだ。ひょっとして、あの西洋館からやすやすと逃げられたのも、わざとそう仕組んでくれたのかもしれない——辻《つじ》つまの合わないことは承知で、そんなことを考えたりもした。

ともあれ、よかった、よかった……。少年はいとおしむように自分の顔をなで回した。それが何よりの自分の存在証明であるかのように、隅々まで確認せずにはいられなかった。

と、その手の動きがふいに止まった。何とも異様な疑問が彼の胸にきざした。それは、あの日警察署で感じたのと同種の思いだった。

鏡の中のこの顔は、本当にもとからの僕の顔なのだろうか。確かにそうだと断言できるのだろうか。この黒子《ほくろ》は、以前からここにあったのか。ここに傷はなかっただろうか。目の大きさ、鼻の高さは一寸一分も以前のまま変わらないとどうして言えるのか。

降り続く生温かい雨の中、少年は何度も目をこすり、鏡をぬぐった。だが、ガラスの奥にあるはずの顔はますますぼやけ、曖昧《あいまい》になってゆくばかりだった。

6

それから彼の放浪が始まった。旅の途上、古風な押絵の額を携えた老人としばしの道連れになったり、鏡とレンズの魔力にとりつかれた人物が、病高じて自宅につくった工場に雇われたりした。真紅づくしの部屋で怪異な話を語り合う会にまぎれ込んだかと思えば、都会の片隅の下宿屋、はたまた湖畔の旅館に隠れ暮らしたこともあった。

彼はそれらの全てであり、同時に誰でもなかった。彼はそれぞれに応じた名前と顔を持っていたが、自分ではそのどれもを信じてはいなかった。

その中には、百面相役者一座の一員としてのそれも含まれていた。とある片田舎で、あの「怪美人」劇と再会した彼は、一も二もなく弟子入りを申し出た。

だが、一座はその後まもなく解散し、彼は座頭の××からその秘術の端緒《たんしょ》を授けられただけに終わった。やがて、度胸と敏捷《びんしょう》さを買われてあるサーカスの団員に迎えられ、曲芸師としてめきめきと頭角をあらわした。

花形スターの座は、目前に思われた。だが、ふとしたことから道半ばにして挫折《ざせつ》し、悪の道へと転げ落ちていった。そして、そのさなかに〝あの人〟と出会ったのだ。母国での栄名とは別に、日本では《黄金仮面》として恐れられた怪人に。

その配下となった彼は、〝あの人〟の分身として金ぴかの仮面とマントを身にまとい、無数にして無名の《黄金仮面》の一人として跳梁《ちょうりょう》し、世間を手玉に取った。これほど、彼の心にぴたりと合った仕事はあるものではなかった。自分の顔も名も失った人間にとっては、何と似つかわしかったことか。

さまざまなトリックを駆使して国宝級の財宝を強奪し、警察と市民を思うさま翻弄《ほんろう》した。何とスリリングで価値ある生き方だろう。だが、最終幕の訪れは意外に早かった。〝あの人〟のこの国における宿敵——探偵のなにがしが、ついに彼らのアジトに肉薄したのだ。

奴は運転手の制服に正体を隠し、相棒の警部（こちらは法被《はっぴ》姿の労働者に変装していた）を伴ってきたのだが、笑止なことにそれはたちまちアジト内部の知るところとなった。〝あの人〟の命令一下、彼を含めた《黄金仮面》たちが飛び出していって、小癪《こしゃく》な探偵めを引っ捕えるのに成功した。

さしも血を見るのが嫌いな〝あの人〟も、こいつだけは腹に据えかねたとみえ、この探偵をアジト内の鉄骨に縛りつけた上で、爆薬を仕掛けておいた。行きがけの駄賃に、大仏まるごとを爆破してしまう腹づもりであった。

だが、ここでとんでもない誤算が生じた。どこまでも抜け目のないあの探偵めは、わずかな隙をついて彼に躍りかかった。あげく、まんまと奪い取った仮面とマントを自分の運転手スタイルと取り換えっこし、彼を身代わりに緊縛して去ってしまったのである。

かくて彼は、冒頭に記した悲惨な状況へと追い込まれたわけだった。

(畜生、畜生、ここで殺されてなるものか……)

彼は、導火線の炎がいよいよ荷箱の火薬に迫るのを見つめながら、なおも必死に抵抗を試みた。畜生め、あの探偵めが自ら囮《おとり》になり、相棒のデカを逃がすような真似さえしなければ、奴と二人っきりになることもなく、したがってこんな惨めなことにはならなかったはずだ。

ふと妙なことに気づいた。あの探偵の連れで、逃げた方の男には、どこかで確かに会った覚えがある。そう、今は遠い少年の日、確かあの警察署で……。

彼はあわててかぶりを振った。今はそんな思い出にふけっている場合ではない。見よ、導火線はもうほとんどなくなって、今にも火薬に引火しそうではないか。彼は血走った両眼を極限まで見開き、ようやく外れた猿ぐつわの下からハァハァと荒い息をもらした。

もう駄目だ、縄は一向に解けない。たとえ解けても、この場を逃れ去ることはできないだろう。その前に爆発は巻き起こり、おれは焼け焦げた肉片となって散る。飛び散る血の雨は、たちまち蒸発して消えるだろう。あっ、もうあと数センチ、もう指先ほどになってしまった。

なぜこんなことに？　彼は同じ自問を繰り返し、やがて一つの結論に達した。

（それは——おれがおれであるせいだ）

ならば、どうしたらここから逃れられる？　ここに縛られているおれが、おれ以外の人物でありさえすればいい。おれがおれでなければ——そうとも、そうであってくれれば！

思いがそこへ至った折しも、ついに尽きた導火線から火が爆薬に燃え移った。一瞬の静寂——次いで、荷箱が大音響もろとも炸裂《さくれつ》した。そこから飛び出した灼熱《しゃくねつ》の白光と暴風が、彼の肉体と精神を焼きつくし、喰らいつくすべく殺到した。その刹那《せつな》、奇妙に引きのばされた時間の中で、彼は叫んでいた。

「おれは誰でもない。名前も顔もとっくに失った。おれはおれですらない。おれが誰でもあり得ないからには。だから、ここにいるのはおれではない。なぜかって？　おれなんて人間は、この世界のどこにもいやしないからだ！」

次の瞬間、業火が怒濤《どとう》となって哀れな犠牲者に押し寄せ、たちまちひとのみにした。皮膚も臓物もたちまち焼けちぢれ、骨は小片となって飛び散った。だが、それはカタストロフィのほんのお添え物に過ぎなかった。爆風は鉄骨をたわませ、内壁には無数の亀裂《きれつ》が走った。コンクリートの大仏が真っ二つに裂けて火を噴き、巨大な頭部がちぎれて空に舞い上がったのは、その直後のことだった。

*　　*

（おれは……どうなったんだ）彼は朦朧《もうろう》とした意識のままつぶやいた。（火薬がとうとう爆発したところまでは覚えているが――？）

ゆっくりと目を開くと、頭上は一面の青空。はて、これはいったいどうしたことだろう――のんきらしくそんなことを考えたりした。だが、そのとたん彼は弾《はじ》かれたように身を起こし、同時に「痛たたた……」と顔をしかめた。見れば、衣服はボロボロで手足は真っ黒、傷を負っていないところはどこにもないありさまだった。

それでもようやく立ち上がり、周囲を見回した。四方八方にコンクリートの塊が散乱する惨澹《さんたん》たる廃墟《はいきょ》だった。それでもかろうじて、それがあの大仏のなれの果てであることだけは見当がついた。

すると、すると？　彼はさらなる驚きに打たれ、自分の存在を確かめるかのように、おのが五体に触れてみた。傷ついてはいるが、どこもひどく損なわれてはいない。そして、何より——生きている！

彼の心に歓喜があふれた。体さえ許せば、その場で踊り狂いたい気分だった。だが、その高揚した気分は、たちまち一つの疑念にとってかわられた。

——なぜだ、なぜおれは生きている。あんなに間近で大爆発を体験し、堅牢《けんろう》なコンクリートの大仏さえ、こっぱみじんに砕けたというのに？

彼は考えた。考え続けた。一片の生命もなさそうな風景の中を、よろめくようにさまよいながら。その果てに、彼はついに気づいた。

「そうだ、大仏の中で縛られていた男は確かに死んだ。そうとも、あんな状況で生きていられるわけがない。では、どうしておれはここに？　それは、縛られていたのがおれではなかったからだ。あそこで死んだのは、《黄金仮面》の別の配下——〝あの人〟と同国人の誰かだったのだろう。

なぜ、そんなことがあり得るかって？　おれはついにおれですらなくなってしまったからだ。あのとき、あんなにも強く願った通りに。だからもうおれは誰でもなく、定まった名も顔もない存在として生きてゆくほかないのだ……」

長い独白の果て、いつしか彼は笑い出していた。身をよじり、涙を流して哄笑《こうしょう》し続けた。その笑いの中に自らを溶かし込んでしまいたいかのように、「無」そのものになってしまいたいかのように。
世にも数奇な運命を背負い、彼は荒廃した地平の彼方《かなた》に姿を消した。だが、その存在までが消し去られたわけではなかった。この何年かのち、かつての少年は彼にふさわしい人生を引っさげて人々の前に姿を現わすことになる。そう、誰にも知られたあの人物として……。

その頃、東京中の町といふ町、家といふ家では、二人以上の人が顔を合はせさえすれば、まるでお天気の挨拶《あいさつ》でもするやうに、怪人『二十面相』の噂をしてゐました。……
その賊の本当の年は幾つで、どんな顔をしてゐるのかといふと、それは誰一人見たことがありません。二十種もの顔を持つてゐるけれど、その内のどれが本当の顔なのだか、誰も知らない。イヤ賊自身でも、本当の顔を忘れてしまつてゐるのかも知れません。

——江戸川乱歩

黄昏の怪人たち

1

ずいぶん以前のことだが、当時全くの新人だったラジオ・パーソナリティーが、東京発の深夜放送で「私は見た」なるコーナーを設けてハガキを募ったことがある。

それは、みんなの心の片隅に引っかかった、よくよく考えてみると不思議な記憶を語ろうという面白い企画で、そのパーソナリティー自身は小学生時代、空き地に止まっていたトラックの荷台にとてつもなく大きな蛙が乗っかっているのを見つけた話をした。

びっくりして友達を呼んで戻ると、巨大蛙はもういなくなっており、おかげでさんざん嘘つきよばわりされた。今に至るも誰一人信じてくれないが、蛙の姿や大きさは目に焼きついており、周囲の風景も細部まで覚えている。だから断じて錯覚などではない、私は見た――というわけだ。

確かに、誰しも思い出の中には、どうにもあり得なさそうな、理解に苦しむものが時折まじっているものだ。実際、番組にはこれに輪をかけて奇妙な体験が寄せられた。

たとえば、あるリスナーは原っぱの真ん中になぜかトランポリンが置かれ、その上で二人の道化師がぽぉん、ぽぉん——と交互にジャンプしているのを見たという。また別の投書者は、遊んでいた砂場にぽっかり穴があき、そこからシルクハットをかぶった紳士がヌーッと現われ、歩み去ったと主張した。

これらの何と面白いことか。そして、あの偉大な探偵小説家—— Edgar Allan Poe を日本化した名を持つ人物を連想させるのはどうしたことだろうか。子供たちは彼の作品に影響され、そんな白昼夢を見たのだろうか。

いやいや、少年少女はもともと彼が描くような空想の王国に半身を浸している。だから、道化師やシルクハットの紳士と出くわしても何の不思議もないわけなのだ。

悔しいことだが、筆者自身には右の二つほどユニークな幻視体験はない。だが、筆者の友人にまさに好例といえるものがあるので、この場を借りてご披露しよう。

「そう……あれは、僕がまだ小学生のころ、とある黄昏《たそがれ》どきの出来事だ」

友人は私の求めに応じて語り始めた。

「君もそうだったろうが、あのころの僕にとって、世界は今よりずっと広大無辺で、はるかに不可解に思えた。いや、何も気取ってるんやなくて、実感としての話なんやけどね。そのせいなのかもしれないが、いま考えても夢なのか現実なのかはっきりしない。いや、現実でなかったような気がするのはその内容のせいで、夢にしては何もかもがはっきりしすぎてるんだ……」

あのとき僕は何年生だったろう。何だかひどく悲しくて心細かったのを覚えている。何でそうなったのかは覚えていないが、たぶん道に迷うか連れとはぐれでもしたんだろう。

見知らぬ街角で、あたりはすでに藍色《あいいろ》の薄闇に包まれ、オレンジ色の灯《あか》りが点々とついていた。まるで涙のせいでにじんだみたいで、それにつられて泣き出してしまいそうだった。いや、もうすでに泣いていたかもしれないことからすると、まだ低学年だったと思いたいが、状況を考え合わせると五、六年生にはなっていたかもしれない。照れ臭いけど、たぶんそっちが正解だろうね。

どれぐらいうろうろしていたのか記憶にないが、暗くなるにつれてすっかり途方に暮れ、くたびれてしまった。そんなとき、一人の不思議なおじさんに出会ったんだ。確か黒い背広をきっちり着て、長めの髪の毛とか子供心にもしゃれた感じの紳士だったな。年齢は――いくつぐらいだったかな。子供には大人の年齢ってわからないもんだよ。

そのおじさんのどこが不思議かと聞かれると困るんだが、まあ全体の雰囲気が不思議だったということで……とにかくその紳士が優しく話しかけてくれて、すぐに事情を察してくれた。公衆電話を見つけて家にも連絡をとってくれたし、最寄りの駅まで連れて行ってもくれた。それまで見たこともない、古めかしい駅だったな。小さな私鉄線のターミナルだったんだろう。人気《ひとけ》はほとんどなくて、蛍光灯の青白い光が妙にものさびしかった。

電車が来るまで、そのおじさんは話し相手になってくれたんだが、どんな本や映画が好きかという話になって、僕は当時好きだった科学や歴史の本だのSFだの、お笑いや怪獣ものの番組だの、それからご多分にもれず読んでいたマンガの話をした。おじさんの話は面白くて、聞き上手でもあったが、いま思うと、ある種の本の題名を僕に言わせたくてたまらなかったようだ。

「君は、探偵物は読まないの。あ、今は推理小説っていうのかな」

「読みません」僕は言下に答えた。「あまりああいうの好きやないんです」

実際、当時テレビでやっていた推理物というのは、サラリーマンが団地から失踪《しっそう》するとか、上司から自殺を勧められるとか、万引きの濡《ぬ》れ衣《ぎぬ》を着せられた主婦が脅されるとか、とにかくイヤなものばかりでね。とても好きになれるジャンルじゃなかった。一番夢も何もない、味気ないものだと思っていた。

「そうか……」

おじさんはひどくがっかりしたようすだったが、すぐ気を取り直して、

「でも、ほら、♪ぼ、ぼ、ぼくらは少年探偵団――という歌は知ってるだろう？　あ

あいったのは見たり読んだりしないのかな」

さあ……と僕は小首を傾げた。あいにく僕にとって、その歌は自分が生まれる前の懐メロに属していて、むしろあるコメディアンがギャグとして歌ってみせるものだった。

おじさんは、どうしたことかますますがっかりしてしまった。だが、ふいに「よし」と手を打つと、

「それなら君に、とっておきの話をしてあげよう。これが面白くなかったらしょうがないけど、聞いてくれるかい？　ははは、喰《く》わず嫌いはいけないってお父さんやお母さんに言われただろう？　そうかい、ありがとう。では、そのお話というのは、ある世にも不敵な怪盗が『バブルクンドの宝剣』という宝物を狙ったことに始まるんだ……」

と、何年か前に起こったらしい物語を話し始めた。その内容というのが――

2

それは、とても信じられないような光景でした。書斎の壁に掛かった大きな額がにわかにグラグラと揺らいだかと思うと、その中に収められた押絵《おしえ》細工の人形が、ムク

ムクと盛り上がり始めたのです。

「こ、これは……」

警視庁の中村捜査係長、それにこのお屋敷の主人である草小路《くさこうじ》氏はただぼうぜんと見守るしかありませんでした。

押絵細工というと、わりあいに小さいものが多いのですけれど、草小路氏の書斎にあったものはとびきり大きく、人の背丈ほどもある台紙に異国風の人物が浮き出すように張りつけられているのですが、それがまるで立体的な人形、いえ人間になろうとしているように額からはみ出し始めたのです。

「あっ警部さん、宝剣が！」

草小路氏が叫びました。ああ、何としたことでしょう。押絵細工の腕の部分がググッと持ち上がったかと思うと、人形のよりずっと大きな手がさっとテーブルの上に伸びたのです。

「しまった！」

と中村警部が叫んだときには、額をメリメリと破って、ピタリと身についた黒装束をまとった怪人が飛び出し、検分のために取り出してあった草小路家の秘宝「バブルクンドの宝剣」をひっつかんで書斎の窓から飛び出していました。

甲冑《かっちゅう》や石膏《せっこう》細工の人形に化けて盗みの場所に入り込む怪盗は聞いたことがあります

が、よもや平面に近い絵の中にひそんでいようとは思いもしません。あとでわかったことですが、怪人は本物の押絵細工のかわりに、自分の半身に偽物を張りつけ、額の後ろにくりぬいた空洞にひそんでいたのです。

むろん警部もただぼうぜんとはしていません。すぐに部下の刑事や警官たちに指示を飛ばすと、まんまと「バブルクンドの宝剣」を奪った怪人の追跡を開始しました。

外はもうとっぷりと暮れかかっていました。草小路氏の住む西洋館は、にぎやかな通りからは少し離れた小高い丘の上にあるのですが、その周囲は入り組んだ地形に大小の家々が入りまじっていて、高い塀に囲まれた路地が幾筋となく蜘蛛手《くもで》を広げているのでした。

「待てえっ」

そんな中、草小路邸を抜け出した黒装束の怪人は中村警部らの怒号をしりめに、いっさんに路地の中を駆けてゆきます。敵もすばしこいが、警官隊もなかなか負けてはいません。ひょいひょいと道を折れ曲がって追跡をのがれようとする人影を、かねて用意のオートバイで、自転車で、そして何より二本の足で追い続けるのでした。

そして怪人の黒装束がまた一つ角を曲がり、一つの路地に飛び込んだとき、

「しめたっ、あの路地の向こうには警官隊が待機させてある。これであいつは袋のネズミ、挟みうちにしてやるぞ」

中村警部はうれしげに叫びました。草小路邸を囲む路地の迷路はいくつかに合流し、丘の下の通りに続きます。警部はその要所に部下を伏せておいたのです。たちまち呼子の笛が吹かれ、賊の逃げ道を封じよという合図がなされ、相手からも応答の合図が返ってきました。

「どうあがいたって逃がすものか」

警部が気負い立ち、死角となった路地の向こうへ一歩踏み出そうとしたときでした。ギャアッというけたたましい悲鳴が路地の奥から聞こえてきました。まさに断末魔の叫びのようなただならぬ声でした。

「何ごとだ？」

中村警部たちはハッとしました。と、それに続いてパンッ、パンッと鳴り響いたのはまぎれもない銃声です。見ると、路地の入り口から怪人がチラチラと顔を出し、夕闇の中にも黒光りするピストルを撃ちかけているではありませんか。

おのれっ、と警部も応戦を命じ、ここに時ならぬ銃撃戦が展開されました。と、怪人の姿が引っ込んだかと思うと、やや遠くで銃声がしだしたのは、反対側の警官隊とも撃ち合いを始めたのでしょう。

「何というむちゃなやつだ」中村警部はあきれてしまいました。「だが、これであいつも進退きわまった。しょせんは多勢に無勢、弾が切れるのを待つだけだ」

その思惑通り、銃声はしばらくするとやんでしまいました。シーンと耳の痛いような静けさがあたりに立ち込めます。やがて、どこからか聞こえてきたのどかな音楽は、夕暮れどきのラジオ放送でしょう。

「よし、今だ！」

警部の号令とともに、警官隊は一気に路地に駆け込みました。同時に反対側の一隊にも呼子の合図が知らされました。

中村警部はまさに武者ぶるいせんばかりでした。ついにあの怪人を逮捕できる。そして盗まれかけた秘宝を取り返すことができる。けれど、お巡りさんたちが目にしたのは、実に意外な光景でした。

「これは、いったい……」

中村警部はうめくように言いました。いえ、警部だけではありません。この場に居合わせた全員がおなじようにその場に立ちつくしました。

怪人はそこに横たわっていました。ピストルを手に握りしめたまま、長い路地のちょうど真ん中あたりに。そして彼が奪った「バブルクンドの宝剣」——古代アラビアにあって栄華をきわめながら、一夜にして滅んだという王都バブルクンドに由来する草小路家自慢の宝物もまた確かにありました。

黄金の柄《つか》にちりばめられた宝石も、みごとな細工も何一つ損じてはいませんでした。

ただ問題は、永遠の輝きと鋭さを保つというその切っ先が、怪人のそばに横たわる見知らぬ男の人の胸に深々と突き立てられていることでした。

「どういうことだ、これは……」

中村警部はつぶやくと、まずその男の人のそばにかがみこみました。宝剣を突き刺し、しかもグイッとえぐったらしい傷口からは、いまも赤い血が生々しく垂れていました。むろん、息はとっくに絶えています。

次に、怪人の方に向き直ると、黒装束の胸の部分がかすかに上下していました。どうやら、こちらは気絶しただけで生きているようです。

「おや、もしかして……いや、まさか」

警部はふとけげんな顔になると、少し考えてから怪人の顔を覆うマスクに手をのばしました。思い切って、エイッとばかりにそれをはぎ取ったとたん、警部は思わず叫んでしまいそうになりました。

中村警部の頭の中に浮かんだ人物には、素顔がないといわれています。ですから、マスクの下から現われた顔が、はたしてその人物だったとは断言できません。

けれど、長年そいつを追っていた警部は、その幾通りもの素顔を知っており、怪人の顔はそのうちの一つと一致していたのです。警部は思わずつぶやいていました。

「やっぱり……だが怪人二十面相が、まさか？」

3

今や新聞という新聞は、たった一つの記事で埋めつくされたようなものでした。たとえば、いま中村警部の机の上にある「日本新聞」を見ますと、そこにはこんな見出しがれいれいしく刷られているのです。

怪人二十面相ついに逮捕
　草小路家の秘宝狙い失敗

それだけならば、これまでも何度となく報じられたことなのですが（そして、しばらくすると「二十面相脱獄！」の文字が躍るのですが）、今度はこんな恐ろしい記事が添えられていたのが人々をびっくりさせたのです。

紳士怪盗実は凶悪犯
　逃走中に通行人を殺害！

これまで数々の奇抜な手段を駆使し、ことに近年は妖人《ようじん》ゴング、骸骨男《がいこつ》、夜光人間、鉄人Q、仮面の恐怖王、電人Mなど奇怪な扮装《ふんそう》を凝らして犯行に及んできたものの、殺人にだけは手を染めなかった二十面相が、今回ついに禁を破った。草小路家の裏手より路地に駆け込み、追ってきた警視庁中村善四郎《ぜんしろう》警部の一隊と応戦中、たまたま反対方向から同路地に入ってきた男性を今回の戦利品「バブルクンドの宝剣」で刺殺したもので、その残虐な手口は各方面に衝撃を……

中村警部がさらに続きを読もうとしたとき、机の前に人影がさしました。ふと顔をあげた警部は、相手の顔を見て思わず声を上げてしまいました。

「や、これは明智君じゃないか」

人影の主は、名探偵明智小五郎でした。いつもの黒の背広にモジャモジャ頭、そしてこれもおなじみのにこやかな笑顔は、見まがいようもありません。

「やあ、中村君。ごぶさただったね。今度はずいぶん大手柄だったようで、おめでとう」

明智が親しげにあいさつしますと、警部も意外さとうれしさを半々に、

「ありがとう。幸い今度は君の手をわずらわさずにすんだものの、大変な大捕物だったよ。だが、いったいどうしてたんだね。休暇中だとは聞いていたが」

「うん……ちょっと、家内の見舞いに高原の療養所にね」

　と明智は答えました。家内というのは明智探偵の若い奥さんである文代さんのことで、以前は婦人探偵として活躍したのですが、ここ何年かはずっと胸の病で転地療養しているのでした。

「ああ、それならしかたがないね。それにしても文代さんの病気もずいぶん長いな。おっと、これは小林君。いつも明智さんのお世話をご苦労さま。君も大変だね」

　中村警部は、明智小五郎のあとから現われた詰め襟服姿の人物に話しかけました。

「小林君」といえば、むろんあの少年探偵団の団長で明智探偵の名助手、小林芳雄にほかなりません。

「ええ……でも、もう慣れましたから」

　名探偵のかわいらしい助手は、リンゴのような頰をいっそう紅潮させて答えました。

　警部はさらに続けて、

「今度の事件のときは、麴町の事務所に何度か電話したんだが、明智君も君も不在でさ。それから少女助手の花崎《はなさき》マユミ君か、彼女までいないんだから弱ったよ」

「それは悪いことをしたね。それより、今度の事件のことを聞こうじゃないか」

　明智探偵が言いますと、中村警部はうなずいて、

「君もすでに知っていると思うが、怪人二十面相はかねて草小路家の秘宝を狙ってい

てね。その宝剣については知ってるかい？」

「ああ、『バブルクンドの宝剣』だね」

明智はさすがによく知っていました。警部はまたうなずいて、

「そう、そいつだ。二十面相のやつは例によって予告状を送り付けておき、得意の変装のうえで盗みに押し入ったわけなんだ。どうも手口からあいつじゃないかとは思ったが、いたずらに騒ぎ立ててもしょうがないからね」

「別にいいじゃないか。最初から二十面相の可能性を言っておいた方が警官隊の士気も上がるし、被害者も用心するだろうし」

「うるさいな。明智名探偵に『君の正体は二十面相だっ』と指摘するチャンスをとっておいてやってるんじゃないか」警部は憎まれ口をたたきました。「もちろん僕らは草小路家とその周辺に張り込んでいたが、例によってあいつにだしぬかれてね」

「まあ、しかたがないさ。で、今回は彼、どんなものに化けたね？」

「聞かないでくれよ、知ってるくせに」警部は情けなさそうな顔で、「とにかく二十面相のやつ、例によって例のごとくの逃亡さ。むろん、こちらもぬかりはない。かねての図上演習を生かして追いつめたところが、折あしく路地の反対側から入って行ったのが今回の被害者でね。おそらく二十面相の素顔を見てしまうか、怪しい賊だととっさに止めようとしたのかもしれない。で、激しい争いになり、ついに二十面相の凶

手に倒れてしまったというわけだ」

「奪ったばかりの宝剣を使ってかね」

　明智小五郎は疑わしそうに言います。

「そう。文字通り血迷ったってとこだろう」

「その人の身元は？」

「この近所に住んでいる人だ。その日は昼ごろに外出したらしいがね」

「問題の路地には、確かにその通行人しか入って行ったものはないのだね」

「それはまちがいない。僕が指令を飛ばす直前、警官隊の止める間もなくスーッと路地に入ってしまったんだ。それ以前もそれ以後も、あそこに足を踏み入れた人間はいない。たった一人、二十面相を除いてね」

　けれど明智小五郎は考え深げに、

「僕にはどうしても二十面相が犯人だとは思えないのだよ。だって彼が人殺しをするはずがないからね。君だってそう思うだろう」

「そりゃ、そう思いたいよ、僕だってね。現にあの死体を見つけたときには、一瞬やっぱり二十面相とは別の賊かという思いがよぎったもの。だが、その予測ははずれた。まあ、あいつはしょせん悪党だからね。これまでも盗み、誘拐、脅迫とあらゆる悪事を働いてきたわけだし、まして今度は追い詰められて必死になってたんだろう。いつかはこんな日が来るとは思ってたよ」

「そして、ついにその日が来た、と」

明智小五郎は腕組みして考えていましたが、やがて連れの助手の方を振り返ると、

「小林君、僕はちょっと寄り道して行くから事務所には先に帰っていてくれ」

「どこへ寄り道するって？」

耳ざとく聞きつけた中村警部がたずねました。すると明智探偵はようやくニコニコ顔を取り戻して、

「むろん、ここの留置場さ。来たついでに二十面相に面会してやろうと思ってね」

「あいにくだが」警部はいつになく冷たく言いました。「彼ならもうここにはいない。むろん、早々と脱獄されたわけじゃないよ」

その一時間後、明智小五郎はI拘置所のいかめしい門をくぐっていました。むろん、怪人二十面相と会って、じかに事件当時の状況について話を聞くためです。

警視庁で取り調べを受けた二十面相は、未決囚としてここに移されたのです。ここの所長は以前、収監中の二十面相に「四十面相と改名」の披露広告を新聞に投書されて大恥をかいたことがあるだけに、監視はごく厳重なものでした。

明智は独房での面会を所長に希望しましたが、用心のためそれは許されず、鉄格子

ごしの会談となりました。巨人と怪人の対面としては、どことなく寒々しい感じでした。

「ちがう。おれは人など殺してはいない」

いきなり本題に入った明智探偵に、二十面相は真剣そのものの表情で言いました。

「おれは確かに草小路家の宝剣を狙い、それを頂戴《ちょうだい》して逃走した。あの路地はむろんあらかじめ入念に経路として選んだもので、あのあたりで装束を脱ぎ捨てるつもりだった。あんなに中村警部に間合いを詰められるとは思わなかったがね。ところが、駆け込んだとたん何者かにガツンと頭に一撃をくらって、情けない話だがてもなくぶっ倒れてしまった。そして目覚めたときには、あの見も知らぬ死体が横に転がっていたという次第なんだ」

明智はその話にじっと聞き入っていましたが、やがてむずかしい顔で口を開きました。

「しかし、問題の路地にあの被害者と君しかいなかったのは事実なんだぜ。君の言う『何者か』がいたとしたら、どこから入ってどこに消えたんだ。いわば君は、密室の中で死体といっしょに見つかったようなもんだ。それでも、君は無実だと言いはるのかね」

「むろんだ」

二十面相は間を置かず、答えました。明智は重ねて、

「誓ってかね」

「誓うとも、おれという怪盗の名誉にかけて」

そのあとに長い沈黙がありました。よほどたってから、明智の方が口を開いて、

「よし、そこまで言うならわかった。しかし、君も相変わらずしぶといね」

「お互いさまだよ」

ニヤッとしながらの二十面相の言葉に、明智も笑顔になりましたが、すぐに顔を引きしめますと、

「ところで、ちと立ち入ったことを聞くが……身辺に最近何か変わったことはないかい。君自身と、君の組織についてだが」

「変わったこと？　おいおい、この二十面相とその一党は変わったことをするのが特色だぜ。何を今さら……」

「いや、そうじゃなくって、その君たち一党に何か危害を加えようとか乗っ取ろうとか言うような動きはないかというんだよ。むろん、僕のような探偵や警察は除いての話だが」

「おいおい、危害だの乗っ取りだの、このおれにそんな無謀なことを仕掛けるような大馬鹿は……」

二十面相は笑い飛ばしかけましたが、ふいにその眉《まゆ》が不審そうにひそめられました。

「どうやら、心当たりがあるようだね」

明智が言い、二十面相は図星をさされたように「ああ」とうなずきました。それから二人はしきりと何か話し合い始めましたが、ひどく低い声になったので、もう聞き取ることができません。

ほどなくその問答もすみ、明智は「それじゃ」と席を立ちかけましたが、ふと何か思い出したようすで椅子に腰掛け直して、

「そういえば……いま訳もなく思い出したんだが、東京駅の赤レンガを壊して高層ビルディングに建て替える話は、どうやら立ち消えになったようだね」

「ああ、そんな話が新聞に出たことがあったな。ふむ、ということは――例の鉄道ホテルも当分は壊されずにすむわけだ」

二十面相はにわかに興味をわかしたようすで、言いました。明智はなつかしそうに、

「そう、君が外務省の辻野氏を名乗って出迎えてくれたところさ。今は創業時の名に復して東京ステーションホテルというらしいがね。ははは、何でふいにそんなことを思い出したのかと思ったら、あの一件だったのか」

それから二人は、I拘置所長が時間切れを告げに来るまで思い出話にふけりました。拘置所を去りぎわ、所長にいったい何の話をしていたのかたずねられて、明智小五郎

は答えました。

「なに、探偵として依頼を受けただけですよ。怪人二十面相君からね」

4

その翌日、ふいの来客が「バブルクンドの宝剣」を奪われた草小路邸を驚かせました。

「旦那《だんな》さま、探偵の明智小五郎先生が、助手の小林さんとともにおいでてございます」

取り次ぎに出た若くてかわいらしいお手伝いさんが、書斎のドアをノックしてそう告げますと、ガウン姿でくつろいでいた中年紳士が、

「ああ、お通ししなさい」

と、べっ甲眼鏡の奥からいかにも温厚そうな目を向け、命じました。やがて明智探偵が書斎に案内されて来ましたが、小林少年を連れてはいませんでした。紳士が初対面のあいさつがてら、そのことを聞きますと明智は、

「ああ、彼は外で待たせてあります」

とだけ答えました。それから事件の話になりますと、中年紳士は顔をしかめて、

「いや、最初からあなたにお願いしておけばよかったですよ。宝剣もぶじに返ったとはいうものの、あんな血なまぐさいことに使われては、どうにも気持ちが悪くってね。いっそ売ってしまおうかと思っていますよ」

「それはお気の毒でしたね、草小路さん」

明智はなぐさめの言葉を述べてから、当時の状況について質問しましたが、相手はかぶりを振って、

「それが私にはわけがわからんのですよ。突然、思いがけないところから賊が飛び出して、あっというまにあの大捕物でしょう。もっとも、私はこの部屋に一人取り残されて訳がわかりませんでしたがね」

「なるほど、それで……」

と明智が言いかけたとき、さっき取り次ぎをしたお手伝いさんがお茶とお菓子をお盆にのせて入ってきました。

そこで二人は話を中断しましたが、明智はそのとき相手がお茶に口をつけかけて、顔をしかめて湯のみを置いてしまうのを見逃しませんでした。

「おきれいな娘さんですね」

お手伝いさんが一礼して去ったあと、明智が言いますと、草小路邸のあるじは変なことを聞くものだという顔になって、

「ええ、つい先日雇い入れたものですが……それが何か」

「いえ、何でも」

明智は笑顔で首を振り、怪人二十面相が侵入した手口などについて質問を重ねました。

それはそうとして読者諸君、明智探偵がこうして仕事をしている間、名探偵の詰め襟服の助手、あの小林芳雄君は何をしていたとお思いですか。

どこかで時間をつぶしていた？　いえいえ、そんなことはありません。名探偵の名助手は、やっぱりそう言われるだけのことはしていました。いま、それがどんなものだったか全部はお話しできないのですが、特別にこのとき草小路邸の片隅でかわされた会話をちょっとお聞かせするとしましょう。

「小林君、小林君」

と、涼やかな女性の声が少年助手の名を呼びますと、利発そうな男の子の声がそれにこたえて、驚くべき名を口にしました。

「あ、こっちです。文代さん」

文代さんといえば、呼吸器病の養生に行っているはずの明智探偵の奥さんではありませんか。いつ高原の療養所から出てきたのでしょう。そして今はどこから現われたのでしょうか。

こう書くと読者諸君は、ははあ、さすがにかつては婦人探偵として鳴らした文代さんのこと、さっき草小路家の書斎に茶菓を持って出たお手伝いさんがそうだったのかと思われるかも知れませんね。

ところが、決してそうではないのです。いくら文代さんでもさっきのような十代の少女に化けられるものではありません。変装というものはなまじ条件が近いとかえってできないものなのです。それでは、それでは？

「大丈夫、ぶじにやってる、小林君？」

文代さんはよく考えるとおかしなことをたずねました。

「ええ、何とか」

小林君は答えました。と、文代さんは少年助手の耳元に口を寄せて、何とも謎めいたことを問いかけたのでした。

「それで——主人に最近何か変わったことはあるかしら？　何かつかめたことはある？」

「ええ、それが……」

小林少年は言いかけて声をひそめ、そっと文代さんの耳に何ごとか吹き込みました。

「えっ、それじゃあやっぱり……」

文代さんの顔に驚きと恐怖が広がりました。ああ、それはいったい何だったのでし

ょう。でも、それはこれまでのところを思い出してよく考えてみれば、きっと読者諸君にもわかると思いますよ。と、そこへ、

「小林君、行くよ、どこだい」

明智小五郎の声がかかって、詰め襟服姿の助手はあわてて駆け出して行きました。

見ると、玄関前までこの家のあるじが明智探偵を送りに出ていて、車寄せに止めた立派な箱型の自動車をすすめているようすでした。

「いや、けっこうです。歩いて行きますよ」

明智探偵は笑顔で断わりました。やってきた助手を振り返ると、

「例の路地も一応は調べなくてはなりませんから。ま、あまり望みはないでしょうがね。じゃ、小林君、失礼しようか」

こうして、名探偵と名助手は草小路邸をあとにしました。そのようすを、屋敷の窓からカーテンに半身を隠して見送っているのは、あのかわいらしいお手伝いさんにほかなりませんでした。そして、さっきまで邸内にいたはずの明智探偵夫人、文代さんの姿はもはやどこにもありませんでした。では、いったいどこへ？

そのさらに三日後のことです。明智探偵事務所から警視庁にかかってきた電話が、中村警部をいたく驚かせました。

「はい、中村……ああ、何だ、小林君か。えっ、明智さんからの伝言。何だって、今度の事件の真相を話すって？　そりゃ大変だ。それに、ええっ、あいつを——二十面相を現場に立ち会わせろって？　おいおい、そんなむちゃな……もしもし、もしもしっ」

5

「こりゃいったいどういうことですか、明智さん」

草小路邸の大広間に集められた人々は、口々にそう問いかけました。中村警部、I拘置所長、それにここの屋敷のあるじの中年紳士もです。その他の警官や刑事といった人たちにも、口には出さねど同じ疑問がわだかまっているようでした。

けれど明智小五郎はただ穏やかな微笑を浮かべたまま何も語りませんでした。そしてそれは、厳重な監視のもとで久しぶりに鉄格子の外に出た怪人二十面相も同様でした。もっとも、こちらには怪盗らしく、いくぶんかの皮肉な笑みがまじってはいましたけれど。

そうこうするうちに、日はしだいに暮れかかり、窓の外からは黄昏《たそがれ》が西洋館を包み始めました。そんな中、一人いそがしく立ち働いていた詰め襟服の助手が何やらＯＫ

らしきサインを明智探偵に送りました。

「何をしてるんだろう、小林君は」

と中村警部が首をかしげかけたとき、明智小五郎はやおら人々に向き直り、モジャモジャ頭をかき回しながら話し始めました。

「それでは、みなさん。今度の事件について僕の推理をお話しするとしましょう。まず事件の構図を考えてみなくてはなりません。まず、そこにいる怪人二十面相君がこちら草小路家に伝わる秘宝『バブルクンドの宝剣』を狙い、例のごとく巧妙なトリックでそれを手中に収めたことは本人も認めていることですでに明白です。しかし、その彼が逃走の途中に、たまたま通り合わせた近所の男性を無残にもその宝剣で刺し殺したかどうかは一考を要するところです。何より彼自身が何者かに殴打され、その間に死体をそばに転がされたのだと主張している以上はね」

「信じろというのかね、そのたわごとを」中村警部が口を挟みました。「犯人が別にいるというなら、そいつはどこから現われてどこへ消えたというんだね」

この場の誰もが、同じ思いを表わしてざわめきました。ですが明智はあわてず騒がず、

「それを説明する前に、この犯罪の目的が何であったか、刃《やいば》は本来誰に向けて振るわれたものであったかを考えてみましょう。いいですか、血を嫌う怪人二十面相がいま

わしい殺人の罪を犯し、しかも偶然すれ違っただけの人間を衝動的に殺害したとなれば、盗賊なりに彼が築いてきた名誉はことごとく失われ、人心は彼を離れてしまうでしょう。そうなるのは無責任な世間ばかりではありません。彼に心服し、その怪盗事業――おかしな言い方ですが――を手助けしてきた部下のものたちにおいて、それはより深刻な事態を生むでしょう。さて、ここで犯罪捜査における最も古典的な問いかけです。そうなったとして、いったい誰がどんな利益を得るでしょうか。

二十面相の組織が崩壊し、その忠実にして有能な部下たちやさまざまな設備が宙に浮くとしたら、得をするのはどんな輩《やから》か。警察？　僕たち探偵？　怪盗一味に安眠をさまたげられているお金持ちたち？　いやいや、中途半端な崩壊はかえって危険というものでしょう。考えられるのは同業のライバルか。しかし、そんなものが存在したという話も聞きません。するとと、残るはたった一つ。二十面相の組織を乗っ取り、それを自分の目的に使おうというものでしょう。たとえば、彼の部下のうちに野心家が出て、そいつが下剋上《げこくじょう》を狙ったとか。――どうかね、君の手下の中にそんな徴候《ちょうこう》はあったかね？」

明智がいきなり二十面相に問いかけますと、彼はすぐに「あるもんか」と答えました。彼はさも自信ありげに、

「はばかりながら、おれはこれでも部下運はいいんだ。でなければ、ここまでやって

これるもんか」

「そうだろうね」明智はにっこりしました。「ところで、この二十面相君の一党において、もはや頭目である彼の個人的意志にとどまらず、組織全体の目的となっているものがあります。それはむろん金品財宝の強奪による利潤追求でありますし、その結果およびそのための手段によって世間をアッと言わせることです。そしてもう一つが、法の側に立つ警察および僕明智小五郎と対抗することです。ということは、もし僕個人に強烈な悪意を抱き、何とか滅ぼそうとするものがあったとしたら、二十面相の組織をそのまま手に入れるほど好都合なことはないはずです。

僕はたいがいな悪党なり殺人鬼と個人的に戦って敗れぬ自信がありますし、二十面相のそれのようにある犯罪目的を持った団体とも何とか対等にわたりあう決意もある。しかし、強力な組織が、ひたすら僕に危害を加えることのみに目的を絞って襲いかかってきたら、とても防ぎようがないでしょう。そのことに気づいたとき、僕には思い当たる点がありました。そう、僕はすでに自分たちに強烈な憎悪を向けているものの存在を感じ、虎視眈々《こしたんたん》と復讐《ふくしゅう》の機会がうかがわれていることを察知していたのです」

そ、それは……と人々はざわめきました。この常ににこやかな名探偵が、実は大変な危険に身をさらしていることを思い知ったからでした。

「では、そんなにも僕を憎み、復讐しようとしているのは誰でしょうか。思い出されるのは、これまで僕が多くの怪人たち――彼らはしばしば二十面相君のような騎士道精神とは無縁の怪物どもでした――と決死の戦いをくり返してきたことです。《蜘蛛《くも》男》、《魔術師》、《黄金仮面》、《黒蜥蜴《くろとかげ》》、《地獄の道化師》、また『吸血鬼』『悪魔の紋章』『暗黒星』事件の犯人たち……。そう、彼ら彼女らであれば、どんなに恨みを買ったとしても不思議ではありません。しかし、そういった連中はことごとく死亡が確認され、あるいは海の向こうに去りました。そんな中にたった一人だけ生死不明のものがいます。それも凶暴性において最悪のやつが。それは……《人間豹》こと恩田です。そしてそいつはここにいる！」

人々はそうと聞くや、驚倒しました。ああ、人間豹《ひょう》といえば人にして獣、ただおのが欲望のために女性を捕え、引き裂き、くらいつくした正真正銘の怪物ではありませんか。とりわけ、明智夫人文代さんに熊の縫いぐるみを着せ、虎に毛並みを染め変えた豹と檻《おり》の中で戦わせた大残酷の一幕は、明智小五郎の事件簿の中でも恐ろしい光を放っています。

その人間豹がここにいる！　人々は恐れざわめき、明智が叫びつつ指さした先を目で追いました。それが誰に向けられていたかを知ったとき、人々は潮の引くようにその人物の周りから去り、遠巻きに人垣をつくりました。

「草小路氏が、人間豹だと？」

中村警部が干からびたような声で、叫ぶように言いました。

「そんな馬鹿な。彼は身元もはっきりしていて、第一僕は宝剣の警護にあたったときに何度も会って……嘘だろう、明智君！」

「嘘だと思うなら、見てみたまえ。彼が君が会ったときの彼であるかどうかを」

明智に言われて振り返った中村警部はアッと声をあげずにはいられませんでした。紳士らしい衣服を脱ぎ捨て、べっ甲縁の眼鏡を吹っ飛ばし、きれいになでつけた髪をふり乱した西洋館のあるじは、信じがたいばかりに変貌《へんぼう》していたからです。

ドス黒い皮膚、骨ばった輪郭、爛々《らんらん》と青くかがやく両眼、赤い唇、牙《きば》のような白歯。何もかも恐ろしく、まるで別人の――というより人間のものですらなくなっていました。中でもおぞましいのは舌です。その表面に、まさに猫属のそれのように針状の細かい突起物が生え茂って、ベロベロと舌をうごめかすたび、それらが風に吹かれた葦《あし》さながらサーッサーッとなびいていました。

「とうとう正体を現わしたね、恩田《おんだ》君。じゃあ礼儀として、こちらも変身の成果をお見せしようか。そらっ、君！」

明智に命じられるが早いか、詰め襟服のかわいらしい人物は自分の頭に手をかけました。たった今までそれを小林芳雄少年だと思い込んでいた人間豹、それに警部たちは仰天しました。何と、あの短髪はかつらだったのです。それをかなぐり捨てた下から現われたのは、長く美しい黒髪でした。

「あっ、お前は！」

人間豹が長い舌をヘラヘラとはみ出させながら叫びます。明智は笑って、

「そう、妻の文代だよ。あのとき君が、そして最近になってまたぞろこりずに狙い始めたね。文代が『高原療養』と称して僕の身辺から消えたことについては、いろいろいまわしい噂を立てたものもいるが、これは貴様がまたぞろうごめき始めたことを察知したための用心で、実情はこういうことだったのさ。彼女は小林君に扮《ふん》して僕とともに暮らし、ときおりは実際に高原の療養所に行って元の姿に戻ったというわけだ。では、本物の小林芳雄はどうしたかって。よかろう、小林君、出てきて変装の出来栄えを見せてあげたまえ。とりわけ、この人間豹どのにね！」

その言葉を受けて出てきたのは、草小路家のお手伝いさんでした。何と、このかわいらしい少女が小林少年だったとは。けれど考えてみれば、女の子に化けてよその家に入り込むのは彼の得意技の一つでした。

「彼にはとんだ苦労をかけたよ。文代が小林君に変装している間、彼は気の毒にも自分自身であるわけにいかなくて、別人になっていなくてはならなかった。この際だから明かしてしまうが、それがわが事務所が誇る少女探偵・花崎マユミだった。その延長線上で、ここの家にお手伝いさんとして勤めてもらったのさ」

そう、思い出してみてください。あのときこの屋敷の片隅でかわされていた会話を。あのとき話していたのは、小林少年に変装した文代さんと女の子に変身した小林君でした。

むろん「文代さん」とは、彼が自分に化けた彼女に呼びかけたのですし、「大丈夫、ぶじにやってる、小林君?」というのは、明智探偵の指示で草小路邸に入り込んだ彼の身を、文代さんが案じたのです。

そうなると「主人に最近何か変わったことはあるかしら?」と文代さんが聞いたのは、もちろんここの現在のあるじで、草小路を名乗る人物のことです。主人というのを明智探偵のことだと勘違いした人はいませんか?

ちなみに、このとき小林少年が答えたのは、お手伝いさんとして働いている間に知った、ここのあるじの異様な習性——とりわけあの猫属そのものの舌——や紳士面の下に隠された素顔でした。それが、あの人間豹こと恩田の特徴と一致したことから、文代さんは驚きと恐怖を感じたわけでした。一方、明智探偵が気づいたのは、文字通りの猫舌を持つ彼が、熱くもないお茶に顔をしかめた点でした。

「さて」

明智小五郎の言葉はなおも続きます。

「尋常の方法では僕らに復讐できず、といって他に連携すべき仲間もない貴様は、実にとんでもないことを考えた。現在の僕にとって唯一の宿敵といっていい怪人二十面相を亡きものにし、彼の組織を乗っ取ろうとしたのだ。しかし、二十面相君といえど、むざむざと貴様に殺されるわけがない。そこで貴様は卑怯《ひきょう》にも彼に無実の殺人罪を着せ、司直の手を借りて処刑させようとした。加えて、さっき言ったように首領の二十面相が自ら禁を破って人を殺したとなれば、組織も動揺するだろうし失望して離反するものも出ようしね」

このときになると、中村警部率いる警官隊は、ピストルというピストル、武器という武器を人間豹に向け、かたずをのんで成り行きを見守っていました。だが、そんな絶体絶命の状況下にもかかわらず、

「ふむ、そこまでわかっているのなら」人間豹こと恩田は不敵に言いました。「おれが起こした奇跡も見抜いているのだろうな」

「奇跡？　いやいや、三流の手品だよ」

明智はあっさりと一笑し、さてその説明に取りかかるのでした。

6

「恩田、貴様はその敏捷《びんしょう》さを利用し、おそらくは二十面相君のアジトにまで入り込ん

で彼の動静を探った。彼が草小路家の『バブルクンドの宝剣』を狙っていることを突き止め、計画の詳細な点までを探り出した。その中には、彼が今度の仕事で使うであろう逃走経路も含まれていた。彼はそのルート上に変装道具をあらかじめ仕込んでおくのが通例だから、その存在を確認すれば、彼がどこをどう通るかもほぼ見当はつく。

さて、貴様はあるいまわしい工作をすませておいてから、盗みを終えた二十面相君が問題の路地に駆け込んでくるのを待った。貴様はこのとき、あとで死体で発見されるべき人物そっくりに変装している。そしてころあいを見はからって、二十面相君の反対側から路地に歩み入った。抜け目なく、自分の変装姿を町内の人や警官隊に目撃させておいてね。そして、二十面相君を出合い頭に殴打して気絶させたあと、ただちに手品に取りかかった。まず、彼の変装を横取りし、マスクをかぶって中村警部らに応戦した」

「何だって」警部は飛び上がりました。「じゃ、あのとき僕らが見たのは――」

明智探偵はうなずいて、

「そう、怪人二十面相ではなく、彼の変装そっくりに変装したこいつ、すなわち人間豹だったのだよ。だが、三流手品はこれからが本番だ。恩田、貴様はまずあらかじめ路地の塀にでも繋留《けいりゅう》しておいたロープを引っ張りおろした。その先についていたのは――気球だ、それも人ひとりを支えられるだけのね。しかも、そこには貴様が捕獲しておいた哀れな犠牲者が縛られてぶら下げられていた」

「気球だって、しかもそこに死体が？」

中村警部が頓狂《とんきょう》な声をあげました。明智小五郎はうなずいて、

「そう……ただし、まだ死んではおらず、眠らされていただけだったがね。その犠牲者は、路地に入ったときの貴様と同じ顔、同じ服装をしていた。むろん貴様がその人そっくりに化けたのだ。たまたまこの近所に住んでいたのが、その人の災難だった。貴様はその人を地上に降ろすと、例の宝剣でもって胸を刺しえぐり、手早く殺害した。ギャアッという叫び声は、むろんこのときその人が発した断末魔の声だった。

こうしてできあがったばかりの死体を二十面相君のそばに横たえ、さも彼の凶行のように見せかけた。さて、そのあとが手品の仕上げだ。貴様は最前引き下ろした気球につかまると、繋留してあったロープを解いた。かくて、貴様は路地に警官隊が駆け込み、二十面相君が逮捕されるのをしりめに、フワフワと大空へと逃亡して行った。ちょうど黄昏《たそがれ》どきで周囲は暗くなりかけていたし、気球はそれに合わせて茜色《あかねいろ》に塗られていたものだから、誰も頭上に人体がぶら下がっているなんて思わなかった。まして貴様の逃走の際には、誰もが二十面相捕縛に夢中になっていたからね。

そのあと貴様はどうしたか。言うまでもない。警官や刑事たちが出払ったあとの草小路邸に入り込み、孤立無援の草小路氏を殺害し、まんまと氏になりかわった。神様

にせよ偶然にせよ、そこまで貴様のような怪物に味方したとは思いたくないが、夕風に乗った気球が都合よくここのお屋敷に飛んで行ってくれたのかもしれない。こうして、貴様はここのあるじになりおおせたというわけだ。

だが、この入れ替わり劇はたった今、破られたよ。小林君に扮した文代がさっき知らせてきたが、ここの敷地内から本物の草小路氏の死体が見つかったようだからね。──これで僕の話はおしまいだ。これ以上、貴様のことなど口にしたくもない。考えるのさえ、もはやごめんこうむりたいんだ」

いかにもいとわしげに、明智は推理をしめくくりました。もはや周りは夕暮れの中に沈みかかって、咳《せき》ひとつ起こりません。と、人間豹《ひょう》は一向にこたえたようすもなく、ますます悪鬼の相をあらわして、

「ほほう、それでこのおれをいったいどうしようというのかな。そんなピストルだの警棒だの、それに手錠だのでおれを押え込めるつもりかな、いや、おめでたいことだ」

あまりと言えばあまりな言葉に、ついに中村警部の怒りが爆発しました。

「何をこしゃくな……かかれっ、こいつを逮捕しろ!」

命令一下、警官隊がいっせいに人間豹に躍りかかりました。まるで時代劇の大捕物です。たった一人の悪者を囲んで制服・私服の人々が手に手に得物を振りかざし、グ

ルグルと渦を巻き始めました。人海戦術で、その中心に人間豹を包み込み、取り押えてしまおうというのです。

「アハハハ、これは面白い。ずいぶんおおぜいでおれと遊んでくれようというのだねえ。うれしいな、おれの子供のときにもそんな友達がいてくれたらなあ」

人間豹は少しも騒がず、悠然と笑い続けるのでした。

「おのれっ」「負けおしみを言うな」「さっさとお縄についてしまえ！」

お巡りさんたちの口から怒りの言葉がもれました。一気に渦巻を引きしぼって、敵を締め上げようという勢いです。袋だたきにしてしまいかねない憤《いきどお》り方です。

けれど、ああ何ということでしょう。警官たちの大渦巻はたった一人の悪魔のために打ち破られ、翻弄《ほんろう》され、みるみる崩れてしまいました。

「うわあっ……」

次々と悲鳴があがります。それらを圧して恩田がゲラゲラと笑い転げる声も、その間に挟まるハアハアという荒い息づかいも、奇妙にしなやかな体勢も、いよいよ豹じみてきた容貌《ようぼう》も、すでに人間のものではなくなっていました。

「ひるむな、行けっ、行けーっ！」

中村警部の叱咤《しった》も、今はむなしく響くばかりでした。恩田が猫属そのものの姿態で身をくねらせながら駆け抜けたそのあとに、鮮血と食いちぎられた肉が点々と散らばりました。こうなっては、もはや明智小五郎にも止めようはありませんでした。

「ワハハハハハ、馬鹿ものどもめが、ハハハハハ、哀れで愚かな羊どもめが」

人間豹はまるで電光のように、館の各室を、階段を、回廊を縦横に駆け回るのでした。と、ガッチャーンとガラスの割れる音がしました。体当たりで窓を破り、外の庭に飛び出したのです。

「しまった」明智は叫びました。「あいつ、草小路氏の自家用車で逃げるつもりだぞ。どうもこの前自慢してたのが見えないと思ったら、きっとどこかに隠してあるんだ」

その言葉を裏付けるように、庭の一角でギラリとヘッドライトの大目玉がきらめいたかと思うと、植え込みを蹴破《けやぶ》って飛び出しましたのは、あのときの箱型自動車でした。むろん、その運転席には、例のトゲだらけの舌をなめずる恩田の姿がありました。

「それそれどうした、グズグズしてるやつは踏みつぶすぞ。ほらほら、もっと走った走った。でないとタイヤのシミにしちまうぞ」

そのまま庭を突っ切ってしまえばいいものを、愉快でたまらないようすで逃げ惑う人々を追い回しつつ、人間豹はジグザグに庭を突き抜けてゆくのでした。と、そのさなか、明智小五郎が叫びました。

「おい、二十面相はどうした？　彼はどこへいったんだ？」

確かに手錠をはめられて引きすえられていたはずの二十面相の姿がどこにもありま

せん。しかし、そんな明智のことばを気にするものはありませんでした。

「明智君、あぶないっ」

中村警部がとっさに叫び、彼を芝生に引き倒しました。車はなぜか大きくカーブし、そのまま正面の門を出て行ってしまいました。間一髪、車にはねられるのをまぬがれた名探偵でしたが、彼は警部に礼を言うのも忘れ、ぼうぜんとつぶやきました。

「今のを見たかい。あの車の後部座席にいたのは、あれは確か……。中村君、とにかくあのあとを追っかけるんだ！」

われに返ったように叫ぶ声を受け、さっそく白と黒のパトロールカーがサイレンを鳴らしながら、続々と草小路邸を出て行きました。まるで迷路のような路地を抜けて下の町へ、ときならぬ自動車競走が始まりました。

パトカーの先頭車に乗り込んだのは、むろん明智小五郎と中村警部です。敵のは立派な外車ですが、何しろ一時代前の大型車。幸い距離は少しずつ縮まって、相手の後部窓を通して中のようすが見えるまでになりました。

「見たまえ、やっぱり車内にはもう一人誰かいる。あっ、そいつが運転席の人間豹につかみかかった。誰かって？　決まってる、彼だよ。激しく争いだしたぞ。車体がフラフラし始めた。ハンドルの奪い合いだ。危ない、むちゃをするな二十面相ーっ」

明智がそう叫んだとき、追うものと追われるものは、ひときわくねった急カーブに差しかかりました。そこはちょうど落差の一番激しい個所をめぐる道筋で、ガードレールの向こうは崖《がけ》のように切り立っていました。あぶない、あぶない。人間豹と二十面相の車はぶじにそこを通過できるのでしょうか。

「ああっ」

期せずして、後続車の人たちの口という口から悲鳴があがりました。案の定、箱型の乗用車はガードレールを蹴破り、そのまま崖の下へと転落して行きました。次々と急停車する警察自動車。そして、あわてて飛び出した明智小五郎の目前で、爆発音とともに激しい火柱が立ち上がりました。

落下の拍子にガソリンに引火したのにちがいありません。ごうごうとうなりをあげる炎の中に、ウオオオオ……と獣じみた叫びが続き、やがてやみました。これがあの人間豹こと恩田が今度こそ迎えた最期だったのです。

けれども、明智探偵が求めているものはそんなものではありませんでした。彼の聞きたい声、見たい姿は別にありました。それを求めて、明智小五郎はいつまでもいつまでもその場に立ちつくすのでした。

7

「……というようなことなんだ。お話はこれでおしまい。どうだい、ちょっとは面白かったかい？」

おじさんはそう言うとにこやかに微笑みながら物語をしめくくった。僕はただぼうっとして、しばらくは返事をすることもできなかった。僕の口からではとても伝わらなかったと思うし、当時の僕には理解できないこともあちこちあったが、とにかく物珍しい話に、こんな世界もあるんだと圧倒されてしまったんだよ。

「え、それじゃ怪人二十面相は――？」

僕はわれに返ると、あわててたずねた。

「さあ、それからどうなったかねえ。おじさんも彼が自動車に乗ったまま転落してから会っていないからね」

「えっ」僕はさらにびっくりしてしまった。「じゃあ、ひょっとしたらおじさんは……お話の中の名探偵明智小五郎？」

「ふむ、そんなところかな。久しぶりにそんな風に呼ばれると、照れ臭いけどね」

おじさんはちょっと口ごもりつつ、そう答えた。かと思うとにわかに両手を広げ、ベンチから立ち上がって、

「ああ、それにしても怪人二十面相こそは男の中の男だね。危急のときに際し、わが身を挺《てい》してほかの人たちを、とりわけ長年宿敵だった男の命を救うなんて、なかなか

できることではないよ。いやあ、ほんとに二十面相は偉大だよ。坊やもそう思うだろう？」

「う、うん」

僕が何やらむりやりに同意させられかけたときだった。ふいに背後から僕らの肩をポンポンとたたくものがあった。ぎょっとして振り向くと、そこにはお話をしてくれた人と同年輩のおじさんがいて、僕らにニコニコと笑いかけていた。

え……この人は？　と思った。その人は黒の背広に黒のズボン、ひょっとしたら帽子まで黒かったかもしれない。何より特徴的だったのは、帽子を取ったときにその下から現われたモジャモジャした頭髪だった。最初のおじさんは、それを見るや飛び上がって、

「あっ、君は明智……！」

「どうもごぶさただったね」第二のおじさんは会釈して、「あのときはどうも二十面相君。お話はすっかり聞かせてもらったよ。なかなかうまかったよ。なつかしくもまた面白かった。唯一不満があるのは、あまりに自分のことを美化しすぎじゃないかということだが」

「何を言う。こっちこそ君のことを格好よく語りすぎたよ。思えば、あんな拘置所なんて君の助けなんか借りなくても破ることができたんだ」

「しかし、人間豹《ひょう》のトリックを見破ることはできたかな」

「できたとも。ふん、そもそも君たち探偵なんてのは出来あがったものをうんぬんするだけの批評家。僕ら怪盗こそ独創性を要求される芸術家なんだから」

「批評家だって。その言葉は聞き捨てならないね。君は探偵という職業を侮辱しようというのか」

「もし、そうだったらどうだというんだ」

「なに、じゃあ取り消さない気だな。ようし、そっちがそうくるつもりなら」

「やるかね、久々に勝負を」

まさに売り言葉に買い言葉。あれよあれよという間に二人のおじさんは争いだして、今にもとっくみ合いを始めそうになった。

「あ、あの……」

と訳はわからないながら僕も立ち上がりかけた。すると、あとから来たおじさんが、

「君は気にしなくていいよ。これは僕らの問題なんだ。待っていてくれたまえ。そうだ、君にはこれをあげよう」

とか何とか僕に言ったかな。そしてポケットからつまみ出した何かを握らせてくれた。と、その直後のこと、ギギギーッとすさまじい金属音が耳をつんざき、肌に痛いほどの突風が僕を打ちのめした。あまりのうるささに、その瞬間は何も聞こえず、ま

ぶたを固く閉じていたので何も見ることさえできなかった。何のことはない、電車が駅に着いただけのことだった。

間近で、それもまったく予期していなかったせいもあるが、とにかくものすごい大音響で、しばらくは頭がくらくらしていたほどだった。

気がつくと、僕のそばには迎えにきた母親の心配そうな顔があった。

「あれっ、さっきまでここにいたおじさんたちは——？」

僕はふと、夢から覚めた思いでまわりをきょろきょろ見回した。だが、母親は「え、何のこと？」とけげんな顔をするばかり。

そう……何もかもさっきまでと何の変化もない駅構内に、あの二人の姿はもうどこにもなかった。黄昏《たそがれ》の中からふいっと現われた、名探偵明智小五郎と怪人二十面相らしき心優しいおじさんたちの人影は。

「……というようなわけなんだ」

友人はそう言うと、困ったような笑顔で私を見た。

「これがまあ、僕の『私は見た』体験といえるかな。君はどう思う」

どう思うって、そりゃまたとんでもない話だ——と私は彼には失礼ながら失笑しそうになった。本物の明智と二十面相に会ったなんて、リアリストの彼にも似合わないファンタジーではないか。

なかなか不思議な話だなあ——とか何とかお茶を濁しながら、この話の真相を知ることができたとしたら、それはさぞ鼻白むものなんだろうなと考えていた。

私はふとある著名なアーチストの話を思い出していた。その人は幼児のころ、当時最大の人気を誇ったヒーロー「鉄腕アトム」に抱っこされたという思い出を持ち続けていた。単なる幻想にしてははっきりしすぎていて、どうしてそんな記憶が焼きつけられたのか不思議に思っていたところ、古いアルバムを見てすべての疑問は氷解した。それもおかしくも無残なほどに現実的に。

そこに貼られていたのは、そのアーチストが何かの催しで、鉄腕アトムの仮装（それも明らかに手作りの）をした人物に抱き上げられている幼年時代のスナップであった。

たぶん、わが友人の体験もそれに類したものだろう。単に二十面相と明智を名乗る変なおじさんに遭遇しただけのことだ。たぶん、彼自身もわかっていることだろうし、ことさら夢を壊すこともないので黙っていた。

「そうだ、実は君に調べてもらおうと思って、今日たまたま持ってきたんだが……久々にあんな話を思い出したのはそのせいだろうな」

そう言って友人が私に渡したのは、百円硬貨ぐらいの重みのあるバッジで、表面には《B》と《D》の文字が刻印されていた。

これは、いったい――？　とけげんな顔になった私に、友人は微笑しつつ言った。

「実はこれが、そのとき『君にはこれをあげよう』と明智探偵を名乗った方の人がくれたものなんだが、いったいどこでいつごろ作られたものかが知りたいんだ。こういうのは、探偵小説家の芦辺《あしべ》先生の方がくわしいだろうと思ってね」

なるほど、ＢＤ―― Boy Detective の頭文字を刻んだ少年探偵団のバッジというわけか。念の入ったことだ、とますますおかしくなった。

調べておくよ――そう言いつつ、私はそのバッジをポケットに収めた。そして、そのあとはもっと私の小説のネタになりそうな事件の話をねだり、遅くまで話し込んだ。例の幻視体験（私はそう決めつけていた）のことは大して気にもとめなかった。

だが……後日、彼から預かった品物について調べてみて私は奇妙な事実に突き当たった。いわゆる〝ＢＤバッジ〟は出版社が少年探偵団シリーズの愛読者向けの景品として作ったものや、テレビ・映画用の小道具などがあるのだが、私の友人が少年時代の一日にもらったバッジはそのどれとも一致しないのだ。

これはどういうことなのだろうか。もしこのＢＤバッジが、これまで作られた偽物のどれとも異なるとしたら、ひょっとしてこれこそ本物の少年探偵団の徽章《きしょう》と言えなくはないか。してみると、黄昏の中から現われた怪人物たちは、本物の明智小五郎であり二十面相であったことになりはしないだろうか。

　というわけで、私はいま迷っているのだ。彼にこの事実を伝えていいものかを。君はあの怪人二十面相からじかにその冒険談を聞き、明智小五郎から〈探偵〉たるしるしを授けられたと告げたものかどうかを。そう……私こと芦辺拓《たく》が事件簿をまとめ続けている、わが友人である素人探偵・森江春策《もりえしゅんさく》に。

天幕と銀幕の見える場所

――幕開きは、この一枚のチラシでした。

★THE GRAND CIRCUS☆

断じて見逃す可《べか》らざる　廿　千変神速ノ曲馬！
本邦に於《お》ける嚆矢《こうし》たる　世　虚空中ノ舞踊！
訓練の賜《たまもの》 芸の極致　紀　椅子ノ梯子《はしご》！
一見必ず抱腹噴飯　洋　道化ノ珍芸！
欧州直伝新奇の魔術　行　美少女ノ箱詰！
絶技に驚き手に汗握る　会　猛獣珍獣ノ群舞！

☆当る十×日ヨリ千日前《せんにちまえ》ニテ興行仕候★

私にそれをくれた道化師は、紅白だんだら染めの帽子と襟飾りつきのダブダブ衣装、泣き笑い顔の厚化粧というお決まりのいでたちで、道行く人々に操り人形の妙技を披露していました。

言わば道化師にして傀儡師《くぐつし》。しかもその人形がご当人と同じ姿というのが珍しく、そこそこの見物が集まっていました。大正九年か十年ごろ——何でもドンヨリと曇っていながら、妙に明るく生暖かい午後のことでした。

私は当時、近くの曾根崎《そねざき》上一丁目にあった新聞社で給仕をしていて、そのときは社の人に頼まれたお使いの帰りでした。ですから、立ち止まってゆっくり見物とは行かなかったわけですが、幸い私が通りかかったときは操りが一段落し、持参のチラシを配っているところでした。

（廿世紀《にじつせいき》洋行会か……）

気がつくと、私はチラシの文面を一瞥《いちべつ》しながら、つぶやいていました。いつのまにか、私も道化師からその一枚を受け取っていたのです。

英語で書かれた〝サーカス〟という言葉は、そのころまだ一般的ではなく、曲馬団とか曲芸団と名乗るのが普通で、洋行会を名乗った一座も確かにありました。そこへ始まってもう二十年ほどになる〝二十世紀〟を冠するところが目新しくもあり、懐かしくないでもありませんでした。

他にもいろいろ細々と絵や文字が刷り込んであるようでしたが、じっくり読んでいる暇はありません。適当に服のどこかにねじ込むと、小走りにキタの花街のただ中を駆け抜け、《大阪時事新報社》の看板を掲げたビルディングへと駆け込んだのでした。

「つまりやな、君に千日前一帯の興行物を見てきて、その紹介記事を書いてもらいたいわけや。活動写真に芝居、遊園地——そういえば何とかいう曲馬団も来とったはずやな。それらを適当に案配して、絵入りの盛り場探訪記に仕立ててくれ」

「しかし、僕の仕事は地方版の整理で、取材部門の記者ではありませんし、そのぅ……」

「何を言うてんねん。君、東京におったときには『東京パック』に勤めとったんやろ。うちにも漫画を載せてる北沢楽天《きたざわらくてん》さんゆかりの。そのとき、盛んに漫画や漫文を書いとったそうやないか」

「いや、それはそうですが——」

夕刊と朝刊のはざまで閑散とした編輯局《へんしゅう》に戻ってみると、そこでは二十七、八の記者と彼より頭一つ低い上司とが押し問答をしている最中でした。そう呼ぶには、ずいぶんのどやかなやり取りではありましたが。

「それに、君にペンを持つ気がないとは言わさへんで」

と、その上司は青年記者を見上げながら、

「というのも、君はどうやら別の方に志望が……」

「わ、わかりました」

青年は痛いところをつかれたように言い、やっとうなずきました。

「それでは、とりあえずやってみます」

「そうか」上司は破顔一笑して、「まあ、書いてみてそれでアカンようなら没にするだけのことや。切符はその辺にあるから好きなだけ持っていってくれ。何やったら、誰ぞ連れていってもええで。嫁はんでもお子たちでもな」

「……はあ」

その青年記者は言われるままに招待券や入場証をしまい込むと、何やら複雑な表情で自席に戻りかけました。その途中、ふと私に気づくと、

「あ、君。明日は暇かい。もしよかったら、つきあわないか？」

「え……？　あっ、はい」

ふいに話しかけられ、しかも突然の誘いとあって、正直びっくりしました。しかしそこはこちらも子供でしたから、遊びに行けるとあれば願ってもなく、

「わかりました。喜んでおともしますとも」
と、二つ返事で承知したわけでした。

昔の新聞社、しかも一流半の会社とあって奇人変人には事欠かない中で、その人は別種の異彩を放っていました。

大阪時事新報の社屋は場所柄、屋上からは粋な眺めが見られ、そのための双眼鏡が編輯局に備えてあるぐらいでしたが、その人は同じレンズ越しに世間を覗《のぞ》くにしても、まるで別のものを見ているようでした。

もっとも、担当していたのが地方版の整理で、夕方前には帰ってしまわれることもありましたが……。たまたま私が本好きなのを知ると、いろいろと面白い小説などを教えてくれたり、貸してくださったりしたものです。ましてその翌日は休みでもありましたから、お誘いに否やはなかったわけです。

なぜまたご家族ではなく、私に声をかけられたのかは……よくわかりません。その時分、お子さんがおありだったかどうか。だったとしても生まれて間なしのことだったと思います。たぶん、そのせいでしょう。

何はともあれ、それが全ての――あの不思議な半日を過ごすきっかけであったのです。

その翌日、私たちは連れ立って千日前を訪れました。当時のこの一帯のにぎわいというのは独特のものがあって、道頓堀が一流の芝居や寄席《よせ》ならば、こちらはそれ以外のあらゆる娯楽がありました。

何百年分もの人骨が積み重なった墓跡に、明治になって大道芸や遊技場、見世物小屋が集まって、そこから生人形にパノラマ、地獄極楽のからくり、女義太夫《おんなぎだゆう》、一銭芝居、壮士劇に剣舞などがぎっしり詰まった歓楽街が出来上がった。

それが明治四十五年の大火で千日前は南半分が火の海となり、やっと立ち直りかけたとたん、都市計画道路で町は真っ二つ。軽業《かるわざ》や錦《にしき》影絵の奥田席、活動写真のMパテー館もニワカ改良座も、みんな市電上六《うえろく》線の石だたみの下になってしまいました。——もっとも、これは年寄りたちに聞いたことですが。

ところが、それを境に街はがらりと様変わりしました。まず火事の直前に辰野《たつの》金吾《きんご》博士の設計で建てられた洋館建ての芦辺《あしべ》倶楽部《くらぶ》が再建され、そのあと芦辺劇場と改名。その向かい、電車道から見て右側の敷地千三百坪にニョキニョキと立ち上がったのが——

「小林君」

あの人は私の名を呼ぶと、その建物を見上げました。そして呆《あき》れたような、そのく

せひどくうれしそうな声音で、

「あれが――『楽天地《らくてんち》』だね」

「そうです」

と、私もなぜかワクワクする思いで答えたことでした。

楽天地――それは、まさにお伽《とぎ》の国のお城でした。

まず正面にそびえ立つのは双子の塔。その前方にはアーチをめぐらし、和風の千鳥破風《はふ》を組み合わせて、そこが入り口となっています。背後には洋風の棟が四角く、あるいは丸みを帯びて連なる。西洋のような東洋のような、いっそアラビアンナイト物の映画に出てきそうな感じでした。

何より特徴的なのは、ヌッと天に突き出したドーム屋根です。しかもただの屋根ではなくて、周りを螺旋《らせん》状の通路がグルグルと巡り、てっぺんにある円屋根つきの展望台に達するようになっている。その形状から子供らには〝デンデン虫〟と呼ばれていました。

設計者は、新世界の立案で知られた設楽貞雄《したらさだお》氏。なるほど、通天閣の足元にパリ市街とニューヨークのコニーアイランドを再現しようとした人だけのことはある怪建築でした。

夜ともなれば建物を縁取るイルミネーション、浮かび上がる《楽天地》の文字。建設からすでに数年が経過し、当初の目新しさは失《う》せていましたけれど、それでも外観の珍奇さには変わりがありませんでした。

あの人は、おやといぶかしみたくなるほど長く楽天地を、この歓楽街のにぎわいを眺めていました。

「どうか、しましたか？」

私が訊《き》くと、あの人は「あ、いや」と小さくかぶりを振りました。何を思ったか、懐のあたりに軽く触れると、

「じゃ、とりあえず入ろうか」

言うなり、さっさとアーチの下にある改札口へと歩を進めました。そのあとに続きながら、私はふと思い出したことがありました。

この日、待ち合わせに定めた電停に、私は少し遅れていったのですが、そのとき、何か妙な人影を見たのです。

妙といえばこれぐらい妙な人影はないし、別に不思議でもないといえば確かにそうでもある——紅白だんだら染めの、あの道化師があの人からツィと離れるのを。

(そういえば、あのサーカス——廿世紀洋行会はここで興行を打つんだったたか)

昨日のことを思い出し、私はつぶやきました。すると、

「どうした、入るよ」

今度はあの人の方がけげん顔で私をうながす番でした。

改札口を入ってすぐにあるのがメリーゴーラウンドと、もう一つは何といいましたか、回転する円盤に乗って遠心力で振り落とされるのを楽しむ遊具がありました。

その奥には三階までぶち抜きの蓬萊宮《ほうらい》、今は中央劇場と改名された千六百人収容の大劇場があり、西端の遊戯場にはいろいろと面白い機械が備えられています。二階には朝陽殿《ちようよう》、月宮殿《げつきゆう》と二つの小劇場があって、それぞれ寄席と少女琵琶《びわ》歌劇をやっている。地下には水族館、ローラースケート場まで造られているのです。

私とあの人は、それらの中をまるで子供のように——現に私はそうだったわけですが——遊び回りました。

(やっぱり、この人は変わっているかもしれない)

ふとそう思いました。回転木馬に乗ってこんなにうれしそうな大人というのも見たことはなかったからです。と思うと、

「よし、次へ行こうか」

木馬の次は遊戯場のミュートスコープ。これは覗き穴から小ちゃな画面に映されたフィルムを見る仕掛けで、西洋のドタバタ喜劇や夢のようなトリック劇が、硬貨と引き換えにえんえんと繰り返されるのです。

ちなみにそのとき、あの人に言われて見たのは、どこか異国の――西洋人が夢見るような東洋の国の王様やお姫様、魔法使いをめぐる寸劇でした。

「うん、ここもこんなもんかな。じゃあ次……」

そのあとは中央劇場で連鎖劇と洋画の二本立て。

連鎖劇というのもみなさんはご存じないでしょう。一見、何ということのない新派の芝居なのですが、お話が部屋の外に出ると、やおら後ろに下ろされたスクリーンに活動写真が上映されて、そこから野外のシーンとなるのです。

これまで舞台に出ていたのと同じ俳優たちが、今度は銀幕の上で追っかけっこを始めたり、映し出される波の前で生身の役者が泳ぐまねをしてみせたり、とにかく珍妙なものです。大阪人はよほどこの連鎖劇が好きらしく、他にもあちこちで興行されていました。

このときやっていたのは、双子をめぐるお話で、だから舞台上の役者と銀幕上の役者が（片方はむろん吹き替えで）話をしたり、両方とも姿を消したかと思うと、服装を入れ替えて現われたりと、巧妙な趣向に見物は大喝采《かっさい》でした。

「……どうか、したんですか？」

私は拍手の手を休め、ふと隣席のあの人に訊きました。その熱中ぶりがただごとではなく、しかもそれが必ずしも劇のなりゆきに対するものでないらしいことが、私をいぶかしがらせたのです。

「いや」

とあいまいな答えが返り、それ以上は訊きようもなくて困惑するうちにも、場内は再び暗くなって、二本立てのもう一方、舶来の連続活劇が始まりました。

それは探偵に悪漢、謎の美女、それに少年たちが入り乱れ、汽車や自動車での追っかけ、気球や飛行機まで登場するお決まりの物語で、銀幕上にはピストルがぽんぽんと音もなく煙を吐き出すのでした。

最後はこれまた定石《じょうせき》通り、正義の人々が塔のてっぺんに追い詰められ、いよいよ——というときになって、惜しい幕切れとなりました。

私はホッとため息をつき、元の空白に戻ってしまったスクリーンから、視線を隣席に転じました。するとまた、あの人の表情は一変していました。心もち紅潮し、さっき回転木馬に乗ったとき以上にワクワクした思いを抑えかねているようでした。

「さて……と」

あごに手を当てて考える姿は、さきほどまでの活動写真中の〈探偵〉そっくりに見えました。だから、そのあとに続いたセリフもさして突飛には聞こえなかったのです。

「この建物のてっぺんに出るには、どうしたらいいのかな」

それからまもなく、私たちは楽天地のドームの周りにめぐらされた回廊を上っていました。

回廊といっても、ごく簡単な手すりがあるほかはろくに落下防止の策も講じてありません。おまけに足元に渡した板が古び、あちこちに隙間が空いてさえいました。

ほどなく頂上の、丸屋根がついてちょうど小亭のようになっている展望台に着きました。そこからは千日前一帯はもちろん、煙の都を埋めつくす瓦屋根《かわら》、その果てに立つ四天王寺《してんのう》の五重塔、さらには遠く山並みまでも見はるかすことができました。

ですが、あの人はそれらをざっと見回しただけで、その視線はすぐ一点――それも大して遠くないあたりに注がれました。

つられてそちらに目を向けた私は、次の瞬間、（こ、これは……）と軽く息をのんでしまいました。

展望台から南東すぐにある広場。いつもは何もないはずのそこに、今日は天幕掛けの巨大な建物がそびえ立っていました。後世のようなビッグトップ――円形テントでこそありませんでしたが、鮮やかな色調といい、あか抜けた形状といい、ふだんこの広場で催されるお化け屋敷や見世物小屋とはまるで違っていました。

天幕の隙間からもれ出る楽団の演奏、人々のさんざめき。それらが入りまじり、風に乗って私たちのいる展望台に届きます。わけても目を引くのは、こちらに負けじとばかり高みにひるがえる《廿世紀洋行会》の旗――。

道化師がくれた、あのチラシのサーカス団に違いありませんでした。むろん、それだけなら別にどうということもない。あれには確かに「千日前ニテ興行仕候」とありましたし、サーカスがあの広場に小屋掛けするのも珍しくはありません。たまたま、同じ一行のチラシをもらっただけのことです。

そう……何も珍しいことはありません。同じチラシをあの人も、それも同じ道化師から受け取っていたとしても（たぶん、私と落ち合う直前のことでしょう）。

とはいえ、どこからか取り出したそれを両手に広げ、一心にサーカス小屋を見下ろす熱心さは、いささか尋常さを欠いているように思えてなりませんでした。

あの……と、見かねて声をかけようとしたときでした。あの人は視線を動かさぬまま、ポツリと言ったのです。

「見えるかい」

「え？」

「あの小屋の一角から、ピカピカと何かが光っているのを。まるで誰かが鏡で合図を送っているような……そら、あそこだよ」

指さされてもとっさにはわからず、あちこちに視線を走らせました。そして、天幕の一角から確かにそれらしきもの――何かが陽光を跳ね返す燦《きらめ》きがするのを認めたよ

うに思ったとき、

「行こう」

あの人は私の腕を取り、言いました。

「今まで黙っていたが、ちょっと君に話したいことがある。第一、これ以上ここにいて敵に見とがめられてもいけない」

見とがめられる？　敵に？　おうむ返しに聞き返そうとしたときには、もうあの人は回廊を小走りに下り始めていました。その軌跡は、まるで巨大な疑問符を描いているように私には見えたのでした。

五分後、楽天地を出た私たちは、その筋向かいにある芦辺劇場の裏手にあるカフェーの片隅で向かい合っていました。

カフェーの向かいは常盤座《ときわざ》という映画館で、そのときは確か「灰色の女」というアメリカ製の探偵劇をやっていました。あとで思ったことですが、もしこのときあの人がこれを見に入っていたら、それはそれで面白かったかもしれません。というのも、この映画こそは、あの人がとりわけお好きで、筋書きを話してもくださった探偵小説『幽霊塔』の……いや、その話はまたの機会に。

大阪のカフェーというのは東京のように学生やインテリが飲み物を楽しむ場所では

なく、旦那《だんな》衆や芸術家もくれば女工さんや職人、粋筋の人もおり、しかもコーヒーや西洋音楽を楽しむだけでなくカツレツやライスカレーをパクついている。だから、新聞記者と給仕がどんな奇妙奇天烈《きてれつ》な話をしていようとかまわないわけでした。たとえば、こんな風に。

「実は、だね」

と、あの人は例のチラシを卓上に広げて、

「この《廿世紀洋行会》の宣伝文を見ていて、妙なことに気づいたんだ。いや、この文章そのものじゃない。ほら、これだよ。それらを囲むようにして細かな文字が刷り込まれているだろう」

「ほんとだ……」

私は目をこらしながら、思わず声に出していました。昨日、自分も同じチラシを受け取ったときには、まるで気づきませんでしたが、あの人が指さす個所には確かに虫文字のようなひらがなの行列があったのです。

ただし、それは次のように訳のわからないものでした。私は声をひそめて、

「ごにらんいのぢがやさうじのとせおつこゝゑんをがからうくゆれうばらむでれいうりけぐんちとにけたいてひるんくをぐさつししあへげはまんす……いったい何なんですか、これは？」

「暗号だよ」

あの人の答えは明快でした。

「僕はこう見えても、大学時代に暗号記法の分類を試みたぐらいでね。こうしたものの解読には自信がある。今くわしくそれを説明する時間はないんだが……まあ見ていたまえ」

そう言うなり、あの人は持ちあわせていた禿《ち》びた鉛筆ですばやくそれらの文字に印をつけていきました。まず丸で囲んだのが「に・ら・ん・ゆ・け・ち・て・く」、続いてチェックの印を付したのが「い・や・さ・う・じ・せ・を・く・む・し・へ・す」と計二十文字が拾い出されました。

「どうかね」

「どうかね、と言われても……」

私が困惑をあらわにしますと、あの人はニコニコしながら、

「いや、君なら解けると思うよ。特に、最初の一つはね。もし、たった今まで僕らがどこにいたかを思い出し、その上で文字を並べ換えてみればね」

えっと驚いて、私は丸で囲まれた文字を見直しました。

「ら・く・て・ん・ち——楽天地！　ええっと残りは三文字だから……『楽天地にゆけ』ですか？」

「そう」あの人は満足げにうなずきました。「だから、まずあそこへ行ったんだ。そして、こちらは並べ換えるとこうなる——しやむさうせいじをすくへ、『シャム双生児を救え』とね」

ええっと驚く私に、あの人はシャム双生児の何たるかについて教えて聞かせました。むろん、それだけでは納得できるものではありません。解読とは言い条《じょう》、単に文字を恣《し》意《い》的に並べ換えたものではないのか——。

「その疑問はもっともだ。だが、僕もただでたらめに『シャム双生児』という言葉を拾い出したんではないんだ。楽天地に行ってメリーゴーラウンドに乗ると、あそこには木馬のほかにぐるぐる回転する椅子があるが、よく見るとそれらに何者かの手で白い矢印が引かれていて、それらがいっせいに同じ方向をさす瞬間があったんだ。遊戯場のある西側を示してね」

「そんな……少しも気づきませんでした」

「何しろ、僕は東京で有名な岩井《いわい》三郎《さぶろう》氏の探偵事務所に入ろうと思ったぐらいの探偵好きだからね。これでなかなか観察眼がある。で、遊戯場に向かうと、ご親切にも床に印がしてあって、それが例のミュートスコープの置いてあるところまで延びていた。そこで見たのが、あの珍妙な異国のフィルムだ。どうやら東洋には違いないが、日本でも支《し》那《な》でも朝鮮でもあり得ない。これを見せたかったのだとすると、どんな意図があったのだろう。

あいにく床の印もそこで尽きていて、せっかくの追跡も頓挫《とんざ》かと思われたが、そのときハタと気づいた。空想上の東方の国といえば蓬莱島《ほうらい》。そういえば、この楽天地内にも『蓬莱』があるではないか、とね。そこで今は中央劇場とかに改まった蓬莱宮に二本立てを見に行ってみた。

一本目の連鎖劇は、双子をめぐるドタバタ。――双子、双生児？　そのことに気づいたとたん、あのミュートスコープに映された異国がどこなのか見当がついてきた。ついでに、僕らに何かを訴えかけているもののおぼろげな意図も。二本目の洋画にはこれほどはっきりした暗示は見出《みいだ》せなかったが、とりあえずあの中の探偵を見習い、それにこの周辺の状況を見ておきたい気持ちもあってドームのてっぺんに上ってみることにした。

そしたら、何とさらなる伝言があったのですよ。『シャム双生児に仕立てられんとしている少年少女あり。勇気あるものの救いを待つ。一年を輪にして描く長月の、ダイヤモンドの流るる泉のほど近く』うんぬんと」

「ど、どこに、ですか？」

あまりの展開に、もはや私はことの真偽を疑うことすらできなくなっていました。

「気づかなかったのは無理はないかもしれないな。実はこの僕、暗号や探偵術研究の一環で点字にもいささか心得があるのだよ」

「て、点字？」

「そう、点字だ。それがほぼ今言ったような内容を刻印して貼ってあったのさ。展望台に向かう回廊の手すりの裏にね。――さ、どうした？　行こうじゃないか」

言うなりあの人は、あわただしく立ち上がりました。私はそのさまを茫然《ぼうぜん》と見上げながら、こう問うのが精一杯でした。

「行くって、どこへですか」

「決まってるじゃないか。恐ろしい悪魔の手で無理やり体を結び合わされようとしている少年少女が囚《とら》われているところだよ。場所かね。それは今言った点字の文章にすっかり記されている。『一年を輪にして描く長月』と言うのは、十二か月を円周上に配置したときの長月すなわち九月の位置を表わしたもので、それは三月すなわち弥生《やよい》の真向かいということになる。『ダイヤモンドの流る泉』と言うのは、ダイヤモンドすなわち金剛石と水にかかわりのある場所のことだろう。まずは、そこへ行ってみることだ。さ、どうした、早く彼らを救いに行かなくっちゃ！」

果敢にも開始された私たちの旅は、しかしカフェーを出てたった二つ辻《つじ》を越えただけで終了となりました。

そこは確かに〝三月〟の向かいにあり、〝ダイヤモンド〟にゆかりの泉が湧く場所でもありました。そして今、私たちの頭上にあるのは、楽天地の展望台から望み見た《廿世紀洋行会》の大天幕にほかなりませんでした。

この広場の向かいには弥生座という芝居小屋があり、われわれの背後にあたる広場の一角には金剛湯なる銭湯があって、まさしくあの点字の伝言を裏づけていました。もっとも、あの優雅な字句によって表わされるには、あまりに生活臭漂う風景ではありました。

それはともかくとしても、私にはわからないことだらけでした。もし本当にそんな少年少女がおり、そんな恐ろしい処置を受けようとしているとして、なぜチラシの暗号文字だの白い矢印だの手すりの点字だのを用い、しかもそこへミュートスコープやら連鎖劇を挟み込むような迂遠《うえん》なことをしたのか。

「うん、そのことか」あの人はうなずいて、「おそらく僕らをここに呼び寄せたのは、いまわしい施術を行なおうとしている悪漢と同じサーカスの一座にあって、何とか間接的に彼らを助けようとしたのじゃないか。あえて複雑難解な暗号文にしたのは、救いを求めたことを気取られぬためと、それを解くだけの知恵があるかどうか試されたのかもしれない。あるいは――？」

「あるいは？」

「これら一切合財《いっさいがっさい》が、僕らのような物好きを呼び寄せるための罠《わな》だったということさ。そうなると、犠牲に供されるのは君と僕かもしれない」

そ、そんな……とひるむ私を尻目《しりめ》に、あの人はずいっとテントに歩み寄りました。そこにたまたまあった天幕の裂け目（たぶん出入り口に用いているのでしょう）に手をかけると、いきなりそれを引き開けてしまったのです。

「！」

次の瞬間、私はその場に立ちつくしてしまいました。めくりあげた天幕の向こうに立っていたのは、紅白だんだら染めの道化師――まぎれもなくあのチラシを配り、自分と同じ姿の人形を操っていた人物にほかならなかったのです。

その刹那《せつな》、あの人が語り続けた探偵譚《たん》が、このうえない実感をともなって感じられました。そこへさらに、あの人が、

「犯人逃さじ！」

何とも大時代な一言を投げつけて、道化師の傀儡師《くぐつし》に詰め寄りました。私はといえば、あまりにも唐突に訪れたクライマックスに狼狽《ろうばい》してしまい、その一喝がかすかに笑い声を含んでいたことにさえ気づかなかったぐらいです。

「………」

何とも奇妙な間があって、ふいに道化師のようすに変化が生じました。泣き笑いの

化粧面いっぱいに笑みが広がり、軽く会釈さえしてみせたかと思うと、そのままスッと天幕の中に引っ込んでしまったのです。

ポカンと見守るうちに、道化師は何かの箱と切符らしいものを抱えて再登場しました。

「――オメデトウゴザイマス」

世にも恐ろしい悪事をたくらむサーカス団にしては、何とも愛想のいい一言でした。たとえ、この道化師がわれわれの手引きをした味方だとしても。

私が唖然《あぜん》とするのを尻目に、あの人は道化師から受け取った品物を、そのままこちらに手渡しました。

「そら、これは君が受け取るべきものだよ。たっぷりと今日つきあってもらったお礼として――盛り場探訪だけではなく、このたわけた茶番につきあってもらったことに対する、ね」

「茶番――ですか」

私が茫然とつぶやいたとき、街を駆け抜けてきた一陣の風がなぶるように頬を打ち、同時に天幕を大きく巻き上げました。けれど、ちょうどそこに背を向けたあの人が、その内側を見ることはありませんでした。

「要するに」

あの人は、先刻のカフェーに戻って話し始めました。

「さっきも言った通り、これらは全て他愛のない茶番だったんだ。あの人形遣いの道化師が配っているチラシに暗号文が載っていて、それを解くと行くべき場所が指定される。で、そこへ行って合言葉を言うとサーカスの無料入場券とちょっとした景品がもらえるというわけだ」

「え、では、あの暗号は——？」

「そう、確かに暗号は暗号だが、ちょっと頭を働かせれば誰にでも解けるような代物だ。要は『ご・ら・い・ぢ……』と一字ずつ飛ばして読むだけのこと。すると、どうなる？」

私はあわてて活字を目で追いました。ごらいぢやうのせつこんがうゆうらでいりぐちにたてるくぐつしへはんにんのがさじとおこゑをかくればむれうけんとけいひんをさしあげます——。

「ご来場の節、金剛湯裏出入り口に立てる傀儡師へ『犯人逃さじ』とお声を掛くれば無料券と景品を差し上げます……」

「そう、その通り。だから、あのチラシを見たときから行き場所は決まっていたんだが、それではどうも曲《きょく》がない。で、むりやりに拾い出した文字から楽天地見物を間に挟み、ありもしない手がかりをでっちあげて大仰に騒ぎたてたというわけだ。僕などには簡単すぎる暗号文を解くことも仕事のうちかと思うと、いささか業腹《ごうはら》だったこともあってね。それにしても、君をさんざん引っ張り回したあげく驚かせたのは悪いことをしたね」

「いえ、そんなことは」私は答えました。「すごく楽しくて、ワクワクしましたから。まるで、いつも聞かせてもらっている探偵小説の中に入ってしまったみたいで」

「探偵小説、か」あの人はふと自嘲《じちょう》を浮かべて、「あいにく、いくらそんなものを書いたにしても、当分発表する場はなさそうだしね。だから、せめて茶番としてでも実演してみたかったのかもしれないな」

「………」

「しかしまあ、はっきりしていることは夢も恐怖も奇跡も、謎も論理も巧緻《こうち》な犯罪も、探偵も怪人も何もかもが、向こう側の世界にしかいないということだ。僕にできることは、せめてそれらを駆使してこの退屈な現実に対抗してゆくことだが、しょせん彼らは僕とは別世界の存在だからね。

いや、今日はとんだことに付き合わせて悪かった。いつまで今の新聞社にいるかはわからないが、その間はよろしく頼むよ」

そう言うと、あの人は楽天地の前で私と別れました。その姿が見えなくなったのを確かめると、私はくるりと踵《きびす》を返し、いま来たばかりの道を戻ってゆきました。
（いやいや、どういたしまして）私はつぶやきました。（あなたとは長いつきあいになりそうですよ）

ほどなく着いたのは、先刻のサーカス小屋の出入り口。ついさっき風が巻き上げた天幕を持ち上げると、身を中に滑り込ませました。そのとたん、

「どうだった」

声をかけてきたのは、例の道化師でした。そのほか、この場には囚《とら》われの美少年と美少女がおり、妖異《ようい》な仮面の人物や謎めいた美女、さらには白髪瘦軀《そうく》の老博士が、モジャモジャ頭の青年がいて、その周囲をパノラマや幻灯機、からくり仕掛けなどが埋めつくしているのでした。

私があの人との問答を披露すると、彼らはいっせいに肩をすくめて、

「やれやれ、あの先生にしてその言ありか。だが、しょうがない。われわれとしても出番を待つほかないか」

「しかし、教えてあげたかったたな。確かにおれたちは向こう側の世界にいるにはいるが、その間を隔てる壁はときにサーカスの天幕並みに、風一つで取り払われてしまうことを」

「そうとも。そして」

モジャモジャ頭の青年が口を開きました。彼は大きく手を広げながら、

「ほかならぬ自分こそがその風を吹かせることのできる人間だということをね。そのことを自覚して、そろそろ本腰を入れてもらわないと、僕らはいつまでもサーカス一座の天幕の中、あるいは活動写真の銀幕の中にいなくちゃならない」

「全くだ」道化師がぼやきます。「それまで、おれはたった一種類の顔で我慢しなくちゃならないし」

「せっかく、あと十九種類はレパートリーがあるのにね」

モジャモジャ頭の青年は苦笑まじりに言うと、さて私に向き直って、

「君だってそうだろう。そろそろ新聞社の給仕は卒業したいんじゃないか。ねえ、小林芳雄君？」

「そうですとも、明智先生」私は答えました。「もっとも、僕の出番はまだ少し先のようですけれどね」

屋根裏の乱歩者

1

彼はゆっくりと端整な顔をあげた。すぐ真上の天井板に穿《うが》たれた穴から、彼を呼ぶ声がしたからだった。

（さぁ、どうぞ）声は言うのだった。（こちらへ上がってきて下さい……）

その言葉に魅《ひ》かれるように、彼は逆《さか》しまの水面に突っ込むような格好で、頭上の切り穴に、そこに満ちた暗がりへと顔を浸《ひた》した。

（はい、ここで郷田《ごうだ》三郎《さぶろう》、ゆっくりと周囲を見回します）

言われるままに、彼は視線をめぐらした。その先にあるものは、巨大な爬虫類《はちゆうるい》の体内を思わせて組み合わさった棟木や梁《はり》、鍾乳洞《しようにゆうどう》めく支柱群、小人国のサーチライトのようにあちこちから射し込む光の矢――それらはかつて彼が紙の上に描き出した〝屋根裏〟以外の何ものでもなかった。

ただ、それにしては奇妙なことがあった。一つは、この屋根裏が彼の夢想よりはるかに光にあふれていたこと。もう一つは、大ぜいの先客が彼を待ち受けていたことだった。

（はい、そのまま――）

さきほどからの声は、先客たちのうち、ロイド眼鏡をかけた男のものだった。

（郷田三郎、ここで陶然とつぶやきます。「これはすてきだ……」）

そのかたわらには奇妙な箱があって、別に男たちが二人取りつくような格好で、チキ・チキ・チキとクランクを回し続けている。

――郷田三郎だと？

一瞬、戸惑いがあった。

――そうだ、それがここでのおれの名前なんだった。

彼はまもなく気を取り直すと、言った。

「これはすてきだ……」

声の命じるままにふるまいながら、彼はいつしか奇妙な感覚にとらえられていた。

――ここは一体どこ、そして今は全体いつなんだ。東京某所の下宿屋・東栄館《とうえいかん》か、それとも大阪市外守口《もりぐち》町の父の自宅か？ そしておれは誰なんだろう。猟奇の徒・郷田三郎か、大阪毎日の広告部を最後に宮仕えを辞めた平井太郎《ひらいたろう》なのか、それとも、それとも……。

「カット！」

ロイド眼鏡の断固とした叫びが、彼の思いを文字通り断ち切った。その刹那《せつな》、この場にある人とモノのすべてが動きを止めた。奇妙な箱はピタリと黙り込み、屋根裏に満ちた光すら、ふいに翳《かげ》ったかのようだった。

「大変けっこうでした」

ロイド眼鏡の男――映画監督・衣笠貞之助《きぬがさていのすけ》が満足げな笑みをたたえて彼に歩み寄る。

「午後からも、この調子で……でも、眠り男チェザレじゃないんですから、そう歩き方にクセをつけなくてもかまわんのですよ」

「そりゃ、彼には少々気の毒だよ」

横合いから半畳《はんじょう》が入った。衣笠率いる《新感覚派映画聯盟《れんめい》》のブレーンで、「探偵趣味」同人でもある作家の片岡鉄兵《かたおかてっぺい》だった。

「何分、名前の方があれだから、どうしても乱れ歩いてしまうわけさ」

どっと周囲に笑い声が起こった。いささかきつい毒舌だが、今度の映画の企画にあたって、彼の作品を強力に推してくれたのが、この片岡とあっては怒るわけにもいかない。

一方、衣笠は「なるほど乱れ歩く、ね」と受け流し、さて背後の人々を振り返ると、

「よぉし、みんな休憩や。杉山《すぎやま》君、今のロールはすぐ現像場に回してください」

撮影技師の杉山公平《こうへい》が、はいと答えて、丸顔をした助手の若者ともども真四角な箱――パルボ・キャメラを片付けにかかる。そうした光景を他人事《ひとごと》のように見ながら、

——きっとさっきは、どうかしてたんだな。衣笠氏がほめたところを見ると、素人《しろうと》は素人なりに、役に入り込んでいたのかもしれん。

彼は苦笑まじり、つぶやいた。

——ここがどこ、今はいつとは何とふるった質問だ。今が一九二六年、ここが京都の松竹キネマ下加茂《しもがも》撮影所以外の何だというんだ。まして、自分が誰だかなんて……。

彼ははっと顔を上げた。手に手に台本や道具をもって昼飯へと出てゆくスタッフに哀願するような視線を投げる。

誰も、そんな問いに取り合ってくれるものなどいないのは、むろん承知の上。そして、彼の額ににじみ出た汗は、セットにこもった熱気のせいばかりではなかった。

——で……おれは誰だというんだ？

2

江戸川乱歩君が
自作自演『屋根裏の散歩者』
共演は探偵趣味の人々
空前の探偵映画を作る

エドガー・アラン・ポーをもつてペン・ネームとした平井太郎こと江戸川乱歩君は、探偵小説壇の鬼才として最近一躍文壇の寵児《ちようじ》となつた人だが、映画熱盛んな折柄《おりから》、同君の出世作『屋根裏の散歩者』を主演して世に問ふと意気込んでゐる

△

共演者は探偵趣味の会の人々多く新進作家横溝正史《よこみぞせいし》氏、水谷準《みずたにじゆん》氏等で、女優には、某家の令嬢をわづらはす事に決定してゐるが、同じ探偵小説家小酒井不木《こさかいふぼく》博士もこの事業に大賛成をしてゐる

◇

何しろ原作は、世の中にあいて強い刺激を求めやうとする男が、下宿の屋根裏をはいかいして、その幻怪なふんいきに喜んでゐたが、ふし穴から同宿人の寝姿を見て、ふと殺して見たくなり、丁度開いた口に毒薬をたらしこんで、世にも不思議な犯罪を犯すといふ筋で、ゾツとするやうなものであるから、発表のあかつきは可なりの興味をひくに違ひあるまい

△

右につき同君は語る『是非自作自演をしたいと思つてゐます、まだ監督やカメラはきまつてゐませんが、金主はあります、春陽堂《しゆんようどう》の番頭さんなども出たいといつ

ていますよ』

「何をまた、考え込んではるんですか」

昼下がりの撮影所。ぼんやりと陽射しを浴びて草むらに座りこんだ彼に、かたわらの青年が問いかけた。

「どっか、具合でも悪いんですか？」

青年はそれが癖なのか、三白眼気味《さんぱくがん》の目で彼をうかがいながら訊《き》いた。

「いや、横溝君」彼は苦笑まじり、かぶりを振った。「新聞記者に乗せられて、つい自作自演などとんだことを口走ったもんだと思ってね」

まったく、今度の話が動き出して以来、同じ嘆きを何度つぶやいたことだろう。自他ともに認める厭人《えんじん》病患者が、よりにもよって映画出演とは。むろん今さら取り返しのつくはずもなく、彼は〝屋根裏の散歩者〟こと郷田三郎に扮《ふん》してレンズの前に立たざるを得なくなった。

「なるほどね。でも、それを言うなら」

青年——横溝正史は、何とも複雑な笑みを浮かべた。

「僕だって、こんなことになるとは思いませんでしたよ。ただの探偵小説好きの薬剤師として神戸で一生を終わるはずが、あなたからの『トモカクスグコイ』の電報でしょう」

「そうだった」彼は微笑した。「あのときも、探偵映画のプロダクションができるって話で、君に来てもらおうと思ったんだった」

「ところが」横溝は続けた。「上京してみればそんな話は立ち消えで、しょうことなしに、あなたの口ききで『新青年』に入れてもらった。映画とはこれで縁切りと安心してたのに、今度は役者、それも何と天井の節穴からモルヒネを垂らされて毒殺される役で出ろなんてね。そりゃ僕も、明智小五郎をやれるなんて思いませんでしたが」

横溝は下を向き、くすりと邪気のない笑いをもらした。この八歳年下の青年に初めて会ったときの、どこか突っかかるような感じはすっかり払拭《ふっしょく》されていた。

「そういえば、明智探偵は結局、誰が演《や》ることになったんです？」

「さあ」彼は首を傾げた。「それが、まだ聞いてないんだ」

「いっそ、あんたがおやりになったらどうです。お好きな一人二役で」

「まさか！」

彼はとんでもない、とばかりに手を振ってみせた。

「一役だけでも大苦しみなのに。それに明智は決して僕自身じゃないからね。僕はむしろ探偵というより……」

「犯罪者の方ですか？」横溝が笑う。

「いや、いや……謎を解く探偵というよりは、謎を、トリックを仕掛ける側だということだよ。それもとびきりの奴を矢継ぎ早にね」

大正十四年の「新青年」八月増刊に掲載され、大反響を呼んだ短篇「屋根裏の散歩者」。その映画化への名乗りがあがったのは、今年に入ってからのことだった。

監督の衣笠貞之助は日活向島《むこうじま》の女形スターから監督に転身した人物で、まだ三十歳。自主製作を志してマキノキネマを辞め、片岡鉄兵や横光利一《よこみつりいち》、それに川端康成《かわばたやすなり》といった作家たちと《新感覚派映画聯盟》を結成したのがこの五月。関東大震災で東京・蒲田から移った松竹下加茂のステージを借り、川端の原案で第一作「狂った一頁」を完成した。

そして、意気あがる彼らが、次に目をつけたのが、三年前に「二銭銅貨」で日本初の探偵小説家としてデビュー、さきごろ作家専業に踏み切ったばかりの彼だったのである。

「その、探偵小説家専業ということなんですけどね」

横溝正史は、本人も何かひそかに期するものがあるのだろう、その点についてしきりと訊きたがった。

「専業というからには、今後何十年間かは書き続けていかなければならないわけですが、あなたのように『D坂の殺人事件』『心理試験』『赤い部屋』と一作一作に新奇な着想を盛って、それでやってゆく自信がなければ、駄目なもんでしょうか」

「そういえば」彼は言った。「『新青年』の二月号に平林初之輔《ひらばやしはつのすけ》さんが、そんな危惧《きぐ》を書いておられたな。『氏のように落下物体のような加速度をもって、尖鋭《せんえい》、怪奇、意外等の最高頂をめがけて突進して来た作家は、一度、方向転換して、余裕のある姿勢をとりなおさぬと抜きさしならぬキュル・ド・サックに頭を突っ込んで、動きがとれなくなりはしないか』とね。これにはドキリとさせられた」

「………………」

「おいおい、だからって役者に転業しようとしてるんじゃないよ。ただ、人が心配するほどには、僕は着想枯渇《こかつ》を案じてはいない。――少なくとも、これがある限りはね」

彼は怪訝《けげん》そうな横溝に、軽く衣服の懐中あたりをたたいて見せた。そのとたん、彼は表情を曇らせた。そこにあるべきもの――初期の短篇の大半を書いた大阪時代から上京後の今日、この撮影中にすら肌身離さなかったものの感触がなかったからだ。

「……おや」

「どうかしましたか」

あわてたようすで懐中に手を突っ込み、次いで衣類のあちこちを探り始めた彼に、横溝正史が不審げな視線を向けた。

「いや、なに」

彼は、横溝に要らぬ心配をかけまいと平静を装った。

「ちょっと、ノートというか手帳が見当たらなくなったもんでね」

「ノートか手帳、ですか」横溝は身を乗り出した。「どんなものなんです。何でしたら、いっしょに探しましょうか」

「大きさは——そう、これぐらいで、洋罫紙《ようけいし》を二百何十頁か綴《と》じたやつなんだ。中はびっしりペン字で埋まっていて……」

「ははぁ」横溝正史は言った。「前に見せてもらった『奇譚《きたん》』みたいなやつですね」

「き、『奇譚』?」

「ほら、あなたが早稲田時代に作ったという〝ミステリ小説覚書〟を出してくれたやないですか、EXTRAORDINARYって副題のついた手製本を。ポーにドイル、それに涙香など手に入る限りの探偵小説について記し、カットまで自分で描いた——ど、どうしたんです?」

横溝は、あたふたと立ち上がった彼に驚いた顔を振り向けた。——彼は、つられて立ちかけるこの年少の友人を手で制すると、

「いいんだ、大したことはない。ちょっとスタジオを見物してくるよ。いや、いい、ちょっとした昼めし後の散歩さ」

3

──あれをなくしたとしたら、大変だ。

彼はつぶやいた。

──あの手製本『続・奇譚』を……。

それは、彼が創作に志してから、折にふれての着想を集大成してきたノートだった。常に彼の手元を離れることなく、常に新しいアイデアを付け加えられてきた。そこには〈入口のない部屋〉が〈犯行の時間に関するトリック〉があり、〈兇器《きょうき》と毒物〉が〈暗号記法〉があって、およそないものがなかった。

おそらく、その豊饒《ほうじょう》さは、一人の作家の生涯を優に支えることができよう。何より大事なことは、全てが彼の独創だということだ。そう、この"MORE EXTRAORDINARY"なくしては、この全く未踏の道に進む決断はできなかったろう。すなわち、この一冊あっての上京であり作家専業だったのだ。

──おかしい、確かに今朝は……撮影にかかる前にはあったんだから。それに衣装の懐中に入れた覚えも確かにある。だとしたら、このステージ以外とは考えられんのだが。

彼は仄暗《ほのぐら》いセットを這《は》い回らんばかりに、失われたアイデアを求めてさまよった。その姿は、およそ郷田三郎にはふさわしくなかった。といって名もなき失業者、平井太郎に戻りきることなどできるはずもないのだ。

——おや。

彼はふと立ち止まった。ほんの数メートル先の床に目を凝らすと、

——あそこのあの光、それにあの声は？

「ですからね」

真下から響いてきたそれは、誰かが声高にしゃべりたてるらしい声だった。彼はいっとき失《な》くしもののことを忘れ、首を傾げた。

「何にも知らない下宿屋の人たちの上を、屋根裏の散歩者が歩いている——まさに、そのままを見せたいんですよ」

——誰だろう、この甲高い声は。確かに撮影現場で聞き覚えがあるけれど……？

好奇心にかられた彼は、にじんだような光がもれる天井板にかがみこんだ。

「なるほど、言いたいことはわかるよ」

甲高い声のあとに、対照的に落ち着いた低音が響いた。

——こっちは、撮影技師の杉山氏だな。

彼はひそかにつぶやいた。甲高い声の主はさらに続けて、

「屋根裏と各部屋のカットバックだけじゃ面白くない。散歩者と下宿人を同じカットに入れ込みたいとこですよ、ここは」

板の隙間からうかがうと、元気そのものといった丸顔の若者が、杉山キャメラマンを相手に、仕方噺《しかたばなし》よろしく熱弁をふるっていた。

——何だ、あの撮影助手だったのか。

パルボにしがみつくようにして、ピントや絞りを操っていた青年の姿が思い出された。

——何でも珍しい名字だったたな。円い谷と書いて、確かツブラヤと読む……。

「いや、わかるよ。だけど問題はだな」杉山は面長な顔を撫《な》で回した。「そいつをどう見せるかだ。『狂った一頁』のときみたいに二重焼きを使うのか？」

「いえいえ、当然それもありますけど」

円谷英二《えいじ》は、ひどくうれしげに言った。ふいに頭上の、彼のいるあたりを指さすと、

「どんなもんでしょう、あそこにでっかい板ガラスをはめこんでみるというのは」

——て、天井にガラスを？

円谷青年がいい放った言葉に、彼は度肝を抜かれ、つぶやいていた。杉山キャメラマンも驚いたようすで、

「ガラスをって、天井板の代わりにかい？」

「そうです」円谷はうなずいた。「各室の住人を仰角でとらえて、そこに屋根裏の散歩者を入れ込むんです。天井板が透明になったていでね。何か秘密めいた場面にさしかかった室内をジッとしゃがんで眺めてたり、または素っ気なく通り過ぎていったり……」

「なるほど」

杉山公平は手を打った。彼の音声もいつしか、円谷と同じ熱を帯び始めていた。

「逆に、天井裏からの俯瞰《ふかん》で撮るのも面白いな。とはいうものの、そんな大ガラスとなると、どえらい出費だぞ。……だがとにかく、監督と若旦那《わかだんな》に話してみよう」

若旦那とは、松竹キネマの白井信太郎《しらいしんたろう》社長のことだ。白井松太郎《まつたろう》・大谷竹次郎《おおたにたけじろう》兄弟の末弟で、《新感覚派映画聯盟》結成を知り、すぐにスタジオ提供を申し出た人物でもある。

「大変だろうが、実現できたら、こりゃ世界で初めての絵柄になるぞ」

「そうですね」

円谷は、何かの情熱に突き上げられるかのように続けた。

「天井の上を歩き回る下宿人が、下から透けて見えるだなんてね!」

だが、彼らは知らなかった。奇《く》しくも「狂った一頁」と同じ一九二六年五月、ロンドンでクランクインした、その名も「下宿人」で、同じアイデアが用いられていたことを。ちなみに、その大胆な新進監督の名はアルフレッド・ヒッチコックといった。

——大ガラスの上を歩かされるのか、えらいことになってきたな。

彼は独りごちると、そっとキャメラマンたちの頭上を離れた。だが、彼の未来をひらく鍵《かぎ》『続・奇譚』探しは、ものの十数歩で中断のやむなきに至った。

彼が足を踏み出した屋根の一角。天井板が外され、ぽっかり暗闇が口を開けたそこは、まるで円谷のアイデアを、いちはやく実行に移したかとさえ思われた。ただし、そこにガラスがはまってさえいれば、の話だが。

4

——まったく、今どき落とし穴にはまるなんぞ、ジゴマやファントマでもあるまいに。

顔をしかめ、ぼやきはしたが、幸い落ちたのはほんの四尺ばかり。しかも下には万年床みたいに蒲団《ふとん》が敷いてあったおかげで、けがは全くなくてすんだ。ただ、心臓がちょっとばかりデングリ返しをしただけのことだ。

——どこかの押し入れか、ここは？

彼は薄暗い空間を見回した。三方を漆喰《しっくい》壁、もう一方を襖《ふすま》に囲まれたそこは、確かに押し入れの上段とおぼしい。しかも、セットにしては実に巧みな古びがついている。

——屋根裏の下に、ちゃんとこんなものまで作るとは、美術の林華作氏に尾崎千葉氏、えらく凝りに凝ったもんだ。

そして、そこは奇妙に懐かしく、また奇妙な安らぎを覚えさせる空間だった。そのまま蒲団にもぐりこみ、「屋根裏の散歩者」よろしく煙草でもふかしていたい気がする。

——こいつは……？

彼は目をこらした。押し入れらしい壁の一角に小さな落書きを見つけたのだ。薄暗くてよくわからないが、どうやらドイツ語らしかった。E……Ein……Einsam……

——Einsamkeit だって？　まさか！

彼は薄暗がりの中で目をむいた。アインザムカイト、隠遁《いんとん》、独居。こいつは、おれがまだ二十三、四で三重県鳥羽《とば》の造船所に勤めていたころ、仕事に嫌気がさして独身者合宿所の自室の押し入れに隠れていたときに書いた文字そのままじゃないか。

——だが、何でその落書きがここに？

一種異様な畏怖《いふ》にかられて、彼は閉じられた空間の中を見回した。明るい光のもとでその文字を確かめようと、襖に手をかけた。

「平井君、平井太郎君！」

そのとき、襖ごしに部屋のドアを激しく叩《たた》く音が鳴り響いた。

「平井君、いるんだろっ！　そんなとこに隠れてないで出てきたまえ」

それは、忘れもしない造船所の上司の声だった。ついにバレた、そう思うと羞恥《しゅうち》と屈辱で心臓の縮む思いがした。

「平井君、ドアを開けるよ、いいね！」

平井君、どこなんだ？――怒りと困惑をないまぜにした声を、彼は元の屋根裏で聞いた。それも、可能な限り遠く離れた場所で。


……………………


それから彼は、ひたすら『続・奇譚』を求めて屋根裏を乱れ歩いた。

さまざまな部屋が、彼の足元を通り過ぎていった。羽目板の隙から、あるいは節穴から覗《のぞ》き見たそれらは、まるで一つ一つが小さなパノラマ館であるかのようだった。

そう、たとえばこんな具合に――

ある部屋は、雨戸を閉めきり、その節穴から一すじの光がのびていた。古びた畳の上に投げ出されているのは、径三寸ほどの大きなレンズ。そう、ここは中学一年のころ、父からもらったレンズを弄《もてあそ》んでいて、ふいに頭上に映し出された悪夢めく映像におののいた名古屋市南伊勢町《みなみいせまち》二番戸の部屋だ。

あるいは、どこやらの旅館らしき一室だ。外からは雨音が響き、座卓には貸本屋の印判のすわった『幽霊塔』三冊本——とくれば、やはり同じ年頃、涙香小史の探偵小説に読み耽《ふけ》り、現実より空想世界に生きることを思い定めた熱海《あたみ》の温泉宿にちがいなかった。

あるいはまた、活版小僧や家庭教師で食いつないだ大学時代、フランスパンだけでかろうじて生きのびた小石川区春日町《こいしかわくかすがちょう》の下駄屋《げたや》の二階。あるいは団子坂《だんござか》に開いた古本屋「三人書房」。

あるいは、京阪《けいはん》電車の線路柵《さく》から「D坂の殺人事件」の趣向を思いつき、「屋根裏の散歩者」の執筆にあたっては、実際に天井板をはがしてみさえした守口町外島《そとじま》六九四番地の家。あるいは、あるいは——

どの部屋もこの部屋も、濃淡の違いこそあれ、いずれも記憶のフィルムにやきつけられていた。いや、たった一つ例外があった。ここばかりはまるで覚えがない部屋が。

——そうとも、こんな豪華で宏壮《こうそう》な書斎なんて、これまで、そしてこれからも縁がありそうにはない。あんな机や本棚は。

彼は、羨望《せんぼう》とあきらめとをないまぜに、独りごちたことだった。

——あの金のかかった調度を見ろ！　それに、エラリー・クィーンだのヴァン・ダインだのカーだの、聞いたこともない作家の著書が詰まった本棚を。……おや？

彼は必死に目を凝らした。机の上に置かれた何部かの新聞。日付は見えないが、題字からすると、この部屋は東京のどこからしい。だが、そんなものより彼の目を引いたのは、机上に鎮座した一台の奇妙な機械だった。

——あれは……映写機か何かだろうか。

そうつぶやいたとき、見すましたように部屋の灯《あか》りが落ちた。あわてて凝らした視野を、何か真っ黒な影がよぎったかと思うと、机のあたりにカッと白熱の隻眼が輝いた。あの映写機のレンズに相違なかった。

まぶしさに思わず退く彼を尻目《しりめ》に、真っ黒な影（なぜか、彼によく似た長身の人物だった）は、かちりとどこかのスイッチを入れた。チキ・チキ・チキ……歯車の響きとともにフィルムは送られ、シャッターはせわしなくまばたきする。チキ・チキ・チキ……人影はゆっくり映写機をもたげ、天井へ、そこに開いた覗き穴へ、そして彼の網膜へと直接映像を送り込もうとする。チキ・チキ・チキ・チキ……

5

「……いかがです、ご自分の姿をフィルムで見た感じは？」

ふいに間近から聞こえた衣笠貞之助の声に、彼はわれに返った。気がつくと、そこはグラスステージの一角で、彼は杉山公平が回す撮影機のレンズを覗き込んでいたのだった。

パルボの蓋《ふた》を開けて外光を入れ、現像ずみのネガフィルムを装塡《そうてん》して撮影時と同じ速さでクランクすると、レンズから動く絵が見られる。ろくな編集機もない当時、映像のリズムを確認し、数齣《こま》単位でのフラッシュ・バックを駆使するにはこの方法しかなかった。

「どうでしたか……じゃ円谷君、あれを」

衣笠の指示で、撮影助手が新たな一巻と入れ換える。そして再び、チキ・チキ・チキ……さまざまな部屋、くさぐさの記憶が、ちっぽけなフレームに交錯する。それはまさに白黒の逆転したセルロイドの夢だった。

フィルムはやがて、それが当然であるかのようにあの見知らぬ書斎を映し出した。そのとき、何かが画面をよぎった。奇術師が抛《ほう》ったカードのように、それは書斎のただなかへ舞いおりてゆく──『MORE EXTRAORDINARY／続・奇譚』の文字をちらつかせながら。

あの部屋だったのか！　彼は小さく叫んでいた。あの書斎の上にさしかかったのと、この手製本をなくしたのと、どちらが先だったのか、どうしてそれがここに写っているのか、そしてあの書斎とはいったい……だが、そんなことはどうでもよかった。

震える手つきで、彼が杉山キャメラマンに今見た画面——ほんの数秒にも満たぬ——の巻き戻しを頼もうとした、そのとき。

「中止や」

ふいに投げかけられた声が、その場にいあわせた全ての動きと言葉を凍りつかせた。わ、若旦那《わかだんな》！　押えつけたような声がさざ波を打つ。それにつられて首《こうべ》をめぐらした彼の目に、いつもに似ず顔をこわばらせた松竹キネマ社長・白井信太郎の姿が映じた。

「中止とは、どういうことです」

衣笠貞之助が、色白な顔をかすかに紅潮させ、振り向けた。白井はさらに苦い表情になりながら、

「『屋根裏の散歩者』の撮影を中止せんならん、いうことや」

えッという声があがる中、白井は一気に言葉を続けた。

「知り合いのお役人に打診したんやが、犯罪行為そのものを描くようなシャシンは、どないしても検閲を通すわけにはいかんの一点張りや。まして、天井の節穴から毒薬を垂らすような場面はな」

「そうですか……」

白井の苦衷《くちゆう》を察したのだろう、衣笠監督は存外あっさりと肩を落とした。

「むろん」白井はたたみかけるように、「これだけの人間をクビにもできん。君らのことは考えるよって、それは安心してくれ」

その約束は、衣笠とスタッフが引き続き下加茂にとどまり、時代劇の製作を請け負う形で実現された。その提携は、やがて林長二郎という名の大スターを生み出すのだが、それは後の話だ。

「じゃあ、監督」円谷が口を挟んだ。「どうなるんですか、この屋根裏のセットは？」

「当然、取り壊さなくちゃなるまいな。次の作品がある以上、今すぐにね」

衣笠はことさら平静に言い、やがて静かに彼の方へと向き直った。

「申し訳ありません、こんな次第になってしまって……この通りです」

心底からの謝罪をこめ、深々と一礼した。むろん彼に言葉のあるはずもなかった。

ふいに肩を叩《たた》くものがあった。横溝正史だった。

「残念でしたね。けど、あなたには活字があるやないですか。無尽蔵のプロットとトリックを発表する場が、そして僕ら後に続くものを引っ張ってゆく道が――そうでしょう、乱歩さん！」

その瞬間、彼の中を一つの思念が駆け抜けた。あのレンズの前で感じた疑問への答えがはっきりと出た気がした。

――おれは郷田三郎でもなければ明智小五郎でもなく、平井太郎でもありはしない。

この世にただ一人の〈乱歩タル者〉、それがおれだ。あの『続・奇譚』を失い、やがて文章のひとすくいさえ涸《か》れ果てたとしても。

さらに彼は続けた、誇らかに、悲痛に。

——そうとも、このおれが、江戸川乱歩以外のいったい何者でありうるものか！

6

彼が『続・奇譚』を取り戻したのか、ついにそれのないまま四十年に及ぶ作家人生を生きとおしたのかは、わからない。

その後、彼は「屋根裏の散歩者」の舞台を彷彿《ほうふつ》させる下宿館を営んだ。さらにのち、初めて洋風書斎をもったときには、調度一切に細かな注文をつけたという。それが、あの日見たのと同じ部屋をしつらえ、いつの日か『続・奇譚』が降ってくるのを待つためだったのかも、今は知りようもない。

ただ、幾度となく襲ってきた危機の中、彼がめまぐるしく変貌《へんぼう》しながらも〈乱歩タル者〉であり続けた事実だけが、われわれの前に残されている。

金田一耕助対明智小五郎

1

「はあ……さようで……こちら金田一耕助ですが……はあ、はあ……ええ、いま何とおっしゃいました？　ほう、事件のご依頼ですか……これは近ごろ珍しい……いえ、こっちの話でして……ははあ、風間《かざま》建設からぼくのことを……そうでしたか……ええ、同郷の出世頭・風間俊六《しゅんろく》氏の紹介とあっちゃ、もちろんお引き受けいたします……へえっ、これからこちらへおいでに？　いえ、よござんすとも……当事務所は緑ヶ丘荘というアパートにありまして、その名の通り所番地は世田谷区緑ヶ丘町……あ、そのあたりはご存じでしたか……こりゃどうも……それではお待ちしております……あ、うちの近くには高圧線が通っておりまして、おいでになるときはそれを目印に……ええ、二階の三号室です……山崎《やまざき》さんという管理人に伝えておきますから……はあ、はあ……では、万事はのちほど」

金田一耕助は、そこまで言って卓上電話の受話器を置くと、いつもの癖で手の汗をぬぐった。如才なく受け答えはしたものの、セルの単衣《ひとえ》、ヒダのたるんだよれよれの袴《はかま》といういでたちは、寝間着のままとまちがえられそうだ。

そのあとしばし、寝起きの延長のような茫洋《ぼうよう》たる表情のまま突っ立っていたが、やにわに雀の巣みたいな頭に手を突っこむと、いつもにも増してガリガリとかき回し始めた。

おなじみの悪癖とはいえ、まだ謎解きはおろか事件が始まってもいないのにずいぶんと気の早い話だった。

それから、電話が鳴る前についていた食卓にもどった。

そこに並んでいるのは、バタートースト二切れに半熟卵、ミルクといったいつもの献立。気が向くと自分でサラダを作ったりもするが、今朝はアスパラガスの缶詰を開けてすませた。

「おっと、いけない。すっかり冷めてしまった」

そうつぶやくと、金田一耕助は突然の電話のせいで中断された朝食の続きを、もくもくと取り始めた。

ふと視線を投げかけた窓の向こうからは、朝の光とともにさわやかな風が流れこんでいて、同じテーブルの端に置かれた雑誌のページをむなしく揺らせていた。

それは、世の推理小説ブームをよそに今年の五月号をもって終刊した「宝石」誌で、思えば、金田一耕助の事件簿として最初に世に出た『本陣殺人事件』はその創刊号から連載が開始されたのだった。

昭和三十九年、東京――。

ある不遇の異才漫画家が「土建屋と旅館にもうけていただくために全国民がさわいでいるようなものだ」と吐き棄《す》てた喧騒《けんそう》は、ここ世田谷の高級住宅街にもいやおうなく押し寄せていた。

だが、それも高級アパート《緑ヶ丘荘》の二階三号室、三間続きのフラットにまでは届かなかった。いや、そこに探偵事務所を開いた人物があえて聞こえないふりをしていた、というべきかもしれない。

彼――金田一耕助にとって、確かに時は止まっていた。めまぐるしく流れ去る時の中で、独り彼だけが立ちつくしていた。

昭和十二年、岡山の一柳家で起きた雪の密室事件をみごとに解決したものの、探偵として名を上げる暇もなく兵隊に取られ、南方の戦線で辛酸をなめた。

やっと復員したあと、戦友の遺言で瀬戸内海に浮かぶ獄門島に渡る直前、たまたま雑誌「宝石」を見て一柳家の事件が見知らぬ作家によって小説化されていることを知った。『獄門島』事件のあと、まだ岡山の疎開先にいたその作家――Y先生を訪ね、以降この人が彼の伝記作者となった。

金田一の探偵としての活躍は、〝成城《せいじょう》の先生〟と愛称されるこの人の健筆との文字通り二人三脚だった。『悪魔が来りて笛を吹く』『八つ墓村』『犬神家の一族』『悪魔の手毬唄《てまりうた》』——華麗にして凄惨《せいさん》きわまりない事件記録が、次々と世に送り出された。

だが、Y先生の胸の内には近年何かの翳《かげ》がさしているようで、その筆は渋りがちになっていた。そして実際、氏の執筆になる金田一探偵譚《たん》は、この三年ほど前に起きた「蝙蝠男《こうもり》」事件を最後に長らくとだえることになる……。

その原因を、金田一耕助はうすうす感づいていた。彼自身やその仲間たちが必死に取り組んできたものを「ナゾ解きやプロットの変ったコケおどしの事件」と罵倒《ばとう》し、「筋とトリックだけで辛うじて支えている底の浅い」ものとして非難する声があがり始めたのだ。

その主な標的が〝成城の先生〟であることは明らかだった。こうしてY先生は四十年に及ぶ執筆活動をフェードアウトさせてゆき、それと寄り添うように金田一自身もまた迷いと倦怠《けんたい》に陥るようになった。

せっかく難事件を解決したあとに、ひどいメランコリーと孤独感、自己嫌悪にさいなまれるようになったのは、このころからのことだ。

東京におけるよき相棒である警視庁の等々力《とどろき》警部は、そんな彼を心配して無理にも事件現場に引っ張り出してくれたりするのだが、それもかつてのような妖美《ようび》で怪異な犯罪は地を払い、ストリップ小屋やキャバレーを舞台に、紙幣偽造団だのヘロイン密輪団がからんだものが多くなった。

ちなみに、光文社に版権を買い取られた「宝石」は、江戸川乱歩が自ら編集に乗り出したこともある探偵小説の牙城《がじょう》とは、似ても似つかないビジネスマン向け総合誌に生まれ変わることになるのだが、事件もまた彼ら好みのものに偏しつつあったのかもしれない。

そんなことへの感慨や愚痴を、等々力警部を相手に語り合ってみたかったが、あいにく彼は久方ぶりに休暇を取って、奥さんや息子の栄志《えいじ》君と旅行に行ってしまった。こういうときは一段と独り身のさびしさが心にしみてしまうのだった。

だが、この日に限ってはそんな憂鬱《ゆううつ》に長く悩まされる必要はなかった。というのは、またしても電話機のベルが鳴り、管理人の山崎さんが来客――実はしばらくぶりとなる事件の依頼人の到着を告げたからだった。

金田一耕助のフラットは二階正面にあり、窓からは《緑ヶ丘荘》の玄関先より門までのようすが一目で見下ろせる。今しも門前にはハイヤーらしき黒塗りの自動車が停まっており、依頼人はそれに乗ってやってきたのにちがいなかった。

「わかりました。そのまま上がってもらってください……あ、それから山崎さん。悪いですが、ナイト・クラブK・K・Kに電話して、そこの支配人兼用心棒をしてる多《た》門修《もんしゅう》君に伝えてもらえませんか。久しぶりに助手の仕事を頼みたいのでよろしく頼む、とね」

言い置いて受話器をかけたとき、ノックの音がした。

あわてて開いたドアの向こうに、明治時代の写真から抜け出てきたような黒背広に蝶《ちょう》ネクタイ、縞《しま》のズボンという姿のやせた老人が立っていた。薄い鼻梁《びりょう》にあやうくのっかった丸眼鏡の奥から金田一耕助を見定めるようにながめると、塩辛声で言った。

「わたくし、斑井《まだらい》家の縁続きで英井《ひでい》銀杏軒《いちょうけん》と申します。実はお願いの筋がありまして、金田一耕助先生に……あの、あなたさまが私立探偵の金田一先生で？」

2

——金田一耕助に対する依頼というのは、次のようなものだった。

斑井家というのは備州《びしゅう》有数の名家で、旧幕時代から手広い商いで栄えていたが、明治以降は製糸・紡績業で財をなし、早くから東京に進出した。

戦後は岡山県一帯の重工業化が進んだため、かつてほどの勢いはないものの、今も堅実な繁栄を続けており、その象徴が郊外の小高い丘に建つ《秀麗館《しゅうれいかん》》である。和漢洋の様式を折衷し、贅《ぜい》をこらした建物だが、すっかり老朽化したために昨今では〝幽霊館〟などと陰口をたたかれることもある。

かつては、斑井家の当主たちが収集した美術品や骨董《こっとう》などが、所狭しと並べられていたという。だが、それらも相続税対策のために大半が売り払われたり、寄付されたりして、今は七代目に当たる斑井善三郎《ぜんざぶろう》氏とその家族、および使用人たちがつつましいけれども落ち着いた生活を送っている。

建て替える金がないわけではないのだろうが、もしそうだとしても土地を売って別の場所でもっと維持費のかからない暮らしをすればいい。だが、それは現当主の善三郎氏の容《い》れるところにはならなかった。

「私が一切の事業や不動産を受け継ぐに当たっての、それが兄・真太郎《しんたろう》との約束だったから」

というのがその言い分で、それはその兄なる人が亡くなったあとも変わることはなかった。

ところが、そのようにして送られていた平穏な日々に、いきなりまがまがしい黒い影が落ちだしたのだ。人とも、そうでないとも思われる姿をしたその影は《秀麗館》一帯に暗躍し、人々をして〝幽霊館〟のあだ名を大っぴらに口にさせるに至った。

そして、ついに血の色に染められたドラマの幕が開く。それは、めでたく華燭《かしょく》の典をあげた斑井家の長男が、新妻とともに新婚旅行に出かけてまもなくのことだった。

その帰りを待つ団欒《だんらん》の場に、どこからともなく怪しくも激しい擦弦の調べが響いたかと思うと、窓の外を怪しい人物の姿がよぎった。

キャーッ！　と斑井夫人や、その場に居合わせた家政婦ら女たちから悲鳴があがったが、それも無理はなかった。

その人物は、顔の半ばまでが髭《ひげ》に埋もれ、そこから日時計の針みたいなトンガリ鼻が突き出していた。その左右には碧眼《へきがん》がギョロリとむき出され、鍔広《つばびろ》の帽子の下からはモジャモジャした赤毛がはみ出していた。

明らかに異国人と思われる風貌《ふうぼう》の持ち主で、そしてどうやら正気の持ち主ではなさそうだった。それが証拠に、怪人物はヴァイオリンのような楽器を構え、陶然とそれをかき鳴らしていたが、やがて髭に半ば埋もれた顔を窓にくっつかんばかりに近づけた。

「あれは……古楽器のヴィオール？」

唖然《あぜん》として見つめる一家の中で、叫びをあげたのは音楽学校に学ぶ二男であった。楽器のこととなると夢中になる彼は、家族の制止を振り切って飛び出して行き……そのままもどらなかった。

それを皮切りに、斑井家に奇怪な出来事が相次いだ。一番下の、小学校に通う娘が黄昏《たそがれ》どきにさらわれそうになったり、異様な家鳴りのようなものがしたかと思うと、しだいにそれが不気味な笑い声に聞こえてきたりした。

そしてついに、あの怪異国人が当主・斑井善三郎氏の寝室にヴィオールを手に現われたからたまらない。

「な、何者だっ」

と叫ぶ善三郎氏に、怪異国人はニヤリととがった歯をむき出してみせながら、

「わしか……わが名はエリック・張《チャン》」

地獄の底から響くような声で名乗った。おそれおののく斑井氏を、怪異国人は小気味よさそうに見下ろすと、

「斑井善三郎よ……貴様をはじめ、この家のものどもを一人残らずこの世から消し去ってやるから覚悟しておけ。何ぴともそれを防ぐことはできぬ。断じてできぬのだ！」

おそろしい宣告を投げつけるなり、ヒラリと身をひるがえし、開け放たれた窓から夜の闇の中に溶け消えてしまった。

当然のことながら、斑井家の人々は恐怖のどん底にたたき落とされた。警察にも相談したが、まるでらちが明かず、さらにさまざまな怪異が、今度ははっきりと恫喝《どうかつ》の色合いを帯びながらくりかえされた。

「エリック・張……いったい何者なんだ。そして、いったい何の怨《うら》みあってわが家に現われ、息子や娘までも消し去るなどと言い出したのか？」

斑井善三郎氏の苦悩は深かった。

やがて、新婚旅行から帰ってきた長男とその嫁にこの件を打ち明けると、彼らは善三郎氏らの思いもよらない解決策を提案してきた。何と、知り合いを介してとある私立探偵を頼もうというのだ。

言うまでもなく、その探偵こそがわれらが金田一耕助であった。

「き、金田一耕助？」

あいにく、斑井氏も夫人もその名には覚えがなかったが、なぜか高校に通う三男坊と末の娘だけは彼のことを知っていた。

三男坊はY先生の本で金田一探偵の活躍を読んだとのことだったが、ではまだ幼い娘は何で知っていたかというと、

「あのね、古川《ふるかわ》のお姉ちゃんが前に話してくれたの。キンダイチ・コースケっていう、何でもよくわかる偉い探偵さんが東京にはいるんだって。いつかお父さんやお兄ちゃんが言ってたシャーロック・ホームズみたいな人なんだって」

古川のお姉ちゃんというのは、このあたりを管轄する警察に勤務する婦人警官で、斑井家の人々もよく知っていた。

というのも、この末の娘がさらわれかけたとき、たまたま見つけて助けてくれたのが、以前から顔なじみの古川婦警さんだったからだ。

「ええ、金田一さんなら、よーく知っていますとも。こんなこと言ったらしかられますけど、うちの署の誰よりも頭がよくて腕利きで、お願いするだけの値打ちは十分にありますわ。見た目はてんでさえなくって、腕っぷしだけならあたしにさえかなわないかもしれませんけどね」

いつも元気いっぱいで、高校生に見まちがえられることもある古川婦警は、持ち前の快活さをふりまきながら請け合った。こう見えて彼女は苦労人で、いったん中卒で奉公に出たあとあらためて高校に通い、猛勉強の末、警察の採用試験に合格したとのことだった。

長男夫婦だけでなく下の子供たちに推薦され、さらには現役の婦人警官からお墨付きをもらったとあっては否やはなかった。

金田一耕助が、彼の犯罪解決記録の中でも有数の奇妙奇天烈《きてれつ》さを備えたこの事件に介入したのは、こうしたいきさつからなのだった。

＊

緑ヶ丘荘を久々の依頼人が訪れた翌日、金田一耕助は早くも、東京を遠く離れた辺《へん》鄙《ぴ》な駅に降り立っていた。彼とは何かと縁のある、岡山県のとある村であった。

英井銀杏軒という、雅号とも洋食屋ともつかない名の老紳士が指定したのがここだったが、見わたせば誰もいない、そもそも何もないも同然の駅前。早くも不安になってきたが、まもなくそこにやってきたのは、何と古風な馬車であった。

寡黙な、というより一切口をきかない馭者《ぎょしゃ》にうながされるまま車両に乗りこむと、九十九《つづら》折れの峠道を揺られ揺られていった。

「馭者さん、斑井家のご当主は善三郎さんとおっしゃるのだよねぇ」

「…………」

「その名前からすると、上に二人の男子がいたことが想像できるんだが、やはりそうなのかい」

「…………」

「だとすると、その人たちをさしおいて、どうして斑井家の家督を継いだのかが気になるが、馭者さんは何か知っているかね」

「…………」

「おやおや、やっぱりだんまりかい。実を言うと、ざっとした調べはついてるんだがね。二男の方は幼くして亡くなり、長男の真太郎氏は学問の道を志して家業を弟さんに譲った。何でも考古学だそうで、博士号まで取られたとか。実はぼくも、この方面にはちっと関心があってね」

「…………」

「その斑井博士の専門は、コロボックルとか土蜘蛛《つちぐも》族と呼ばれる日本の先住民族——何でも、あの大東京の地下にその遺跡が眠っているはずだと唱えたというから気宇壮大だぁね」

「…………」

「わかった、わかりましたよ。もう根負けしたから黙るとするよ」

金田一耕助は苦笑まじりに言うと、座席の背もたれに身をあずけた。それからしばらくして、馬車は広大とも豪壮とも言いようのない建物の門前にたどり着いた。

「ほう、これは……」

まさに絵に描いたようなお屋敷に、彼は覚えず嘆声を発していた。

そこには、目の前の建物の威容がもたらす畏怖《いふ》や、これから取り組む事件への武者ぶるいとは別に、一種のノスタルジーのようなものを感じていた。

かつては、本陣に網元、大地主に旧華族、地方財閥などの大邸宅やその周辺が、彼の探偵としての活躍の場だった。なのに今は……いや、そのこと自体はいいのだ。

何も豪華絢爛《けんらん》な舞台、華麗なる血統だけを謎解きの対象にするつもりはない。もっと下世話でどうしようもなく、卑小な人間たちの葛藤《かっとう》にメスを入れることにためらいはないのだが、そうしたくても探偵としての居場所がなくなっていきつつある。

今回の依頼の内容、そして今目前にしている光景は、そうした現実を忘れさせてくれるに十分だった——たとえ、それが児戯に類する子供だましのような世界であったとしても。いや、それならばこそなおさらの話だった。

「『斑井』か。いや、これは相当に曰《いわ》くありげだわい」

金田一耕助は、黒ずんだ表札の文字をかろうじて読み取ると、芝居がかりにつぶやいた。続いて、妙に生き生きした足取りで屋敷の中に足を踏み入れる。だが、そのとき彼はすでにこの奇怪きわまる事件のただ中に、どっぷり総身をひたしていたのである。

こうして「斑井」の表札の下をくぐり、飄然《ひょうぜん》と《秀麗館》に現われた人物を見て、斑井家の人々は一様に驚きを示さずにはいられなかった。

探偵という職業にはおよそ似つかわしくない、今どき珍しい和服姿の人物。もう決して若くはないかわり、中年の落ち着きと思慮深さを備えていた。

そのいでたちに、人々はいったんはとまどった。だが、その何とも言えぬ人間的魅力と知性のひらめきに気づくまで時間はかからず、かくして彼に斑井家の運命はゆだねられたのだった……。

3

東京都千代田区の一角、戦争前は東京市麴町区といっていたあたりに建つ高級住宅《麴町アパート》――。帝国ホテルに似た外観を持つそこの二階では、今しも二人の人物が仲よく話をしているところでした。

「先生、最近はあまり面白い事件がありませんね。もちろん犯罪は絶えませんけれど、役人の汚職だとかサラリーマンの浮気や出世競争にからむものだとか、もっとつまらないいさかいごとだとか……そんなことで人が死ななければならなかったのかと、情けなくなるようなものばかりです」

リンゴのようにつやつやした頰をした少年が、スクラップブックをくりながらため息をつきます。そこへ、上等の背広をりゅうと着こなし、豊かな髪を波打たせた紳士が、

「まあ、それも時代の流れというものさ。以前なら、駅の売店で小判の小説雑誌を買って汽車に乗ったものだが、今はみんなスキャンダル満載の週刊誌に夢中だからね。作り話なんて一文の得になるかってわけだ。かつては大人の男たちが映画館や寄席、軽演劇に足を運んでいたのに、猫もしゃくしも野球・野球・野球、でなければプロレ

スだ。それ以外の時間は会社に縛られっぱなしで、家族と食卓を囲むこともしなくなった。しょせん、そんなところからは独創的なものは生まれてきっこないよ、小林君」

皮肉な笑みを浮かべながら、少年の嘆きに応じました。すると小林君と呼ばれた彼はうなずいて、

「ええ……それに〝あいつ〟も明智先生を恐れてか、鳴りをひそめているようですしね」

「そう、それがいささか痛しかゆしといったところだね。以前はあんなに手を替え品を替え、僕らの前に現われたのに。黒い魔物、青銅の魔人、魔法博士、空気男、カブトムシ大王、鉄の人魚――などと毎回のように名乗りや姿形まで変えてね」

明智先生と呼ばれた紳士が微笑しながら数え上げると、小林という少年も指を折って、

「黄金豹の皮をかぶって空中を舞ったり、宇宙怪人を名乗って円盤を飛ばしたり……ついにはR彗星《すいせい》からやってきたカニ怪人なんてものにまで化けたんでしたね」

「そうだった、そうだった。そして、最新にして最後の姿が超人ニコラ博士……よくあそこまでいろいろ思いついたもんだよ。どうせ最後には僕に正体を見破られてしまうのにね」

紳士は手を打って、上きげんそうに笑うのでした。

読者諸君にはもうおわかりでしょう。ここは日本一の名探偵とうたわれた明智小五郎《こご》《ろう》の事務所兼住居。話し相手は、その日本一の少年助手である小林芳雄《よしお》君にほかなりません。

この二人はさきほどから、ここしばらくの新聞記事を見ながら、何か変わった事件は起きていないか、新しい探偵術のヒントになるものはないかと、くつろいだ談議をくりひろげていたのでした。

「あ、そういえば先生」

小林君が、ふと思い出したように資料から顔を上げました。

「浅草馬道《うまみち》で工房を開いている河野十吉《こうのじゅうきち》さんという方が、一度ご相談したいことがあるので参上したいとのことでした。仕事仲間である福山鶴松《ふくやまつるまつ》さんの紹介だそうで」

「福山鶴松……ハテナ、聞き覚えのあるような、ないような」

明智小五郎は小首をかしげました。小林君は続けて、

「何でも先代の鶴松さんが、昔、先生とある事件でかかわったという話でしたが」

「先代の？　ああ、わかったわかった、鶴見《つるみ》遊園の一件か。まだ君が僕のところに来る前の古い話だよ。ええっと『蜘蛛《くも》男』事件の記録は――そうか、古い資料は別室に移してしまったんだったね」

明智は懐かしそうに言うと、壁の書棚を見やりました。そこには床から天井までぎっしりと綴《と》じ込み資料が収められていましたが、それらはみな戦後の空白期に彼が手がけた事件の記録なのでした。

そのことは、NHK勤務で探偵作家クラブ書記長をつとめたこともある作家・渡辺《わたなべ》剣次《けんじ》氏が訪問された際に、明智自身の口から明かされました。さらにさかのぼって、戦争中の彼は事務所を閉じ、陸軍と海軍から依頼された暗号要員の基礎教育を手がけていたという秘話とあわせて。

なお、そのときのインタビューによると、江戸川乱歩先生が明智探偵に「還暦を機会に今後はどしどし書く。だから戦後のファイルを全部貸してくれ」とおっしゃったとのことですから、読者諸君、大いに期待しようではありませんか。

それはそれとして、最近の報道記事に関しては、めぼしい収穫はほとんどありませんでした。何とはなし、名探偵にとって肩身の狭い近ごろの世の中は、怪盗や名犯人にも住みにくいのか……と、そんな思いを二人にさせたときです。

「お茶が入りましたよ、あなた、小林君」

客間の扉が開いて、美しい女の人が姿を見せました。これもみなさんご存じの明智夫人、文代《ふみよ》さんです。わけあって高原の療養所に行ったことになっていましたが、今は復帰して明智探偵事務所を切り盛りしたり、自ら婦人探偵として活躍したりもしています。

　文代さんは、香り高い紅茶とともに出されたケーキをほおばる名探偵と少年助手をほほ笑ましくながめていました。ふと山積みにされたファイルを見やると、いたずらっぽい笑みを浮かべながら、

「お二人さん、そういえば、たった今、ラジオのニュースでやっていたんですけど、何やら大事件発生ですよ、大――」

　言いかけて中断したのは、夫と小林君の反応があまりに大きなものだったからです。

　小林君は「えっ」と色めきたち、明智小五郎はそれを手で制しながらも驚きを隠しきれないようす。ですが、そこは文代さんですから、すぐ気を取り直して、

「――岡山の斑井家というお金持ちのお屋敷で、ずいぶん変てこな出来事が起きたらしいんです。しかも、明らかに何者かの犯罪かと思われる……。聞きたいですか？」

　にっこりと、とぎれた言葉を続けました。これには百戦錬磨の師弟コンビも毒気を抜かれたかっこうで、

「それは――」

「もちろん！」

　一瞬の間のあと、相次いでうなずきました。

　文代さんは「そうですか」とにこやかにうなずくと、まるで二人をじらすように、

「わが明智探偵事務所とは、ちょっとばかり管轄違いみたいですけど……それでも？」

「もちろん！」

明智小五郎と小林芳雄は、絶妙な息の合い方で異口同音に答えたのでした。そんな二人に、

「わかりました。でも、わが明智探偵事務所を頼ってきている依頼や相談ごとにも、ちゃんとこたえてあげるんですよ」

釘《くぎ》をさすことを忘れない文代夫人なのでした。

＊

ガリガリッ、バリバリバリ……薄暗い小部屋に奇妙な音が響く。金田一耕助探偵譚《たん》の愛読者にはおなじみであろう、頭をかきむしるあの音だ。

それが何より雄弁に物語るように、金田一耕助はさきほどから懊悩《おうのう》し続けていた。はるばるといざなわれた古びた屋敷の一角で、犯人からの挑戦にこたえ、堂々とこれを打ち破るべく。

立ちはだかるのは、あまりに厚く、堅固な壁。解かなければならないのは、目の前にある密室の謎。岡―村の本陣一柳家や麻布《あざぶ》六本木《ろっぽんぎ》の椿《つばき》子爵邸、あるいは富士の裾野《すその》

の〝迷路荘〟こと名琅荘《めいろう》で、いろいろな密室に遭遇してきたが、このようなのは初めてだった。はるかに切実というか、何というか……。

依頼を受けたときから、一筋縄ではいかない事件だとは思っていた。だが、これほどまでとは思わなかった。

悲惨な事件の現場で、彼がしばしば傍若無人にもらす「あっはっは」という笑い声も、今度ばかりは発する余裕がなかった。そのかわりに、久しく忘れていた探偵としての闘争心と好奇心がふつふつとしてわいてくるのを感じてもいたのだった。

（こ、こ、これは、ぼ、ぼくに対する挑戦というよりは侮辱だ。あの犬神家の事件で、目と鼻の先で依頼人を殺されたときに匹敵する——い、いや、それ以上の侮辱だ……）

金田一耕助はまたしても頭に手をやり、さっきにも増してバリバリ、ガリガリと蓬髪《ほうはつ》を引っかき回し始めた。檻《おり》の中の虎そっくりに室内を行ったりきたりしながら、一心に考え続けるのだった。

だが……彼がそのようにして床にフケの層を形成してゆく間にも、《秀麗館》に事件は相次いでいた。

エリック・張《チャン》を名乗る怪異国人のヴィオールの調べに魅せられたか、飛び出していった二男の足取りは杳《よう》として知れず、次いで病院通いをしていた斑井夫人が、予約時間になっても現われないことから自宅に問い合わせがあり、失踪《しっそう》が明らかになった。外で襲われたのか、家にいた間の奇禍かは、はっきりしなかった。

さらに金田一耕助を推薦した一人である三男坊が、ちょっとしたすきに神隠しにあい、さらには新妻を残して長男が煙のように消えた。衆人環視の中で、文字通り煙となってゆらゆらと虚空に溶け消えていったのである。

家族だけではなかった。行儀見習いのお手伝いさんや先代から仕えている爺《じい》や、居候している親戚《しんせき》の浪人生、ついにはたまたまやってきた近所の人や御用聞き、立番のため来ていた巡査までもが犠牲になったのである。

そのたび妖《あや》しく奏でられるは、ヴィオールの狂騒的な弦の旋律。それに重なるエリック・張の狂笑、宙を翔《か》ける黒い影——。《秀麗館》のサロンに、当主の兄・真太郎博士の著作を収めた書斎に、夫妻の寝室に子供部屋に厨房《ちゅうぼう》にと、場所を選ばない神出鬼没の跳梁《ちょうりょう》ぶりであった。

何もかもが五里霧中であった。怪異国人の正体も、その目的も何もかも。何より犠牲者たちはその後どうなったのか。死体はおろか、髪の毛一本出ないところを見ると、生存への一縷《いちる》の望みはあったが、それならそれで何のためここまでのことをしたのか不可解というほかなかった。

これほどの多くの犯行を重ねて、なお犠牲者を生かしておく理由など考えもつかず、殺人鬼による狂信的犯行と見る方が、まだしも理解の枠内だった。

とにもかくにも、この事態に当主・善三郎氏は半狂乱となった。とりわけ案じられたのは、まだ幼い末の娘の身の安全で、そのことを心配した古川婦警が、

「金田一さん、この子はあたしが預かって身辺保護するか、せめて斑井さんのお宅に常駐して警護につかせてください。あなたが口添えしてくだされば、きっと……」

と申し出たが、これは丁重に拒まれてしまった。彼女が招請に当たってわざわざ口添えをした相手には、何か成算があるようだった。

それが何であったにせよ、《秀麗館》にエリック・張の暗躍は続き、斑井家の怪事件はエスカレートする一方だった。それを止めることはおろか、手さえつけられない金田一耕助の懊悩はますます深いものがあるのだった……。

（おや、これは……？）

金田一耕助は、ふいに立ちどまった。ほの暗い部屋の片隅に、何かキラリと光るものを見つけたからだった。かがみこんでみると、それは直径二センチほどの分厚いコインのようなもので、表面に文字のような文様のようなものが彫りつけてあった。

何だろうと手をのばし、何かがギクンと胸を突き上げた、そのときだった。

「……先生、金田一先生！」

頭上からのふいの呼びかけに、金田一耕助は顔をもたげた。すると、はるかな高みにある窓越しに、見慣れた青年の顔があった。

「シュウちゃん！」

金田一耕助も思わず叫び返しかけ、あわてて声を押し殺した。

「どうした？」

「どうしたも何も、ぼくは先生をですね……あれっ、何ですか、手に持ってるそりゃあ？」

彼の助手であるところの屈強で無鉄砲な青年・多門修は、けげんそうに問い返した。かつて金田一耕助に無実の罪から救われた彼は、彼の頼みなら何でも聞いてくれるが、惜しむらくはもう少し早く来てほしかった。

「ああ、これかい」

言われて金田一耕助は、いつのまにか痛いほど手のひらに握りこんでいた品物——床から拾い上げたコインのようでコインでない物体を月明かりに透かし見た。

「われわれが、とんでもない犯人を相手にしていることを示す証拠だよ。相手にとって不足はない。あっはっは、こ、こ、これはとんだ面白いことになってきたぞ！」

金田一耕助は笑い出した。あきれる多門修をよそに、腹を抱えてゲタゲタと笑い転げた。それは彼が事件の鍵《かぎ》をつかんだときに、しばしば見られる現象であった。

……………………

探偵作家Y先生による覚え書き――。

さて、いささか唐突ではあるが、この物語もいよいよ大詰めである。

探偵小説の常道にならうならば、《秀麗館》における数々の事件について、さらにくわしく記述しなくてはならないところであろう。時間表にそった出来事や関係者の動き、警察の捜査結果、鑑識の報告――斑井家の怪奇なる連続失踪事件は、いかにして起き、どのように調査されたか。

探偵作家というものは、こういう物の書き方をするものであるということを、私は自分が編集長をつとめた雑誌で初めて本邦に紹介した、エラリー・クイーン氏の『和《オ》蘭陀《ランダ》靴の秘密』から学んだのである。

おそらく読者の中には、細かいデータを知りたくてうずうずしておられる向きも多いのではないか。現場の見取り図は載っていないかとページをめくってみられた方もいるのではないか。

あいにくではあるが、本編に関してはこのやり方をあえて放棄しようと思う。それは何も、昨今の探偵小説、いや推理小説界において肩で風を切って闊歩《かっぽ》するがごとき現実派・風俗派に遠慮したからではなく、そうしたことが必ずしも必要ではないからである。かえって、読者の煩瑣《はんさ》を増すだけだからである。

ただ一つ、読者のためにあえて付け加えるとすれば、あの古川婦警が上司からひどく叱責《しっせき》されたことである。いやむしろ、彼女の方がくってかかったといった方がよいかもしれないのだが。それも、

「んもう、何よ、このわからずや！　金田一さんのことなんか何も知らないくせに！」

といった激しい調子であったから、婦人警察官とはいえ旧弊な男社会からすればお茶くみ扱いの小娘としては、なかなかアッパレであった。

さて、ここでお話は一気にクライマックスに駆け上がり、そしてカタストロフに至ることになる。すなわち——

4

噫無残《ああむざん》——！

ギギギ……まるで悔しさに歯嚙《はが》みするような軋《きし》り音をたてながら、数人がかりで強

引に開かれた大扉。その向こうに広がっていたのは、まさにそうとしか表現のしようのない光景であった。

「こ、これは……まるで地獄絵図じゃないか！」

「まさか、裏庭の横穴の奥にこんな場所があったなんて……」

まさに死屍累々《ししるいるい》といった光景を目前にして、さしもの警察の猛者《もさ》たちも茫然《ぼうぜん》と立ちつくすほかなかった。目をそらし、こらえきれずに吐き気をもよおすものも少なくなかった。

それも無理からぬ話だった。彼らの眼前に展開されていたのは、死体の腐り朽ちてゆくありさまを描き、人間の無常を説く九相図のうち、新死相から防脹相《ぼうちょうそう》、血塗相《けちずそう》、肪乱相《ぼうらんそう》、青瘀相《しょうおそう》あたりまでを立体化したようなおぞましい一大パノラマであったからだ。

「き、き、金田一先生、これは……」

地元署の面々がかすれ声で言う中、下駄《げた》の歯が地面を食《は》む音が鋭く響いた。

「やはり、ここでしたか。戦時中は防空壕《ぼうくうごう》として使われてきた地下の空洞があると聞いて、どうも臭いと思ってはいたんですよ」

その言葉通り、ここは《秀麗館》の裏手に残されていた元防空壕の奥。斑井家の一族が当地に移り住む以前からあり、明らかに天然のものではないのだが、誰が掘ったものとも知れない謎の存在だった。

戦後は空襲に備えた鉄扉が取り払われ、奥の方まで見通せるようになっていたため、まさか中に何かがあるとは思われなかったのだが、彼の指示でくわしく調べてみたところ、行き止まりであるはずの土壁に巧妙にカムフラージュされた入り口があることが判明したのだ。

「ごらんなさい。あそこに転がっているのは、これまでに失踪《しっそう》した斑井家と、不運にも事件に巻きこまれた関係者の死体に相違ありますまい。一《ひ》ィ、二《ふ》ゥ、三《み》ィ……十は軽く超えていますね。ご当主にはたいへんお気の毒ではありますが……ねぇ斑井さん、斑井善三郎さん? 何だそうか、現当主の善三郎氏もとっくにエリック・張の毒牙《どくが》にかかったあとだったか。あっはっは、どうも最近、物覚えが悪くっていけない」

「金田一先生!」

この不謹慎さには、さすがにたしなめる声があがった。

「いや、失敬失敬」と顔を引き締めて、「とにかく現場を検証し、死体を収容しないことにはいけません。うかつに近づかない方がいいですよ。あの死体のようすでは、何か悪疫にかかってないとも限らないし、体内に残留した毒物の影響が出ないとも限りませんからね」

「悪疫に——毒物?」

おびえたような声があがる。

「ええ。あの死体のようすは、単に傷を受けたり腐乱したりした結果とは思われません。現場検証よりは迅速な搬出と、防疫のための消毒が必要でしょう。が、それはもう手配ずみです。まことにセンエツながら、これあるを期してね」

恐ろしい警告を発した折も折、鑑識車と死体収容のための車両が続々と到着した。そこからてきぱきと降り立ったのは、白衣に防毒面をつけ、担架や消毒液のタンクを携えた男たちだ。

あわてて動き出す人々、飛び交う怒号に、にわかに一帯が騒然となり始めたときだった。

「あれ、金田一先生？」

とまどう声をよそにクルリと下駄を返すと、彼はその騒ぎに独り背を向けた。そして、そのまま母屋の方に歩き始めたものだから、

「金田一先生！」

「あの、事件の真相は……？」

口々にとまどいの声をあげながら、バタバタとあとを追った。防空壕跡に白衣の男たちの活動を残して、奇妙な行列が《秀麗館》の戸口をくぐり、廊下をぞろぞろと通り抜け、サロンへと向かった。これはいよいよ例のY先生作の川柳に言う、

——探偵はみんな集めてさてといい
という場面到来ではないかと、期待が高まった。それは由利麟太郎・三津木俊助シリーズの代表長編での話ではないかという野暮な突っこみはさておいて、

「金田一先生！……おう、こちらでしたか」

そんなさなかに一人の刑事が、ショールで顔をおおい、裾長《すそなが》の外套《がいとう》をまとった若い女を引っ立てて入ってきた。

「この不審な女が、こちらの娘さんを連れて邸内から逃れ出ようとしていたので、身柄を確保したのでありますが……こらっ、貴様、無駄な抵抗はやめて神妙にしろ！」

見ると、その女は外套の前合わせの内側に、幼い女の子を抱きかかえるように隠していた。それはまぎれもなく斑井家の末の娘で、女はその子を渡すまいと激しく身をよじり、その拍子にショールがほどけて床に落ちた。

とたんに、周囲でアッと叫びがあがった。地元署の警官や刑事たちの声だった。

「き、君はうちの署の古川ナツ子じゃないか！」

そう、それは身なりこそ私服であったものの、確かにあの古川婦警であった。だが、あの明るく陽気な新米警官の女の子が、どうして彼女がそのような暴挙に出たのだろうか。

「ふ、婦人警官ともあろうものが、何てことをしでかしてくれたんだ！」

「き、金田一先生、これはいったい——」

顔を真っ赤にして叫び、狼狽《ろうばい》する人々。そんな彼らに向かって
「ふむ、面白くなってきましたね。子供たちに人気の、被害者一家にも信望厚い婦人警官が、どさくさにまぎれて誘拐をはたらこうとは……。いいでしょう、どうせのことにまとめて面倒見るとしましょうか。みなさん、どうかお掛けください。斑井家の《秀麗館》を舞台にくりひろげられた事件について、真実を知るときが来たようです。といっても、ぼく金田一耕助の口からではなく、これなる古川ナツ子君——子供たちに人気の婦人警官とは表の顔、実はエリック・張の同腹である彼女の可憐《かれん》な唇を通してね！」

「そ、そんな！」

叫びをあげる古川ナツ子を、男たちが強引に押えつける。それを見やりながら、

「実に恐ろしい事件でした。ぼくも探偵という因果なショウバイについて久しいですが、これほどの死体が折り重なったのは、初めてです。数において、あの百億円の遺産をめぐる『三つ首塔』事件をしのぎ、鳴り響くヴィオールの調べは『悪魔が来りて笛を吹く』のフルートより恐ろしかった。そしてめぐる因果の恐ろしさは、かの『八つ墓村』事件に……」

思いもかけない音吐朗々とした名調子に、これがあの金田一耕助なのかと、人々は

目を丸くせずにはいられなかった。

「そう、この事件の発端は、斑井家の二男、といっても最初に失踪した息子さんではなく、現当主の善三郎氏の兄であり、家督を譲って学問の道に入った真太郎博士の弟なる人の運命に胚胎《はいたい》します。そして、そこからの因果の糸が『本陣殺人事件』のからくりのごとくに複雑にめぐりめぐって、こちらの古川ナツ子を名乗り、あろうことか婦人警官になりおおせた女怪につながるわけですが……それまでのいきさつは、さっきも挙げた『八つ墓村』に匹敵するおぞましさであって、実にそのぅ、何ともはや言いにくいのですが……」

人々が身を乗り出し、思わせぶりに言いよどんだ口もとに目と耳を集中させる。そして、彼が思い入れたっぷりに頭髪の中に手を突っこみ、思いっきりかき回そうとした——そのときだった。

「待った待った、金田一君。せっかくの見せ場に水を差すようで申し訳ないのだが、君のその推理にはいささか異論を抱かずにはいられないのだがね」

どこからか凛《りん》とした声が響いた。〝金田一君〟呼ばわりされた彼と、人々がいっせいにふりかえった先に、さっそうと現われた人影があった。中折れ帽を目深にかぶり、しゃれたスーツを身にまとった紳士だった。

驚きととまどいにざわめく声・声・声。そんな中、警察側の一人がけげんそうに問いかけた。

「そう言うあなたは、いったい——？」

するると紳士は軽く頭を下げて、

「やあ、これは申し遅れました。ぼくはこちらの金田一耕助君と同業にしてこの道の先輩でもある、明智小五郎と申します」

「あ、明智小五郎！」

すっとんきょうな声が、あちこちであがった。それも当然といえば当然で、金田一耕助のほかにも神津恭介《かみづきようすけ》、鬼貫警部《おにつら》、星影龍三《ほしかげりゆうぞう》といった戦後派の探偵が続々と台頭してきはしたが、その名は今も色あせない響きを帯びていた。

「みなさん。この事件については、ぼくもいささかかかわりあいがありまして、それで本来でしたらしゃしゃり出るべきでないこの場にお邪魔したわけなんです。というのも、そこにいる金田一耕助君とぼくとでは、いささか見解に相違があるようですから、ちょっとお時間を拝借しようかと思いまして……この場の主役である彼の前座というか前説という感じでね。よろしいですか、金田一君？」

「ええ、それはまぁ、大先輩の明智さんのお言葉とあれば」

寸止めをさせられた形の手を蓬髪《ほうはつ》から離しながら、しぶしぶと言った。

明智小五郎を名乗る名探偵は、にっこりとうなずいて、

「変わらぬ友情に感謝します。というのも、彼とぼくとは推理の大前提が違いましてね。まずそれをお目にかければ、なぜぼくが彼に先んじようとしたか、おわかりいただけると思いますよ。——あ、ちょっと君」

サロンの出入り口をふりかえると、そこにいるらしき誰かに声をかけた。

「シュウ……あ、いや、君、みなさんをお連れして」

明智小五郎の助手といえば小林芳雄少年だろうと、誰もが予測し期待した。だが、それを受けて、

「はいよっ、先生」

威勢よく答えながら戸口に姿をのぞかせたのは、案に相違して筋骨たくましい青年だった。だが、人々の驚きはそれにとどまらなかった。

何ごとかとまどう人々のざわめきは、すぐに叫び声に変わった。彼らの視線を浴びながら、列をなしてゾロゾロと入ってきたのは、何とすでに殺され、その身でもってむごたらしい九相図を現出させたはずの斑井家の人々だった！

ひどく疲れ切り、その身にまとう衣服もしわくちゃだったが、わずかに残る縄目の痕《あと》を除けば目立った傷はない。

「こ、これはいったいどうしたことだ……」

「彼らは、あの防空壕《ぼうくうごう》の奥から無残な死体となって発見されたはずではないか」

「なのに、ああしてピンピン生きているとは！」

うめき、声を荒らげ、騒ぎだした人々に、名探偵はさらににこやかな表情を向けながら、

「もうこれで事件の底も割れたようなものですし、とんだ災難に見舞われたみなさんには休んでいただかなければなりませんから、かいつまんで申し上げましょう。ここしばらく世間を騒がせた斑井家の怪事件は、連続殺人とは真っ赤な偽り、巧妙で血みどろで、大げさきわまる出来事の全ては、まるきり別の目的を隠すためのめくらましに過ぎなかったのです！」

驚くべき、実に驚くべき宣言であった。

「エエッ、その別の目的とは？」

「そう、それは——一連の事件のおどろおどろしい外見をはぎ取り、斑井家に対してどのような犯罪の理由がありうるかを考えることによってこそ、明らかになるのです。ごらんの通りご家族の体に危害が及んでいないことからして、犯人は殺人淫楽症《いんらく》のたぐいではなく、また復讐《ふくしゅう》鬼でもない。では、彼が狙ったのは当家の財産でしょうか。こちらのお屋敷に秘蔵された数々の美術品や骨董《こっとう》は今やほとんどなく、残ったものも手つかずであることからして、そうとは考えられません。では、いったい何か——？くだくだしい経緯《いきさつ》は省き、結論から申し上げましょう。

実は、この斑井邸は日本の先住民族——コロボックルとか土蜘蛛《つちぐも》族と呼ばれる人々の遺跡の上に建っているのです。こちらの床下十数メートルには、貴重きわまりない考古学的遺産があり、彼らが長い年月をかけて集積した金銀財宝が静かに眠っているのです！

……斑井善三郎さん、あなたの兄上の真太郎博士の研究対象はこれでしたね。博士が考古学の道に進んだのは、故地の岡山から一家あげて移り住み、邸宅を建てたここ——東京は目黒区の大岡山の地下に、偶然にもコロボックルの大遺跡を発見したためであり、ご自分はその研究に生涯をささげるべく家督をあなたに譲るかわり、この土地を守り続けてくれということだったのでしょう？」

「そ、そうです……ですが、どうしてあなたはそこまでのことを？」

荒く息をつぎながら、斑井善三郎氏が答えた。すると名探偵はほこらしげに微笑して、

「はばかりながら、ぼくも探偵ですからね、それぐらいのことは当然……。それはともかくとして、犯人の狙いはそこにこそありました。それらの財宝を手に入れれば一躍大富豪ですし、新たに自分だけの王国を打ち立てることだって不可能ではない。とはいえ、そのためには尋常一様の方法では駄目です。なぜといって、そんな発掘作業を敢行するには、斑井邸の住人を根こそぎ追い出してしまう必要がありますし、せっ

かく宝を掘り当てても人知れず運び出すことなどは、とうてい無理な話です。

　そこで考えつかれたのが、猟奇的で身の毛もよだつような殺人事件を隠れみのに使うという奇想天外な手段でした。ここの人たちを一人ひとり拉致《らち》し、誰の目も届かない場所に監禁してしまう。むろん、それだけでは謎の連続失踪《しっそう》ということになって、世間や当局の耳目を引きつける結果となるのは明白です。

　邪魔っけな斑井家の人たちを、不自然ではなく消し去るにはどうしたらいいか。そう、死んだことにしてしまえば万事解決です。当然ながらそのためには死体が必要ですが、何も本物である必要はない。生かしたまままさらったうえ、まとめてどこかに閉じこめておく。何しろ、大発掘工事が進行中なのですから場所はいくらでもある。そうしておいて、マネキンや蠟人形《ろうにんぎょう》、ハリボテ細工などでっちあげた遺骸《いがい》をあとでさらけ出せば、無用の殺生をしなくてすむし、さらに大きな効用が生じます。

　それというのは――それらまがいものの死体やその一部の中に、地下から発見した財宝を詰めこむことで、正々堂々と外に持ち出すことができるということです。たとえば、こんな風にね！」

　手で合図すると、さきほどの青年がやっこらしょと何かを抱えながら現われた。何とそれは、現にそこにいる善三郎氏の惨殺死体だったから、たちまちサロン内は大騒ぎになりかけた。

そんなさなか、青年はやおらナイフを取り出すと、いきなりその〝死体〟を切り裂いた。すると、そこからザラザラとあふれ出てきたもの——それは何とキラキラと輝く砂金だった！

オオッという、サロンはおろか屋敷中を揺るがすどよめき。と同時に、人々は一つの疑惑に気づいていった。一連の事件が殺人ではなく、盗みであったとしたら何もかもが——とりわけ、あの怪異国人エリック・張の正体がまるで変わってくるということに。

「そう……もうみなさんにも、おわかりなのではありませんか。この強奪計画において殺人事件を隠れみのに使うにあたり、必要不可欠な存在は誰だったかということを」

「明智先生、それはもしや……」

問いかけに答えるように、ゆっくりとめぐらされた指先が、やがてある一点で止まった。その先にいた人物とは——人々の驚愕《きょうがく》が声なき気動となって波打った。

「そう、全ての元凶は金田一耕助——だが、彼ともあろうものが、そんな悪事をたくらむはずもない……」

「そうです！　その人は金田一耕助さんなんかじゃない、あの探偵さんの名をかたる真っ赤な偽者なんです！」

叫んだのは、婦人警官の古川ナッ子だった。

「あたしは婦警になる前、ある事件で金田一さんと知り合いました。斑井さんご一家が探偵を探していると聞いたとき、金田一耕助の名を挙げたのは、その人柄と腕前を良く知っていたからです。なのに、やってきたこの人はあたしのことを少しも覚えていなかった。最初は取るに足らない小娘のことなんか忘れてしまったのかと思いました。だけどそのうち、だんだんこう思えるようになってきたんです。ひょっとして、この人は本物の金田一さんじゃないんじゃないかって、誰かが名をかたり、うまくなりかわってるんじゃないかって……でも、まわりの人は誰も信じてくれず、逆にしかられてしまいましたけどね！」

ナッ子はそう言うと、上司たちをキッとにらみすえた。これには、ふだん婦警を同じ警察官とも思わず、いばりかえった男たちも形なしだった。

「なるほど、なるほど」名探偵はうなずいて、「とんだ手抜かりというわけだが、やはり君は金田一耕助ではない誰か別人ということになる。では、いったい誰だろう。こんなバカバカしいまでに大がかりなことをたくらむものといえば……」

誰もがハッとその名を思い浮かべたのと同じ瞬間、名探偵は再び相手を指さした。

一呼吸置いてから声高らかに、

「そう、君の名は二十面相、怪人二十面相こそ君の正体なのだっ！」

そう叫んだ次の刹那《せつな》、「畜生！」という怒号とともに〝金田一耕助〟が血相を変え、仁王立ちになった。表情も物腰も、これまでとはまるで別人だった。

「明智小五郎、これでもくらえっ」

言うなり金田一耕助、いや怪人二十面相は頭の中に手を突っこんだ。それは、この名探偵がいきなり横やりを入れてこなければ、そのまま行なわれていたはずの動作だった。

ガリガリガリ、バリバリバリガリガリッ！　だが、荒々しく頭皮を引っかく音とともに蓬髪《ほうはつ》からまき散らされたのは、フケではなく毒々しい五色の粉だった。

とたんにゴホゴホとせきこみだす人々。意表を突いたこの攻撃には、名探偵もとっさに逃れることができず、

「しまった、これは毒霧……！」

ハンカチで口を押えながら、うずくまるほかなかった。

「どうだ明智、まいったか！」

今や本性をむき出しにした二十面相が、和服を脱ぎ捨て、黒装束になりながらすばやくピストルを構える。だが、何者かにドンと体当たりされてバランスを崩してしまった。勇敢な古川ナツ子婦警のしわざだった。

「小娘め、生意気な！」

カッとなった二十面相が、さすがの敏捷《びんしょう》さで体勢を立て直し、グイとのばした指先でナツ子を捕まえようとしたときだった。大小二つの人影が、背後の窓から飛びこんできたかと思うと、二十面相を後ろから取り押え、腕をねじあげた。

そこへ、さっき斑井家の人々を連れてきた青年も加勢したものだから、これにはさすがの怪人二十面相といいえど、ひとたまりもなかった。

「き、貴様らは——明智と小林!?」

新たに飛びこんできた二人の顔を見るや、二十面相は目を皿のように見開き、愕然《がくぜん》として叫んだ。驚くのも当然で、もう一人の明智小五郎が、おなじみの小林芳雄少年をともなって彼をがっちりと捕えていた。

「こ、こ、これはいったいどういうことだ?」

怪人二十面相は、二人の明智の顔を見比べ、うめくように言った。すると、彼を羽交い締めにした方の明智小五郎が、もう一人の自分に向かって、

「ご苦労さまだったね、金田一耕助君」

「これはこれは明智さん、お久しぶりです。……いやはや、どうも、こんな格好で失礼します」

言うなり、もとからいた方の明智小五郎はソフト帽を脱ぎ捨てた。とたんに、その下に押しこめられていた蓬髪が大輪の花のように広がり、ついでとばかりに白いフケ

の雪をパラパラとあたりに振りまいた。

「はじめまして、ニセ金田一耕助こと怪人二十面相さん。お、お噂はかねがねうかがっていましたが、こ、こんな形でお目にかかれるとは……。あっ、も、申し遅れました。ぼ、ぼ、ぼくニセ明智小五郎こと金田一耕助と申します！」

金田一耕助は興奮のためか、それまで何とかこらえていた言葉癖をあらわにしながら、怪人二十面相に一礼したのだった。

5

「そうですか、昭和人形工房の河野十吉氏から明智さんのところに問い合わせが……彼はぼくが扱った『幽霊男』事件で犯人の依頼で蠟人形を作らされたことがあって、それでぼくの名を覚えていたわけですね。でも、何でまた明智さんのところへ？」

「それは、君が怪人二十面相におびき寄せられたのと入れ違いに、君の事務所を訪ねたからだよ。奇《く》しくも彼は生き人形作りの腕を買われて二十面相から大量の注文を受け、だがその内容の異様さを怪しんで金田一探偵事務所を訪ねたんだが、あいにく留守で困ってしまった。で。同じ浅草で人形工房を営んでいる福山鶴松親方に相談したというわけさ」

「福山鶴松……どこかで聞いた名ですな」

「おや、『蜘蛛男《くも》』事件のことを覚えていてくれたとはうれしいね。こちらも、といっても先代の鶴松親方だが、あの殺人鬼から鶴見遊園にパノラマ館を造りたいからと裸体の人形を大量発注された。ところが、まさにその場に居合わせていたのが職人の見習として潜伏中の僕でね」

「あっはっは、そうでしたそうでした。ぼくなんかにはとてもできない探偵法ですよ。職人さんのもとに住みこんだりしたら、のろまな上にヘマをやらかして張り込みどころじゃなくなってしまいます」

「そうかもしれない。いや失敬、僕にしても若いからできたことだよ。何せまだ『魔術師』事件で家内と知り合う前のことだからね。ハハハハ……」

明るい笑い声が、明智探偵事務所の客間にこだましました。お茶とお菓子を囲んで楽しく語らっているのは、明智小五郎に金田一耕助、明智夫人の文代さんに小林芳雄君、金田一の助手・多門修、そして今回大いにお手柄をあげた婦人警官の古川ナツ子でした。

金田一耕助は、彼女のことを一同に紹介して、

「このナツ子君――失敬、古川婦警さんは、成城の高級住宅街で車のトランク詰め死体が発見された事件で、被害者宅に女中さんとして住みこんでいたことから、いろい

ろ貴重な証言をしてくれましてね。それだけでなく事件解決にも大きくあずかった」

「成城のトランク詰め殺人というと——『悪魔の百唇譜』事件ですね」

小林君が、日ごろの勉強の成果を披露しますと、金田一耕助はうなずいて、

「そうですそうです。いやあ、あのときは参りましたよ、このナツ子君ときたら、いきなり初対面で『おじさん、パイプ持ってないわね。それにコカイン注射する?』ですからね。私立探偵はみんなシャーロック・ホームズのようだと思われちゃ、かないませんや」

「でも、あのときは、おじさん……じゃない、金田一さんのことをほんとに尊敬したんですよ。だから自分も女探偵になりたくって、学校に入り直して婦人警察官の試験を受けたんです」

古川ナツ子は、少し顔を赤くしながら答えるのでした。いつしか金田一耕助のことを誰もが——等々力警部までもが「金田一先生」と呼ぶようになったのですが、彼女だけはさんづけをやめようとせず、でも彼はそのことにかえってホッとしているようなのでした。

「あら、それだったらうちに弟子入りすればよかったのに」

文代さんがあっさりと言うと、なぜだか小林少年が「いや、それはちょっと……」

とあわてだしてしまいました。

そのようすにまた一同大笑いになったのですが、小林君は照れ隠しもあってか、あくまで大まじめに、

「それにしても金田一先生、怪人二十面相とは初対決なのに、よくあいつの罠《わな》をあそこまでかわしきれましたね。二十面相は斑井家で事件を起こしておきながら、その斑井家からの依頼人を装って緑ヶ丘の事務所を訪れ、誘い出した先生を拉致《らち》監禁しておき、自分が『金田一耕助』になりすまして《秀麗館》に乗りこんだわけですが」

するとと金田一耕助は、相変わらずのとぼけた調子で頭をかきながら、

「あっはっは、いくらぼくが時代遅れの脳天気でも、今どきこんな事件が何の裏も仕掛けもなく起きるなんて信じちゃいませんよ。確かに、あの英井銀杏軒なる妙な名前の男から事件の説明を受けたときには、多少心は動きましたがね。初めからおかしいとは思っていました」

「そ、そうだったんですか」

と、これは多門修。金田一耕助は笑って、

「そうとも修ちゃん。今をときめく流行作家某氏がぼくや明智さんの仕事を何と評したと思《おぼ》し召す。『お化け屋敷の掛け小屋』だよ。機をみるに敏なヒョーロン家の先生方は、もはや神のごとき名探偵の時代は終わり、犯罪の解明はソバをすすり靴底をすり減らす刑事たちにゆだねられねばならないと言い出した。それが昨今流行《はや》りの〝組

織と人間〟論やengagement《アンガジュマン》がどうのと絡めるのに好都合なせい――かどうかは知りませんが、とにかくぼくのごとき、出る時間をまちがえた真昼の幽霊は、とっとと消えるにしかず、ということぐらい心得てまさ。

何はともあれ、久しぶりの依頼の内容というのがどうにもうさんくさい。で、好んで危険に身を投じたがる一種のアドヴェンチュラーであるところの若い衆――つまりは修ちゃん、君に尾行を頼んだわけさ。君の勤め先のナイト・クラブK・K・Kのオーナーは、ぼくを紹介したという風間建設の社長・風間俊六。そこをたどれば依頼の真偽は見当がつくというもの。で、表向きは大乗り気、内心でも一割ぐらいはこれがほんとの依頼だったらいいなと願いながら、言われるまま岡山行きの夜行に乗りこんだんです。

すると案の定というべきか、人気のない駅を降りてまもなく変な馬車に乗せられ、『斑井』の表札をかけたお屋敷、実は二十面相のアジトに連れこまれた。アッというまに変なガスをかがされて眠らされ、気づいたときには籠《かご》の鳥。いやはや、とんだ〝密室〟もあったもんです。でも、そこで見つけたあるものから、この件の裏で糸を引いている黒幕の見当がついたんですよ」

「その、あるものというのは――？」

古川ナツ子が興味津々といったようすで身を乗り出します。金田一耕助は着物のた

もとに手を突っこんで、

「ほら、これだよ」

そう言って取り出したものを見るなり、小林少年は目を丸くして、

「あっ、それは……少年探偵団のBDバッジ！」

「そう、明智さんの心強い味方の少年少女諸君がいつも何個もたずさえて、いろんな用途に使うという品ですね。これが落ちていたということは、まさか少年探偵団の諸君がぼくを誘拐したのではないでしょうから、犯人は小林君たちと何らかの形でかかわりがあり、BDバッジがまぎれこんでもおかしくない相手——となれば、答えは出たも同然でした」

「なるほどね。だが、それだけじゃなく、あいつはあからさまに自分のしわざだというサインを残していたよ」

明智小五郎が、言い添えました。

え、それは？　と物問いたげな一同に、明智はペンと紙を引き寄せると、

「依頼人が名乗ったという英井銀杏軒なる珍奇な偽名だよ。これをローマ字でHIDEI ICHOUKENと書いて並べ替えると、ENDOU HEIKICHI——『サーカスの怪人』事件で僕が暴いた奴の本名・遠藤平吉と一致するじゃないか」

「な、なるほど……」

と、これには一同感心しきりでしたが、さすがに金田一耕助はこの文字の綴《つづ》り換えには気づいていたようでした。

「とにかく、多門修君に頼んでおいたかいあって、彼の手引きでまんまと牢破《ろうやぶ》りに成功し、急ぎ東京に帰ってみれば、けしからんことにわが緑ヶ丘荘は金田一耕助を名乗る偽者に乗っ取られ、しかもこいつが何やら大事件に乗り出したとかで、新聞やらテレビ、ラジオが騒ぎたてていた。なるほど、世はPR時代、こういう風にマス・コミをあおればよかったのかと感心している場合じゃありません。自分の名前ばかりか和服に蓬髪《ほうはつ》の外見まで奪われてしまったのには、さすがに閉口しましたよ。しかも、東京でぼくのことを最もよく知る等々力警部は休暇中ときていた。むろん、これも敵さんの計算のうちだったんでしょう」

金田一耕助はそう言うと、ため息をつきました。

「斑井家で、最初に金田一さんに依頼しようと言い出したのは、新婚の長男ご夫婦だったそうですが、これには何か裏があったんでしょうか。偶然にしてはできすぎている気がするんですけど」

古川ナツ子が首をかしげると、文代さんが謎めいた微笑を浮かべながら、

「おそらくは、そのお嫁さんに秘密がありそうね。最初から二十面相の手先としてその長男さんに近づいたか、あるいは催眠術か何かの方法で洗脳を受けていたか……」

世にも恐ろしいことをサラリと口にしました。

古川ナツ子は「えっ」と凍りついたような表情になりましたが、胸にわいた疑惑の雲を払おうとするように首を振ってから、

「でも、二十面相はなぜそんな手間をかけてまで、金田一さんに化けたんでしょう。何もそこまですることは、なかったんじゃないかしら」

「それはね、お嬢さん」明智が答えました。「われわれ探偵の世界には、奇妙な不文律があって、それは同業者が着手した事件には極力介入しないということなんです。たとえば、戦後まもなくに起きた刺青《いれずみ》美女の胴なし密室殺人に、わが伝記作者である江戸川乱歩さんは、いかにも自分好みの妖美《ようび》にしてトリッキーな犯罪だというので、これが僕の出馬する事件であればとひそかに思われたそうですが、あれは神津恭介君のものであってそうはいかないし、乱歩さんも神津君の前途を祝福されこそすれ、僕を介入させるようなことはしなかった。こちらの金田一君も、N県きっての富豪・歌《うた》川《がわ》家で起きた八人殺し——人呼んで『不連続殺人事件』の謎解きに挑戦するという話があったそうだが、これもついに実現しなかった」

「そうです、確かにそんなことがありました。懐かしいですな」

金田一耕助が言うと、明智小五郎はうなずいて、

「一方、毎度僕に正体を見破られ、苦杯をなめている怪人二十面相としては、何とか

明智小五郎が乗り出すのを阻止したい。だが、これまでの例でも明らかな通り、僕と彼とは磁石の両極のように引かれ合う運命にあるらしい。ならば、どうすればいいか。別の、それも僕に対抗しうるぐらいの名探偵に化けて、彼が受け持った事件ということにしてしまえばいい。そこで選ばれたのが、金田一耕助君だったというわけさ」

「そして、相手がかの怪人二十面相とあっては、対抗上、ぼくは明智小五郎にならざるを得なかったわけです。いつぞやとは正反対にね」

金田一耕助が苦笑まじりに言うと、多門修と古川ナツ子が顔を見合わせて、

「つまり、これは形を変えた……」

「金田一耕助対明智小五郎の競い合いだったということに――？」

口をそろえて言いました。

金田一耕助は「いや、いや」と大照れに照れながら、

「とにかく、あの一幕ではすっかり冷汗をかかされましたよ。もともと変装は苦手な方じゃなくて、小林君のような少年たちといっしょに悪人と戦った『金色の魔術師』事件では大道易者の黒猫先生になりすまし、『黄金の指紋』事件ではライオンのぬいぐるみをかぶって宿敵《怪獣男爵》と対決したものですが、今回はそれよりずっと厄介でした。何しろ化ける相手が、かの明智小五郎氏ですからね。

江戸川乱歩先生は、銀座で出会った絶世の美少年から『明智小五郎ってどんな

人？』と訊《き》かれて、『腕を切ったら青い血が出てくるような人だよ』とお答えになったそうですが、ぼくのどこを切ったところで、血液銀行で買いたたかれそうなしろものしか出やしませんよ。それはそれとして、ちょっと憂鬱《ゆううつ》なのは、二十面相がよりによってぼくをなりすましの対象にしようとした理由が、最前明智さんが言ったのとは別なところにあるような気がしてならないからなんです」

「と、いうと？」

文代さんが、小林君が、多門修が、古川ナツ子がけげんそうに問いかけます。すると、金田一耕助はにわかに重くなった口を開きながら、

「それは……ぼくの探偵としての『防御率』が低いことにつけこまれたんじゃないかと」

「ぼ、防御率？」

金田一耕助の伝記作者であるY先生は野球好きで知られていますが、ほかのものたちはそうでもないので、野球用語らしいものを出されてもキョトンとするばかりでした。

「ええ。殺人事件が起き、ぼくたち探偵が出馬する。その段階ですでに死体が存在するのはやむを得ないとして、探偵が着手してから解決までの間に生じた犠牲者については責任を負わねばならない。そして、事件ごとのその人数を足して件数で割ったも

のが防御率となるそうなんですが、どうもぼくはこれが低いらしいんです。まあ、大量殺人犯を相手にすることが多いからしかたがないんですが、『八つ墓村』事件で、最初から犯人はわかっていたのだが、最後の一人が殺されるまで動機が判明せず、手の打ちようがなかった——というようなことを口走ってしまって、あれは評判悪かったなあ。とにかく、そういう弱点を二十面相に突かれた気がするんです」

「つまり……金田一耕助が担当する以上、斑井一家がほぼ全員消えてしまうまで解決できなくても不思議はないと、そう周囲に思わせることができるということかしら？」

明智文代が、またしてもサラリと言ってのけ、これには多門修と古川ナツ子が「あっ、それを言っては……」と真っ青になってしまいました。

そのあとに、何とも奇妙な沈黙がありました。けれど、それもつかの間、明智小五郎はこの愛すべき後輩の背中を思いっきりどやしつけると、このうえなく屈託のない笑顔で言い放ったのです。

「どうしたどうした、金田一君。確かに社会派とやらが全盛の昨今は、僕たち自由を愛し、美と稚気を解する一個人には住みにくくなった。だが、どうかね。考古学者の遺跡発掘に驚いた現地の人間のたとえを借りれば、われわれ名探偵という魔法使いが杖《つえ》を一振りするから、地面の下に夢のような迷宮が出現するのではないのかね。決して最初から埋まっているのではないのだよ。そう、確かに今はろくでもない世の中だが、やがて君の前には目もあやな謎と論理の御殿がわいて出る。なぜって、僕という探偵が君にかわって魔法の杖を一振りしておくからね。……それっ！」

＊

――この三年後の昭和四十二年、瀬戸内海に浮かぶ刑部島《おさかべ》を舞台とした『悪霊島』事件で、金田一耕助は久々に手ごたえのある謎に取り組み、探偵として奇跡の再起をとげることになる。

その後、いまだ発表されないままの『女の墓を洗え』事件と『千社札殺人事件』を経て、昭和四十八年には二十年越しの『病院坂の首縊《くびく》りの家』事件を解決し、これをラストケースとして、飄然《ひょうぜん》と青春の地であるアメリカに旅立つ。だが、それと相前後して、これまで忘れられかけていた彼の事件簿が、若者たちにむさぼり読まれるという奇跡が起き、それは「お化け屋敷の掛け小屋」と嘲笑《ちょうしょう》したものたちをあっさりと押し流してしまった。

明智小五郎の杖の一振りは、どうやら効いたようである。その最大最良のライバルに対してだけでなく、彼自身にとっても……。それが証拠に、この二人の探偵の名は今も不滅の輝きを保ち続けている。

あとがき――あるいは好事家のためのノートRemix

そのころ、日本中の中学という中学、高校という高校では、詰襟やブレザー、セーラー服の少年少女の間で、まるで秘密の儀式でもあるかのように、黒地に緑の背文字に恐ろしげな表紙絵のついた「横溝正史」の文庫本がやりとりされていました。

……何だかいきなり下手っぴなパロディで申し訳ないのですが、何しろ本当にあったことなのだからしかたがありません。

考えてみると不思議な話もあったもので、すでに七十歳を超えた作家が自分たちの生まれる前に書いた作品に、十代の若者が夢中になるなんて今では考えられそうにありません。そもそも「探偵小説」自体、死語に近かったのですから。

にもかかわらず、横溝作品の無類の面白さは彼らの心をとらえ、とりわけそこに登場する金田一耕助というキャラクターの名は、深く脳内に刻まれたのでした――もう一人の巨匠である江戸川乱歩の明智小五郎と並ぶ名探偵として。

彼らが活躍する一群のお話には、鮮やかな謎解きや奇想天外なトリックがあり、波《は》

瀾万丈《らんばんじょう》のストーリーテリングや独特の美学があり、やがて旺盛《おうせい》な読書欲をもてあました少年少女たちは、そうした楽しさや驚きを同時代の推理小説に求めます。

あいにくその願いはかなえられなかったのですが、そのことが結果的に「新本格」と呼ばれる新たな世代の台頭をうながしたことはまちがいないでしょう。かく言う私も、そうした流れに大きな影響を受けた一人であり、本書はそのことへの感謝を表わした一冊でもあるのです。

そして、ミステリの世界では先達への敬意や探偵たちの活躍をもっと見ていたいという願い、このジャンルへの愛あるツッコミやその他いろんな思いを、贋作《パスティーシュ》という形のトリビュート作品に仕上げることが多いのです。アドリアン・コナン・ドイルとジョン・ディクスン・カーによる『シャーロック・ホームズの功績』しかり、トーマ・ナルスジャックの『贋作展覧会』しかり、ジョン・L・ブリーン『巨匠を笑え』しかり……。

それでは、ささやかながらそれらに倣おうとした、収録作品の自己解説などを――。

◇

「明智小五郎対金田一耕助」

日本を代表する二人の名探偵の共演という、誰でも思いつくのは思いつくだろうけれど、身のほど知らずと怒られるのを恐れて誰もやらない企画にあえて挑戦した作品で、〝名探偵博覧会〟シリーズ一冊目の表題作「真説ルパン対ホームズ」の姉妹編といえるものです。

さて、どうやって二人を競演させようと考えた結果、金田一耕助の事件簿にはしばしば「大阪（関西）で事件があった」という記述があり、第一作『本陣殺人事件』からしてそういう設定になっているのですが、ひょっとしたら大阪にも磯川・等々力両警部のような相棒がいたのではないかと妄想されました。

一方、明智小五郎は、もともと乱歩が現在の守口市に住んでいたときに誕生したこともあってか、けっこう大阪に縁があり、なぜかこの地で途中下車して新聞記事のまとめ読みをしたがる習性があるらしい。といっても書かれているのは二度だけで、しかも本文に引いた『蜘蛛男』の一節は雑誌連載時のみで現行本からは削られているのですが、似たようなことを折に触れてやっていたのではないか、と。

調べてみると、『本陣』のころに大阪では『蝶々《ちょうちょう》殺人事件』が起きましたし、明智は大陸からの長旅のあと、あの宿命のライバルと東京駅で運命的な出会いをしています。こうして、二つの作品世界の交叉《クロス》ポイントはおのずと絞りこまれ、『蝶々』からは浅原警部に登場してもらうことにしました。そして、金田一ものではおなじみの二大勢力の対立を、ちょっと花登筺《はなとこばこ》ばりの大阪商家の本家と元祖争いにしてみたわけなのです。

かくして、いつもにも増して趣味全開の作品となったわけなのですが、何とこの中編は二〇一三年に池上純哉氏の脚本、澤田鎌作氏の演出によりフジテレビ制作の「金田一耕助VS明智小五郎」としてテレビドラマ化されました。

金田一耕助に山下智久さん、明智小五郎に伊藤英明さんという豪華キャストで、原作をきわめて尊重したシナリオとあわせて、「えっ、いいの!?」と思いたくなるような内容でした。みなさんもごらんになれば、きっと楽しんでいただけると確信しています。

「《ホテル・ミカド》の殺人」

私のパスティーシュ・ミステリ第一作です。本格ミステリもハードボイルドも黄金時代をむかえ、どこもかしこも探偵ヒーローだらけだった一九三三年のサンフランシスコに、東西の有名キャラクターたちを集合させてみました。冒頭の〝ロフトン世界周遊旅行団の事件〟は『チャーリー・チャンの活躍』(創元推理文庫)のことで、作中の珍妙な日本人名は、英米の映画や小説に登場するものから採ったり、それらに準じてつけたりしました。

万事そんな具合で、多分にお遊び的な趣向だったのですが、そこから本格ミステリおよびそこに登場する名探偵というものが、日本的価値観とどうにも相容《あいい》れない部分があること、だからこそ書く価値があるのではと気づく発見があったりして、いろいろ思い出深い作品となりました。

　思い出といえば、この短編集に入れたこと自体、もうネタバレも同然なので書いてしまいますが、本作品が雑誌に掲載されるのに先立って、角川書店の橋爪懋さんにともなわれ、成城の横溝正史先生宅を訪れ、もとは仕事場だった仏間に上げていただいて、孝子夫人にごあいさつすることができたのは実にありがたい体験でした。

「少年は怪人を夢見る」

　秋月達郎氏編の『変化　妖かしの宴2』に寄稿したもので、「変化」というテーマで純粋のホラーに挑戦するつもりが、なぜか怪奇探偵小説になってしまい、自分の資質に気づかされた作品です。あのあまりにも有名なキャラクターの生い立ちについて、夢想を思うさまめぐらしてみたのですが、その後の〝彼〟の華麗な所業と特異な性格を解明することができたかどうか。

　なお、作中の「百面相役者」は同題の短編、芦屋暁斎は『幽霊塔』、左右田五郎は「一枚の切符」、菰田家は「パノラマ島奇談」に出てくる名前です。波越氏と《黄金仮面》、〝奴〟こと探偵のなにがしについては、言わずもがなということで……。

「黄昏の怪人たち」

〝乱歩小説〟という言葉があります。中相作《なかしようさく》氏が編纂《へんさん》した『乱歩文献データブック』にある言葉で、乱歩作品のキャラクターや江戸川乱歩その人が登場したり、作品世界を下敷きにしたりした小説のことで、同書には六十三編もの乱歩小説が挙げられていますが、これは一九九五年までのデータなので、今はずっと増えていることでしょう。新保博久氏によると、私は「一作家で最も多くの乱歩トリビュート作品を書いた記録保持者かもしれない」（光文社文庫『江戸川乱歩に愛をこめて』解説より）そうですが、パスティーシュとしては、これが第一作となります。

これもいろいろ発見のあった作品で、与えられたキャラクターとシチュエーションにふさわしいトリックとプロットをひねり出すという作業は、このあとの創作に資するところがとても大きかったのでした。

「天幕と銀幕の見える場所」

井上雅彦氏監修の〈異形コレクション〉への第三回寄稿作品で、このころの私は本作品に描かれた〝あの人〟を自分の原点として、しきりに立ち返ろうとしていました。自分のルーツである大阪を舞台にしたこの短編などは、その典型でしょう。千日前かいわいの風景については亡母の記憶をもとにした部分もあり、幻想探偵譚《たん》に私的なものが入りまじった風変わりな一編となっています。

「屋根裏の乱歩者」

「幻想文学」誌の〝特集・RAMPOMANIA〟に寄稿したもので、芦辺拓名義の短編としてもごく初期のものですし、ことに森江春策シリーズ以外では初めてだったと思います。それが乱歩小説というのも私らしいというべきかもしれませんが、とにかく有名な貼雑年譜《はりまぜねんぷ》のたった一枚の切り抜き記事から妄想をふくらませました。

かといって、まるきりありえなかった話かというとそうではなく、前出の中氏のウェブサイト「名張人外境 classic」内の「前人未踏の夢［第三章］横溝正史かく語りき」http://www.e-net.or.jp/user/stako/ED2/E07-03.html を見ると、乱歩が映画製作に野心を燃やし、自ら主演さえ考えていたことが紹介されており、興味のつきないものがあります。

「金田一耕助対明智小五郎」

巻頭の「明智小五郎対金田一耕助」が「金田一耕助VS明智小五郎」としてテレビ化されるのを記念し、もともとこの作品が何の関係もない二時間ドラマ「明智小五郎VS

金田一耕助」（そういう名前の探偵が出てくるだけの設定の現代ものだったようです）の原作とまちがえられて困っていたので、いっそう事態を混乱させようと「金田一耕助対明智小五郎」というタイトルの小説を書き下ろしで加えることにしました。……というのは半ば冗談ですが、せっかく正史・乱歩トリビュートの作品集を出してもらえるのだから、ぜひ〆《しめ》となる新作を書きたいということで無理押しさせていただきました。

舞台は、金田一耕助年代記《クロニクル》の空白地帯。本格ミステリを読み書き愛する人々にとって、とりわけ名探偵たちにとって一番苦しい時代に、彼はどんな思いで何をしていたのか。そこに先輩であり好敵手であった明智小五郎との再会があったとしたら、さらに例のあのキャラまでもが乱入したとしたら――妄想はつきませんでした。

そんな本編の構想と執筆に当たっては、日夜ネットとリアルで金田一耕助探偵譚の普及と啓蒙《けいもう》に努めておられる木魚庵こと西口明弘氏から多くの示唆を得ました。横溝正史氏の探偵小説への情熱の高低が、金田一耕助の事件へのそれとシンクロしているという氏の指摘はかなりに衝撃的で、その関連で当時の評論を読んでみたのですが、私たちが体験した〝新本格バッシング〟もメじゃない居丈高な論調には驚いてしまいました。

むろん、現代のわれわれはどちらが勝利したかを知っているわけですが……そんなことはともかくとして、私たちはいつになったら金田一耕助最後から二番目と三番目の事件とされる『千社札殺人事件』と『女の墓を洗え』を読むことができるのでしょうか？

◇

以上七編、お楽しみいただけたでしょうか。もしそうでなかったとしても、日本がほこる二人の探偵小説家と彼らが生み出した探偵たちに、いささかでも興味をいだいていただければ（すでに興味をお持ちの方はさらにもっと）、これに過ぎる喜びはありません。

今回、本書のような贅沢《ぜいたく》で遊び心あふれる本作りをしていただくに当たっては、角川書店の堀内大示氏、佐藤愛歌氏にご尽力いただきました。加えて光栄だったのは、かつての角川文庫の横溝正史シリーズの表紙で、圧倒的な迫力と妖美《ようび》さで作品世界を描き出し、ブームの一翼をになった杉本一文《すぎもといちぶん》画伯に装画をお願いすることができたことです。今やエッチング画家として画風も技法も一新された画伯が、あのころのエアブラシを今回はパステルに持ちかえ、改めて刻みつけられるイマージュは、きっとみなさんを瞠目《どうもく》させ魅了することでしょう。

最後に、本書のようなトリビュート作品集を刊行することができましたのは、巻頭にも記しましたように横溝亮一先生、平井隆太郎先生よりご快諾をいただいたおかげにほかなりません。本当にありがとうございました。——金田一さん、明智さん、あなた方の出番はまだまだ終わりませんよ！

二〇一三年二月

芦辺　拓

初出

明智小五郎対金田一耕助（『明智小五郎対金田一耕助』原書房）
《ホテル・ミカド》の殺人（「創元推理」9）
少年は怪人を夢見る（『変化　妖かしの宴2』ＰＨＰ文庫）
黄昏の怪人たち（『贋作館事件』原書房）
天幕と銀幕の見える場所（『世紀末サーカス』廣済堂文庫）
屋根裏の乱歩者（「幻想文学」42号）
金田一耕助対明智小五郎（書き下ろし）

金《きん》田《だ》一《いち》耕《こう》助《すけ》VS明《あけ》智《ち》小《こ》五《ご》郎《ろう》

芦《あし》辺《べ》 拓《たく》

平成25年 3月25日 初版発行
令和7年 1月10日 5版発行

発行者●山下直久

発行●株式会社KADOKAWA
〒102-8177 東京都千代田区富士見2-13-3
電話 0570-002-301(ナビダイヤル)

角川文庫 17860

印刷所●株式会社KADOKAWA
製本所●株式会社KADOKAWA

表紙画●和田三造

ISBN978-4-04-100820-1 C0193

◆◆◆

角川文庫発刊に際して

角川源義

第二次世界大戦の敗北は、軍事力の敗北であった以上に、私たちの若い文化力の敗退であった。私たちの文化が戦争に対して如何に無力であり、単なるあだ花に過ぎなかったかを、私たちは身を以て体験し痛感した。西洋近代文化の摂取にとって、明治以後八十年の歳月は決して短かすぎたとは言えない。にもかかわらず、近代文化の伝統を確立し、自由な批判と柔軟な良識に富む文化層として自らを形成することに私たちは失敗して来た。そしてこれは、各層への文化の普及滲透を任務とする出版人の責任でもあった。

一九四五年以来、私たちは再び振出しに戻り、第一歩から踏み出すことを余儀なくされた。これは大きな不幸ではあるが、反面、これまでの混沌・未熟・歪曲の中にあった我が国の文化に秩序と確たる基礎を齎らすためには絶好の機会でもある。角川書店は、このような祖国の文化的危機にあたり、微力をも顧みず再建の礎石たるべき抱負と決意とをもって出発したが、ここに創立以来の念願を果すべく角川文庫を発刊する。これまで刊行されたあらゆる全集叢書文庫類の長所と短所とを検討し、古今東西の不朽の典籍を、良心的編集のもとに、廉価に、そして書架にふさわしい美本として、多くのひとびとに提供しようとする。しかし私たちは徒らに百科全書的な知識のジレッタントを作ることを目的とせず、あくまで祖国の文化に秩序と再建への道を示し、この文庫を角川書店の栄ある事業として、今後永久に継続発展せしめ、学芸と教養との殿堂として大成せんことを期したい。多くの読書子の愛情ある忠言と支持とによって、この希望と抱負とを完遂せしめられんことを願う。

一九四九年五月三日

角川文庫ベストセラー

ミステリ・オールスターズ
編／本格ミステリ作家クラブ

本格ミステリ作家クラブ設立10周年記念の書き下ろしアンソロジーがついに文庫化!! 辻真先、北村薫、芦辺拓、綾辻行人、有栖川有栖などベテラン執筆陣と注目の新鋭全28名が一堂に会した本格ミステリ最先端！

金田一耕助ファイル1 八つ墓村
横溝正史

鳥取と岡山の県境の村、かつて戦国の頃、三千両を携えた八人の武士がこの村に落ちのびた。欲に目が眩んだ村人たちは八人を惨殺。以来この村は八つ墓村と呼ばれ、怪異があいついだ……。

金田一耕助ファイル2 本陣殺人事件
横溝正史

一柳家の当主賢蔵の婚礼を終えた深夜、人々は悲鳴と琴の音を聞いた。新床に血まみれの新郎新婦。枕元には、家宝の名琴〝おしどり〟が……。密室トリックに挑み、第一回探偵作家クラブ賞を受賞した名作。

金田一耕助ファイル3 獄門島
横溝正史

瀬戸内海に浮かぶ獄門島。南北朝の時代、海賊が基地としていたこの島に、悪夢のような連続殺人事件が起こった。金田一耕助に託された遺言が及ぼす波紋とは？ 芭蕉の俳句が殺人を暗示する⁉

金田一耕助ファイル4 悪魔が来りて笛を吹く
横溝正史

毒殺事件の容疑者椿元子爵が失踪して以来、椿家に次々と惨劇が起こる。自殺他殺を交え七人の命が奪われた。悪魔の吹く嫋々たるフルートの音色を背景に、妖異な雰囲気とサスペンス！

角川文庫ベストセラー

犬神家の一族
金田一耕助ファイル5
横溝正史

信州財界一の巨頭、犬神財閥の創始者犬神佐兵衛は、血で血を洗う葛藤を予期したかのような条件を課した遺言状を残して他界した。血の系譜をめぐるスリルとサスペンスにみちた長編推理。

人面瘡
金田一耕助ファイル6
横溝正史

「わたしは、妹を二度殺しました」。金田一耕助が夜半遭遇した夢遊病の女性が、奇怪な遺書を残して自殺を企てた。妹の呪いによって、彼女の腋の下には人面瘡が現れたというのだが……表題他、四編収録。

夜歩く
金田一耕助ファイル7
横溝正史

古神家の令嬢八千代に舞い込んだ「我、近く汝のもとに赴きて結婚せん」という奇妙な手紙と佝僂の写真は陰惨な殺人事件の発端であった。卓抜なトリックで推理小説の限界に挑んだ力作。

迷路荘の惨劇
金田一耕助ファイル8
横溝正史

複雑怪奇な設計のために迷路荘と呼ばれる豪邸を建てた明治の元勲古館伯爵の孫が何者かに殺された。事件解明に乗り出した金田一耕助。二十年前に起きた因縁の血の惨劇とは？

女王蜂
金田一耕助ファイル9
横溝正史

絶世の美女、源頼朝の後裔と称する大道寺智子が伊豆沖の小島……月琴島から、東京の父のもとにひきとられた十八歳の誕生日以来、男達が次々と殺される！開かずの間の秘密とは……？

角川文庫ベストセラー

金田一耕助ファイル10
幽霊男
横溝正史

湯を真っ赤に染めて死んでいる全裸の女。ブームに乗って大いに繁盛する、いかがわしいヌードクラブの三人の女が次々に惨殺された。それも金田一耕助や等々力警部の眼前で——！

金田一耕助ファイル11
首
横溝正史

滝の途中に突き出た獄門岩にちょこんと載せられた生首。まさに三百年前の事件を真似たかのような凄惨な村人殺害の真相を探る金田一耕助に挑戦するように、また岩の上に生首が……事件の裏の真実とは？

金田一耕助ファイル12
悪魔の手毬唄
横溝正史

岡山と兵庫の県境、四方を山に囲まれた鬼首村。この地に昔から伝わる手毬唄が、次々と奇怪な事件を引き起こす。数え唄の歌詞通りに人が死ぬのだ！　現場に残される不思議な暗号の意味は？

金田一耕助ファイル13
三つ首塔
横溝正史

華やかな還暦祝いの席が三重殺人現場に変わった！宮本音禰に課せられた謎の男との結婚を条件とした遺産相続。そのことが巻き起こす事件の裏には……本格推理とメロドラマの融合を試みた傑作！

金田一耕助ファイル14
七つの仮面
横溝正史

あたしが聖女？　娼婦になり下がり、殺人犯の烙印を押されたこのあたしが。でも聖女と呼ばれるにふさわしい時期もあった。上級生りん子に迫られて結んだ忌わしい関係が一生を狂わせたのだ——。